U0165560

五南當代學術叢刊
013

漢語標音的里程碑

注音符號百年的回顧與發展

主　編・信世昌

A MILESTONE FOR CHINESE PHONETICS

The review of the development of
Chinese Phonetic Symbols for a Century.

編輯前言

　　注音符號緣起於清末開始的國語統一運動，在1913年（民國二年）由當時中國北洋政府的教育部召開讀音統一會，正式制定「注音字母」（後改名為注音符號），至今已滿一百週年，其間歷經了曲折的過程，回顧它百年來的發展與影響，有其歷史的紀念意義。

　　為此，在2013年，即注音符號制定後的一百週年，由多位華語文教學之學者發起組成了「漢語標音符號之里程碑——注音符號百週年紀念」之論文專書編輯委員會，展開論文的徵稿過程，所徵的文章先經過編輯委員的審查篩選，再經過五南出版社的學術專書出版評審程序，由多位專家進行全書的匿名審查，總共經過一年的時間方得以出版。

　　本書共收錄十六篇文章，按內容分為：論述篇、研究篇、華語教學篇等三類。其中論述篇收錄的五篇論文是分別從歷史及音韻學的角度來探討國語注音符號；研究篇的五篇論文則是基於注音教學與學習而進行的小型研究；華語教學篇的六篇論文則是從對外華語教學實務的取向來探討注音教學的課程規劃及教學設計。

　　一套以漢字筆畫部件為本的漢語標音符號能存活百年，至今仍有上千萬的使用者，更能在現代資訊社會中仍被廣泛運用，實屬不易，其本身就是漢語標音的里程碑與文化資產，盼各方人士能持續使用並維護它。

編輯委員會 謹識
2014年8月

目　錄

序（以文代序）
百年前的中國漢語標音符號之制定及後續發展

信世昌
（國立臺灣師範大學 華語文教學研究所）

前言

　　在百年前的1913年，也就是辛亥革命後的第二年，即爲民國二年，當時的國民政府教育部制定了「國語注音字母」（現在俗稱ㄅㄆㄇㄈ或bopomofo，英文爲Mandarin Phonetic Symbols），這套字母是以漢字部件筆畫構成的一套符號作爲漢字標音之用，這是中國歷史上首次由官方來制定的漢字標音符號，其意義重大，也是中國語言發展史上的重要事件。

　　以符號來拼出漢字發音在當時是一項特別的創舉，取代了古代之漢字反切法的困難不便，但中國幾千年來都未曾制定出標音符號，爲何忽然會去制定一套標注漢字的符號系統？在當時是基於兩種目的：一是爲了推廣全國共同語言，二是爲了使百姓能方便快速學習漢字發音。中國歷史上雖然常有「官話」的推廣運動，但對象僅止於做官的人士，而這個國語統一運動可算是中國歷史上第一次對全國一般百姓的國語統一運動，這個運動一直延續了百年之久，其間所衍生的共同語及標音系統的爭議一直不斷。

壹、注音字母（注音符號）的背景

　　1912年，中華民國教育部召開臨時教育會議，通過「採用注

音字母案」；1913年教育部召開讀音統一會，正式制定「注音字母」，同時也由全國各省代表以每省一個表決權的方式通過了六千五百多個漢字的標準讀音，定名叫「國音」（後來改用北京音系才俗稱「老國音」）。「國音」是根據「韻書」上的音節並採用中國北方話及南方話相容原則，包括了四百七十七個拼法不同的字音（即音節），並保留了一些漢字的「入聲」（現在的標準漢語中沒有入聲），注音字母和國音方案雖在1913年通過，但過了五年直到1918（民國七年）年才由北洋政府正式公布；「國音字典」也於1919年跟著公布。1920年，全國各地陸續開辦「國語傳習所」和「暑期國語講習所」，推廣注音字母，全國小學的文言文課一律改為白話文課，小學教科書都在漢字的生字上用注音字母注音。北京還成立了注音字母書報社，印刷注音字母的普及讀物，還辦了《注音字母報》（馮志偉，2006）。

　　這套字母目前仍舊在臺灣廣泛使用，是漢字的重要拼讀工具，小學語文教育必修內容；中國大陸自1958年推行漢語拼音方案後停止使用，但在主要的漢語字典工具書中仍然保留使用。

　　這套字母最初有三十九個符號，後來簡省為三十七個（聲母二十一個，介音三個，韻母十三個）：

聲母：ㄅㄆㄇㄈ、ㄉㄊㄋㄌ、ㄍㄎㄏ、ㄐㄑㄒ、ㄓㄔㄕㄖ、ㄗㄘㄙ
介母：ㄧㄨㄩ
韻母：ㄚㄛㄜㄝ、ㄞㄟㄠㄡ、ㄢㄣㄤㄥ、ㄦ

　　當時其實已有許多人士發展出不同的漢字拼音符號，但這套字母是以國學大師章太炎先生的「記音字母」作為藍本的漢字標音符號，字母多是漢字的部件或古字，而取其聲音，例如ㄅ(b)的字源來自「包」字，也是包字的部件，《說文解字》：「ㄅ，裹也，像人曲行，有所包裹。」ㄅ的發音是取包字（ㄅㄠ／bao）的聲母而來。

貳、制定注音字母的背景及原因

在二十世紀初年的清末民初時代，是整個中國社會的劇烈變動時代，外有列強企圖瓜分中國，內因經濟崩潰而導致教育及科技落後，由於列強欺凌，強烈寄望國家富強心理讓人們亟思變革，本來這些都是政治、經濟、教育及社會等問題，和語文不見得有關，但人們卻想改變語言來解決問題，因此產生了國語統一運動、漢字拼音運動及白話文運動等三大語文革命，而三者是彼此相關的。由於要統一口語發音，就要有一套標音符號系統，藉此來表達每個漢字的發音，讓持各種方言區的人士都有依循的準則，也有利於教學及推廣，因此用符號來標音也是中國語文發展史上極重要的一環。

一、「國語統一運動」產生的時代背景

中國的語文一向是處於「文」和「言」分離的方式，由於中文被視為表意文字，不是拼音文字，因此字形並不完全代表發音，以致書寫和口語兩者分離。中國文字在書寫方面早已統一，自秦漢之際即開始採用統一的文字及書面語，至今已有二千餘年。然而在口語方面，中國各地的口語一向極為分歧，在二十世紀之前卻一直未有統一口語的推廣，儘管各朝代都有所謂的「官話」，但從未成為民間的普遍共同語。在明朝初年由官方編修頒布的《洪武正韻》一書似有統一各地漢字發音之意圖，但也僅止於音韻學方面的標準，沒有發揮共同語普及的作用。而在1728年，清初雍正皇帝設立了「正音書館」，在全國推行北京官話；他諭令福建、廣東兩省推行漢民族共同語（舊稱「官話」），並規定「舉人生員罣監童生不諳官話者不准送試」。意思是讀書人若聽不懂官話，不會說官話，就不能參加科舉考試（陳令申，2010）。但這仍僅止於準備考試做官的人，並不是整個社會都要學官話。直到一百年前的清末民初之際所產生的國語統一運動，才是中國史上第一次的全民統一語言行動。

二、清末的國語統一運動

　　雖然爲了國語統一而制定的注音字母是在民國初年制定的，但其實國語統一運動在清朝末年即已成爲清政府團結民心的自強政策之一。

　　清朝末年經歷多次戰爭及外交失敗，列強在中國各有勢力範圍，中國面臨著被列強分割的危機；然而在另一方面，中國卻開始積極地展開語言的統一運動，企圖以統一的語言來加強國民的凝聚力。1902年，張之洞、張百熙等爲清廷制定《學務綱要》指出：「中國民間各操土音，致一省之人彼此不能通語，辦事動多扞格，茲擬官音統一天下語言，故自師範以及高等小學堂，均於中國文一科內附於官話一門。其練習官話，各學堂皆以用《聖諭廣訓直解》一書爲準。」（陳令申，2010）到了1909年，即辛亥革命的前兩年，清政府資政院開會，議員江謙正式提出把「官話」正名爲「國語」。到了1911年，滿清王朝的最高教育機構──學部在清政府即將崩潰的前夕，召開了中央教育會議，通過了「統一國語辦法案」，並建議成立「國語調查總會」，審音標準以京音爲主。從此，「國語」這一名稱開始取代了「官話」這一名稱（王理嘉，2010）。

三、新國音與國語羅馬字──確立以北京音爲標準漢語

　　繼1913年制定了注音字母後，在1928年國民政府又公布了一套以拉丁字母拼寫漢字的符號，稱爲「國語羅馬字」。爲何在1913年已制定了以漢字筆畫爲本的注音字母，經過15年後又另外制定一套注音？這主要是由於原先制定的國音是意在提供一套全國各地皆可通用的語音方案，不只是北京音，也包括了北京音所沒有的入聲及一些南方漢語的拼法，是屬於韻書學理類的拼音。這種國音後來被人稱爲「人造國音」，實際上是沒有人如此說的，因爲它不存在於任何一種自然語言中（王理嘉，1999），因此「並沒有行得通」（黎錦熙，1953）。而許多人士力主要純粹根據北京話來制定國語，因此

教育部開始進行「新國音」的研究，要制定一套用拉丁字母來拼北京話的方案。北京音系有四百一十一個音節（比老國音少了六十六個），加上聲調共有一千二百八十四個組合。自1923年起，國語統一籌備會特組「國音字典增修委員會」，從事調查研究，準照它來改正「老國音」。1928年9月，大學院院長蔡元培正式公布《國語羅馬字拼音法式》，作為「國音字母第二式」，用於給漢字注音和統一國語，「與注音字母兩相對照，以為國音推行之助」。1932年，教育部公布的《國音常用字彙》，用注音字母和國語羅馬字兩式對照（黎錦熙，1953）。換言之，這一階段採取了兩個重大決策，一是確定了北京音系成為中國的共同語，二是漢字筆畫式和拉丁式的符號並存。而兩者結合則出現了以注音符號及拉丁符號來拼寫北京音系的系統，也影響了之後七十年至今的漢語發展方向。

參、漢字注音的演變

　　從古到今，漢字注音曾有多種形式，但以近百年來的演變最為劇烈：

一、傳統的反切法

　　中國古代的漢字注音是以漢字反切的方式來表示，用兩個漢字來拼出一個漢字的發音，前面的字稱為「反切上字」，取其聲母，後面的為「反切下字」，取其韻母。例如「東」為「德紅」切，以「德」字的聲母「d」及「紅」字的韻母「ong」拼成「dong」的發音。

　　此方法最大的優點是可以跨方言，對於任何方言中的漢字發音都能適用，以某一方言來發出反切上字及下字的音，也一樣可得到該字的方言音。但是缺點是系統過於複雜，必須用過多的漢字來表音，據統計用作反切的上下字太多，在韻書上共有四百多個反切上字，一千

多個反切下字，拼出五千多個反切字，實難以作為語言學習及應用的系統。

二、歷史上的漢語標音符號

　　一般來說，用符號來標注漢字始於四百年前明清之際來華的西方傳教士。但是用外語的符號來標注漢字發音其實已早有前例，在歷史上其實曾出現標注漢字語音的符號系統，包括日本的「振假名」、元朝蒙古的「八思巴字」、韓國的「諺文」及回族的「小經」。

　　唐朝時期日本人創造的假名，也可能是最早用於拼注漢字語音的注音符號之一。日文漢字注音時一般也使用平假名，稱為「振假名」（日文：振り仮名，furigana）亦有「注音假名」之稱，指日語中主要為表示日文漢字讀音而在其上方或周圍附註的假名表音符號。

　　「八思巴字」是中國元朝忽必烈時根據當時的吐蕃文字而制定的一種文字，用以取代標音不夠準確的蒙古文字，並主要用作為漢字標音符號。以往傳統反切法的韻母是介音、母音與尾輔音混合不分，未能分拆成最細的語素，但《蒙古字韻》卻清楚寫下了如何用八思巴字母拼寫漢音，即是說漢字已經第一次被成功拆解成介音、母音與尾輔音。元朝被明朝推翻之後，八思巴字遂廢棄不用，但還在北元通行過一段時期。

　　在十五世紀（中國明朝時代）朝鮮人創造了「諺文」，也是一套可以標注漢文發音的符號。此源自朝鮮王朝四代國王世宗創制的訓民正音（朝鮮世宗二十八年）。

　　明代中國西北部的回族創造了用阿拉伯字母為漢語注音的「小經」，大約起源於西元八世紀，直到上個世紀仍流行於中國華北一帶，是回民為了教育啟蒙學童學漢字正音的一種工具，之所以得稱「小兒經」，和現代的注音符號用於兒童學習漢字的功能非常類似。

三、西方來華傳教士的漢字的拉丁字母拼音

以拉丁字母來拼寫漢字始於1605年，義大利來華的耶穌會傳教士利瑪竇（Matteo Ricci）最早採用拉丁字母爲漢字注音。1626年，法國傳教士金尼閣寫出《西儒耳目資》一書，是利瑪竇方案的基礎上採用音素字母爲漢字注音，利用二十九個字母及五個字調記號來拼讀漢字。早期的中文拼音以南京官話爲藍本。

以後又出現以北京官話爲藍本的中文拼音。例如1867年英國人威妥瑪（Thomas Francis Wade）發明，後由翟理斯（Herbert Allen Giles）完成修訂的威妥瑪式拼音（Wade-Giles system），是採用北京官話作爲藍本。威妥瑪拼音的使用時間相當長，是漢語拼音產生之前在西方漢學界最普及的拼音系統（Wade & Hillier, 1886），許多西方的漢學圖書館的中文編目是基於此拼音系統。直到2010年臺灣仍然廣泛使用，作爲人名、路名與地名的翻譯。

近代以後，西方來華傳教人士逐漸增多，利用拉丁字母拼讀漢字的現象更加普遍，並且用拉丁字母傳譯《聖經》爲各地方言進行傳教，包括中國南方沿海各省的方言。例如至今臺灣的一些基督教會中仍用一種閩南語版本的《聖經》，其拼音符號被稱爲「教會羅馬字」。

肆、漢字符號和拉丁符號的拉鋸戰

近百年來，各種不同的漢語符號此消彼長，彼此競爭，但主軸仍是以漢字符號（漢字筆畫式）及拉丁字母式兩者之間的競爭（信世昌，2013）。

一、清末——各種拉丁符號

注音字母是晚清至民國初期漢語拼音運動（切音字運動）的階段性的小結。王理嘉（2010）的統計，當時爲「使男女老幼皆能讀

書愛國」而設計的拼讀漢字的切音方案將近三十種，其字母形體以漢字筆畫式爲多（13種），採用拉丁字母的是少數（5種）。馮志偉（2006）歸納了當時的拼音符號，可分爲三類：一是「假名系」：模仿日文假名，採用漢字部首作爲拼音符號。1892年盧戇章的《一目了然初階》一書中提出的「中國切音新字」，1901年王照的「官話合聲字母」等，都屬於假名系。二是「速記系」：採用速記符號作爲拼音符號。三是「拉丁系」：採用拉丁字母作爲拼音符號。

　　當時的假名系在聲勢上及數量上都較占優勢，這也是爲何最後注音字母於1913年勝出的原因。

二、1928年──國語羅馬字

　　即使在1913年國民政府已定漢字筆畫爲主的注音符號，但以拉丁字母拼音的做法仍未停止，其中以國語羅馬字爲代表。

　　「國語羅馬字」在國際上的名字爲Gwoyeu Romatzyh，由林語堂先生倡議，由語言學家趙元任做主要研究，從1925年到1926年獲國語推行委員會協助，1928年9月26日由國民政府大學院公布。國語羅馬字是一套漢字拉丁化方案，曾是中華民國的國家標準。它與當時已流行的注音符號並存，其後於1940年易名爲「譯音符號」。在1986年1月由臺灣教育部國語推行委員會修改，稱爲「注音二式」，作爲注音使用而不是作爲漢語書寫體。但是，國語羅馬字始終沒有走出知識階層的圈子，沒有在社會上普遍推行，它的影響遠不如注音字母。目前在美國仍有少數學者在推廣國語羅馬字，設有一些網頁。

三、1950年漢語拼音方案──斯拉夫符號和拉丁符號

　　1955年10月15日中國大陸舉行全國文字改革會議，在這次會議上印發給代表們六種拼音方案的草案，有四種是漢字筆畫式的，一種是拉丁字母式的，一種是斯拉夫字母式的。最終決定用拉丁字母式來設計拼音系統。

四、2006年臺灣方言的符號

　　在臺灣，注音符號已深入民間極深，人人都會，成為普遍的電腦輸入及字典查詢之用，整個社會並不重視拉丁字母符號的功用，只作為人名或地名或外國人學習漢語之用，因此各種拉丁符號的拼法都處於弱勢，用途有限也並未統一。雖然在2006年臺灣教育部意圖以另一套拉丁符號組成的「通用拼音」作為標準，但爭議頗大，在2008年即為教育部取消。然而，反倒是臺灣的方言教學（母語教學）方面，拼音成為明顯的爭論問題，包括了注音符號派、教會羅馬字派、通用拼音派等數種拼音法互相競爭，教材仍各行其是，似難以解決。

伍、國語注音符號（ㄅㄆㄇ）的現況

　　自1913年所制定的國語注音符號已滿一百年，它代表著漢字筆畫式的符號系統，並獨立與拉丁字母對峙，在推廣的過程中遭遇了許多困難與轉折，卻仍頑強地存在。目前在臺灣的國語教育體制都以注音符號來學習漢字，所有的小學生或幼稚園學生都須先學注音符號，再藉此來學習漢字，成效極佳。

　　此外隨著資訊科技的發展，注音符號亦成為資訊應用的基本功能。

一、電腦字碼

　　注音符號已被國際通用的Unicode、中國大陸的國標碼（GB碼）和臺灣與香港的大五碼（Big-5）所收入，均收錄了現代標準漢語的三十七個注音符號。臺灣的Big5把注音符號收錄在A3區段，中國大陸的GB 2312-80則收錄在08區段。在Unicode方面，自1.0版即收錄了四十個注音符號，在U+3105--U+312C區段。因此全球的任何電腦系統都具有支援注音符號的功能。

二、電腦與手機輸入法

注音符號輸入法已被收入在全球的Windows與Appleios等的電腦作業系統中，在臺灣是最普遍的漢字輸入法，至少85%的人使用注音輸入，臺灣的電腦鍵盤上也必定印有注音符號，並且有幾種鍵盤排法。注音輸入法的按鍵次數比漢語拼音輸入法更少，例如打ㄤ（ang）音，用漢語拼音要打a, n, g三碼，注音僅打一碼即可。

而在中文手機上也都一律設有注音符號輸入法，同樣在臺灣是最普及的手機漢字輸入法。

三、字典與出版品

所有臺灣出版的字典每個漢字也必然標以注音，並且都一律附有注音符號查字索引，雖然也有部首查字及筆畫查字的索引方式，但注音查字一向是最普遍的方式。臺灣的小學課本一律先教注音，之後才教漢字。大多數的兒童讀物都在漢字旁邊印上注音符號。

四、方言的符號

注音符號也被擴大用來拼臺灣的方言，包括閩南語（臺灣話）和客語，由於方言的聲調及聲母韻母和國語不同，增加調號及幾個字母即可解決問題，也很有利於已學國語的學生順便學習方言，已有多種教材問世。

五、定音的功能

每個拉丁字母可能有多種發音，發音並不固定，例如英文和德文的a b c d發音就不同，而注音符號的發音卻是單一固定的，因此有「定音」的功能，因此即使是漢語拼音方案的文件也並列出兩者的符號，例如bㄅ；pㄆ。中國大陸出版的《新華字典》也仍然列出兩者的對照。

注音符號除了在臺灣普遍使用外，也隨著臺灣的海外移民，也

傳播到海外。不僅是臺灣移民的家長在家裡使用注音符號教子女中
文，海外各地上千所僑校及中文學校也使用臺灣出版的注音符號華語
教材。大量華裔學生使用注音符號學習華語，甚至美國的高中進階中
文考試（AP Chinese）允許用注音符號輸入法來打出漢字，高中生進
入大學的SAT Subject考試之中文科目也列有中文注音的版本。

陸、百年來的漢字與符號之關係

　　漢字拼音符號本來是為輔助漢字之用，但漢字反而飽受拼音符號
的威脅，歷經了十分驚險的過程。清末民初的漢語統一運動中就一直
夾雜廢除漢字的聲音，例如錢玄同等人提倡廢除漢字漢語而純以拉丁
字母作為漢語的書寫系統。到1920年代制定羅馬字標音字母，也可
看作是一種用於取代漢字的書寫系統。到1950年代中國大陸打算推
行漢語拉丁化而以漢語拼音逐步取代漢字，漢語拼音當時即是以書寫
系統而產生的，但因漢字拉丁化碰到實際困難，才把漢語拼音退居為
漢字的拼音。尤其在1970年代因資訊電腦時代來臨，當時尚未有成
熟的漢字編碼，又有許多人士基於當時電腦無法處理漢字而鼓吹要將
漢字拉丁化以利電腦處理。雖然漢字歷經轉折未被取代，但以符號來
取代漢字或表達漢語的意見仍然不斷被提出。

　　王東傑（2010）提到：「以象形為基礎的漢字在歷史上維持國
家統一的作用也日益受到重視，『以文字統一語言』的思路受到越來
越多的支持，切音字被罷黜了『字』的資格，成為一種標音符號。這
都突顯出清末語言文字問題在民族主義觀念映照下的錯綜歧出。」事
實上，只要英語仍是國際強勢語言，漢字就不可避免地仍然受到被取
代的威脅。

結語

　　國語統一運動是中國近代史上的大事，也是語言發展史的重大轉

折，此運動甚至是跨越了朝代及政權，從清朝到民國的北洋政府及國民政府，以及1949年之後的臺灣的國民政府及中國大陸的共產政權，都不斷地推行統一的國語（普通話），先後已達百年之久，在歷史上很少有任何的政策能夠像此運動跨越朝代並延長不斷的。伴隨著這個運動，各種漢字拼音的方法及符號也隨之興衰浮沉，也反映了當時的社會情勢與思維。

以西方的拉丁字母作為漢語拼音字母，本身是繼承清末弱國心態以及1950年代反傳統的氛圍中所產生的，包括國語羅馬字及漢語拼音的制度是一個對歐語迎合最明顯的例子。目前全球的華語教學以及中國大陸的語文教學，皆採用拉丁字母來學習漢語發音，因此產生了幾個意涵：

1. 在中國大陸的漢語母語者也必須借助西方的拉丁符號才能學習漢字發音，不通過外國的字母就無法學習自己中國的語言。
2. 西方的拉丁字母成為漢語標音的必備符號，無形中成為學習漢語的守門員（gatekeeper），提高了拉丁字母的地位。
3. 借助英文來推廣漢語的方式，其實更強化了英語和漢語的尊卑地位，讓英語更穩固成為漢語的上位語言（信世昌，2010）。

但中國大陸自文化大革命之後至今已近四十年，已逐漸開始恢復承認傳統文化的價值，例如把「文革」中批判對象的孔子作為漢語國際推廣機構「孔子學院」的名稱，端午節與中秋節等中國傳統節日於2008年起開始放假。隨著民族自信心的提高以及對於傳統文化的回歸，以及民族主義的思潮，讓中國人還靠著西方的拉丁字母來學習自己的漢字發音，遲早會面臨著需要重新討論的地步。

未來漢語的拼音符號何去何從尚難論斷，如果日後英語（或歐語）逐漸變成弱勢語言，則採用拉丁字母來拼注漢語將毫無意義。以日語或韓語為例，即使拉丁字母（或英文字母）也能夠註記日語或韓語的發音，但日語和韓語仍必須以假名或韓文來表音，不可能被拉丁字母取代。以此推之，中文未來也勢必走向此道路，即用中文本身的

筆畫符號來拼音。

　　雖然在英語強勢的影響下，仍會有相當的一段時間會以拉丁字母及注音符號同時並存，但是用漢字筆畫式的發音符號將是未來中文拼音的大趨向。畢竟，一個民族的語言最終仍要使用自身的符號來表達，不可能永遠借助外語字母作為自身的依靠。

註：本文於2011年口頭發表於「第三十一屆韓國中國學國際學術大會」，韓
　　國中央大學。再經修改而成。

參考資料

Wade, T.F. & Hillier, W.C. (1886) Colloquial Chinese--*As Spoken in the Capital and the Metropolitan Department*. 翻譯本：語言自邇集──十九世紀中期的北京話（2002）。北京：北京大學出版社。

王東傑（2010）。「聲入心通」：清末切音字運動和「國語統一」思潮的糾結，近代史研究，5，82-106。

王理嘉（1999）。從官話到國語和普通話──現代漢民族共同語的形成及其發展結，集思廣益（三輯）：普通話學與教的實踐與探討（頁205-213）。

竺家寧（1997）。聲韻學。臺北：五南出版社。

信世昌（2013）。漢字標音符號之發展轉折──漢字字符與外文符號之競爭。論文發表於國語注音符號百週年國際學術研討會。國立臺北教育大學，2013年10月25-26日。

信世昌（2010）。華語教學之發展及其對於英語的迎合現象與反思。Perspectives on Chinese Language and Culture（頁167-188）。臺北：文鶴出版社。

信世昌（2003）。臺灣的語言現況。日本早稻田大學臺灣講座。未出版。

國立臺灣師範大學國音教材編輯委員會（2003）。國音學。臺北：正中
　　書局。

陳令申（2010年12月30日）。雍正帝力推「普通話」。鄭州日報，第15
　　版。

葉德明（2008），華語語音學・上篇・語音理論（再版）。臺北：師大
　　書苑。

黎錦熙（1952）。漢語規範化的基本工具——從注音字母到拼音字母。
　　楊慶蕙編（2002），黎錦熙語言文字學論著選集（頁49-51）。北
　　京：北京師範大學出版社。

網頁資料

Pinyin.info. *A guide to the Writing of Mandarin Chinese in Romanization.*
　　2011年7月30日取自http://www.pinyin.info/romanization/compare/
　　gwoyeu_romatzyh.html

馮志偉（2006）。中文拼音運動的歷史回顧。2011年7月12日取自http://
　　www.confucianism.com.cn/html/hanyu/865750.html

從官話到國語。2011年7月12日取自http://www.chedan.com/printpage.
　　asp?ArticleID=1149

小兒經。2011年7月10日取自http://zh.wikipedia.org/wiki/小兒經

簡析民國時期的國語運動。2011年7月28日取自http://www.jiaodong.net/
　　wenhua/system/2007/10/17/010106146.shtml

GR Junction（國語羅馬字）。2011年7月20日取自http://home.iprimus.
　　com.au/richwarm/gr/gr.htm

論述篇

從語言規劃的觀點
談注音符號與漢語拼音

曹逢甫

（國立清華大學語言學研究所）

壹、導論

　　注音符號是民國二年（1913）在「讀音統一會」上開始討論並經過多次激烈的論辯後議定的，並且是在民國七年（1918）由教育部以部令三十五號公布的。它的主要功能，顧名思義，是為漢字注音，以幫助學習者學習漢字。因為它在臺灣的語文教育發揮了很大的功能，再加上臺灣國民義務教育的普及與發達，它早已成為臺灣的共同記憶之一部分。

　　漢語拼音則是1955年中國大陸全國文字改革會議所提的八條建議之一，並在1956年《人民日報》發表了《漢語拼音方案（草案）》。該方案（草案）經蒐集各方意見加以修訂，於1958年全國人民代表大會獲得正式批准。雖然《漢語拼音方案》被賦予的功能相較《注音符號》較多也較複雜，但它們同樣地在人民的義務教育中扮演重要角色，也都產生很大的影響。這兩個系統都是建政初期即著手規劃並在短的時間內完成全面實施於國民教育中的語文教育，也就是說它們都是典型的語言規劃的產物。因此，本文擬從語言規劃的角度來檢討它們的規劃過程、創制經過、推行的過程以及發生的影響。

　　為了達到上述的目的，我們得先來談談「語言規劃」是什麼？

　　Fishman（1974:79）界定語言規劃為：「對語言問題尋求解決辦法之有組織的工作。」本定義涵蓋面很廣，涵蓋的工作相當多，因此後來之學者如Neustupny（1970）、Jernuud（1973）、Figuroa（1988）與Paulston（1984）都一致認為可以進一步細分為語言培育和語言政策兩大類。晚近更有學者如Hornberger, N（1990）認為應該把語言習得也納入規劃範圍。本文作者認同這些研究者的建議，認為這些意見很有創意，也具可行性。因此，本文對語言規劃的定義為：

　　　　語言規劃是對語言問題在語言政策、語言培育與語言習得三方面尋求解決辦法之有組織的工作

貳、注音符號

一、創制的歷史背景

㈠當時待解決的語言問題

　　中華民國肇造於1912年，締造之初政府馬上就面臨兩大語言溝通上的難題，當時境內共有五十多個民族分別使用源自漢藏語、阿爾泰語、南島語和印歐語諸語系的語言。雖然其中漢語的使用人口占了全國總人口之90%，但漢語根據最新的研究實際上包含十大方言群，二三十個互不相通的方言和數百個次方言[1]。

　　以一個新興國家而言，國內擁有這麼多民族分別使用這麼多的語言與方言，共同語的制定當然是首要課題。其實這個議題早在清朝末年就有人提出來並曾熱烈討論過，當時積弱不振的清廷在列強強大勢力的壓迫下，知識分子和領導人早就意識到要建立一個強盛的國家就必須要有一個共同語。當時另一個待解決的問題是如何能普及教育以消滅數達二三億的文盲人口，雖然直到現在我們都還沒有很確切的數字來顯示當時的文盲問題到底有多嚴重，但是根據二十世紀六十年代後期一項研究顯示全國大約有一半或是三分之一的成年人爲文盲，在那之前二三十年百分比只會更高。總而言之，在民國初年，中華民國在民國初年面對兩個極爲嚴峻的語言問題：

　　1. 應該選用哪個語言作爲國家語言？
　　2. 要如何拼寫這個語言，使人們在極短的時期就能學會使用該語言？

㈡全國讀音統一會之職責與成效

　　爲了解決這兩個既棘手又迫在眉睫的問題，教育部於民國元年十二月據「教育部官制」第八條第七項「關於國語統一會事項」制定

---

[1] 漢語的十大方言群根據李榮先生（1988）的說法爲官話、吳語、湘語、贛語、客家話、粵語、閩語、晉語、徽語與平話。

《讀音統一會章程》其中第五條訂定該會的職務如下：
　　1.審定一切字音的法定國音。
　　2.將所有國音分析為音素（phoneme），並核定所有音素總數。
　　3.揀定字母：每個音素以一個字母為代表符號。
　　從上面職務描述的第2、第3項明顯地可以看出教育部招開「讀音統一會」是要該會制定一套「音素符號系統」。就這一點而言，後來成立的「讀音統一會」並沒有完全遵照這兩項指示去進行[2]。
　　「讀音統一會」正式成立於民國二年2月25日，隸屬於教育部。委員會由四十五位分別代表不同省份和地區的代表所組成。在首次會議就審音所根據的韻書進行討論，全體委員都同意以李光地（1642-1718）等奉敕撰寫的《音韻闡微》為根據，逐字審音。審查結果共計審定六千五百多字，音節單位共計四百七十七個，比北京音系的新國音多六十六個，此審定結果最後彙集成《國音彙編草》送呈教育部。

(三)書寫系統的選定

　　全國共同語選定之後，跟著來的問題是書寫系統該如何訂定的問題。漢民族三千年來都一直以傳統的根據六書制定的漢字為書寫系統，一切的文獻也都以此為載體。雖然經過三千年的演化，字形已多有變動，也隨著時代的需求而創制了不少新生字，但其基本系統還是沒有改變。三千多年來，它在促進溝通與傳承文化上的確發揮了極大的作用。因此如果有人說沒有漢字就沒有今日的中華文化，我想是沒有人能夠否認的。但是無可諱言地，漢字，相較於其他拼音文字，是有兩項難克服的缺陷：第一，要達到能夠以漢字來進行基本溝通所需要的漢字量最最起碼也要三千個，要達到有效地溝通則需要五千個，要達到專家學者級的溝通則需要八千個字，而要學會使用三千

2　「讀音統一會」後來決議推薦使用的「注音字母」是根據傳統聲韻調三分的做法而設計的。而其中的「韻」跟「音素」出入是很大的。

個字根據研究在像臺灣這種第一語言的環境則需要五百至六百個課時。也正因為學習漢字是這樣地困難，因此，在民國初年有許許多多的知識分子就簡單認定，中國之所以有這麼多文盲就是因為漢字的書寫系統實在是太過困難之故（曹逢甫，2011）；但在臺灣推行識字教育六十多年的結果卻顯示，教育的普及與否恐怕是更重要的決定性因素（Tsao, 1998）。

　　再回到民國初年的情形，當時的知識分子普遍有個共識：中國之所以有那麼多文盲主要的原因是書寫系統太過困難之故。但是在如何能解決這個困難在方法上卻分成兩派：一派認為只要將漢字大量簡化即可，這就是簡化字派。另一派則認為必須廢除漢字，全面使用拼音字母才能竟其功。在「讀音統一會」討論這個問題時，雖然漢字派最後勝出，但「新文字派」的勢力依然存在[3]，三十多年後在中國大陸創制漢語拼音時，「拉丁化新文字」派的影響力更是明顯可見[4]。

二、創制過程

　　注音符號原名「注音字母」，是「讀音統一委員會」在民國二年（1913）年議定的，在此之前根據李鍌、張正男等編（2012）之整理研究已有多達四十四家註記漢語字音的符號系統，其中有的早已存在，有的是為了「讀音統一會」而制定的，這四十四家又可分為以下四大類，即：

---

[3]　「新文字派」是一群有共同主張的人的集合名詞，他們並不是一個有形的組織。其代表人物是王照，他在1909年創制「官話字母」，推行十年，傳習至十三省，其字母取自漢字簡化偏旁，聲韻雙拼，共有六十二個字母。從他推行的成功，我們可以清楚看到當時贊成他的人一定不少（周有光，1992：370）。

[4]　「拉丁化新文字派」是主張中國文字需要以拉丁化新文字來取代的一群人，其領導人物是瞿秋白先生。他在1929年於蘇聯起草《中國拉丁化的字母》，1931年由蘇聯新字母中央委員會批准，稱為「北方話拉丁新文字」（北拉），在留蘇華僑中推行，於1933年傳來中國，形成群眾性的拉丁化新文字運動（周有光，1992：370）。

第一類：漢字形體類
第二類：羅馬字母類
第三類：速記符號類
第四類：數碼代號類

　　這四類都分別有他們的擁護者，因此會中激辯時起，討論非常激烈。時任會長的吳敬恆後來為文回憶道：「讀音統一會開會的時節，徵集暨調查來的音符……幾乎也無從軒輊，無從偏採哪一種。」（吳敬恆，1931）

　　經過多次會議熱烈地討論，終於在民國二年的3月12日在四十五人出席，二十九人贊成的情況下，通過了朱希祖、周樹人等六人的提議，以「母、韻符號取有聲有韻有意義之偏旁，做母用取其雙聲，做韻用取其疊韻」為制定字母的基本原則，議定注音字母三十八個字[5]。這套符號源自章太炎（1869-1936），其中「ㄇ、ㄈ、ㄅ、ㄋ、ㄏ、ㄕ、ㄗ、ㄘ、ㄙ、ㄧ、ㄩ、ㄛ、ㄠ、ㄥ」等十四個字母的字形及代表的音與章太炎〈紐文〉、〈韻文〉相同。

　　讀音統一會經過九十七天的熱烈討論於5月22日閉幕並且得到相當豐碩的成果。但「注音字母」連同其他重大的決議，因為政局變動及人事更易都被束之高閣無人過問，直到民國四年最後擔任讀音統一會代理主席的王璞連同在京的讀音統一會會員二十五人共同成立了「讀音統一期成會」，並向教育部呈請「即將公製之注音字母推行到全國」。但當時的教育總長湯化龍因對「注音字母」心存疑慮，乃以「業已派員清理」虛應了事。

　　同年11月，王璞等「讀音統一期成會」的成員因見新上任之教育總長張一麐對國語運動比較熱心，連忙第二次到教育部陳情並報告願意由會員捐款在北京創辦「注音字母傳習所」。這次終於得到「應

---

[5]　後來參照勞乃宣的意見加了「ㄬ」（「疑」母字）共三十九個字母。

准先行試辦」的批示，總長張一麐還率先捐俸銀貳佰元爲興辦之經費。「教育部注音字母傳習所」從民國四年12月22日起開辦由王璞主持，宣傳並教授國音，讀音統一的大業看來有否極泰來之勢。可惜好景不長，傳習所不久即因張一麐不滿袁氏稱帝辭職南歸而停辦。直到翌年11月王璞才再次創立「注音字母傳習所」，同時出版《官話注音字母報》。注音字母雖然因爲種種因素未能得到教育部的公布，但已先在平、津一帶開始建立橋頭堡[6]。

　　注音字母的正式公布一事一直得等到熱心人士千呼萬喚之後於民國七年傅增湘當任教育總長時，於11月23日以部令三十五號正式公布。該系統由二十三個輔音（ㄅㄆㄇㄈ、ㄉㄊㄋㄌ、ㄍㄎㄏ、ㄐㄑㄒ、ㄓㄔㄕㄖ、ㄗㄘㄙ）、三個滑音（ㄧㄨㄩ）、十二個元音（ㄚㄛㄜㄞㄟㄠㄡㄢㄣㄤㄥㄦ，ㄜ爲1920年新增）和四個聲調組成。

　　從現代音韻學的角度考察，注音字母這套系統並不是音素（音位）符號系統（phonemic writing system）而是基於傳統聲、韻、調的分法。每個聲、韻、調採用一個符號如：馬[ma]標爲「ㄇㄚˇ」；安[an]標爲「ㄢ」；愛[ai]標爲「ㄞˋ」。因爲漢語的每一個字都是一個音節（syllable）而每一音節都是由聲、韻、調三個部分所組成。因此，注音字母雖然不是一個音素符號系統卻和現代音韻學的重要支派，音節音韻學（syllable phonology）有甚多暗合之處[7]。

　　民國八年4月，「國語統一籌備會」成立，其成員因鑑於「讀音統一會」以一個人造語音爲「國音」在推行上之不可行，遂決定要對應以哪一個方言爲基礎來建造「國語」一案進行票決。當時競爭最激烈的選項爲「官話」與「粵語」，最後由四十五位委員進行票選，「官話」以一票之差打敗「粵語」，成爲建造「國語」之基礎方言。

　　至於「讀音統一會」有關「注音字母」的決議，「國語統一籌備

---

[6]　除了前述政治動盪因素外，也多少有來自拉丁化文字派的阻力。

[7]　關於音素學、音節音韻學與注音符號和漢語拼音的關係，我們下面還有更深入的討論。

會」決議基本上予以尊重，但其不妥之處則加以修訂增補，其後於民國十九年（1930）更名為「注音符號」。關於「符號」與「字母」之間的不同，周有光（1980）有詳細的說明。總的說起來，字母系統有當文字使用的意涵，而「符號」則沒有，既然本系統已確定為標音系統並不當文字使用，那麼稱它為「注音符號」似乎更能名實相副。

「注音字母」制定之後「國語統一籌備會」的委員因鑑於東西方交流日益頻繁而羅馬字譯音之使用範圍越來越廣，乃於民國十七年9月由國民政府大學院院長蔡元培另公布由委員錢玄同、趙元任、林語堂、黎錦熙、劉復、汪怡、周辨明所制定之「國語羅馬字」。從此以後，就國民政府而言，漢字拼音一事就正式分成兩方面來處理：「對內」以使用「注音字母」為主，而「對外」以「國語羅馬字」為主。

三、創制的理論依據

前面的討論我們已經約略提起注音符號的創制，雖然表面上是依據傳統每一個漢字都是由聲、韻、調三個部分組成的，但對應到現代英語，每一個漢字剛好是一個音節，而聲、韻、調正好是一個聲調語言音節的三個骨幹部分。可是這麼明顯的對應關係為什麼一直要等到相當晚近才有人提起呢？要了解這一層關係，我們得先回顧一下西方聲韻學的演進史。

西方的音韻學研究最早興起的是音素學（phonemics）的研究，音素學家的工作是就他所能取得的語音（phonetic）資料進行音素分析，這種分析如果能全面地進行的話就可以求得該語言的音素總數。而應用語言學家如語言規劃工作者就可以以一個符號對應一個音素來為那個語言設計一套書寫系統。準此而言，我們不得不佩服那些為「讀音統一會」設計任務的專家們，他們早在民國元年（1912）就已經有了音素學的基本概念。可惜phonemics的研究與傳統聲韻學的研究仍有一段距離，一時之間不容易為大部分委員所接受。但我們

前頭也曾提到其實他們最後議定的注音字母三十九字也滿符合現代音節音韻學的原理的，可惜當時這門學問還沒興起，因此注音符號要能全面推廣是在1949年政府遷臺以後的事，而在理論上能得到支持也是相當晚近的事（周有光，1992d；Wang & Wang, 2013）。

　　回到注音符號與音節音韻學關係的討論，鍾（2011）以自主音段音韻理論（Autosegmental phonology）中的音節理論（Clements and Keyser, 1984；Goldsmith, 1990）為本，把現代漢語的音節分析為：

(一)

表1

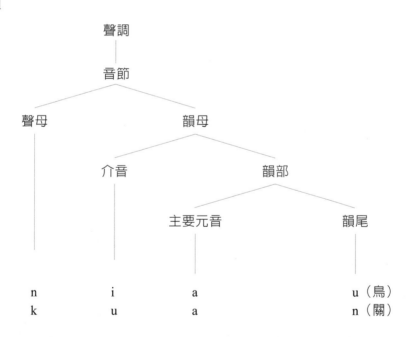

　　而注音符號中的三十七個符號也都可以按照這個架構加以排列：

㈡

表2

a. 聲母：ㄅㄆㄇㄈㄉㄊㄋㄌㄍㄎㄏ	(11)
b. 帶有空韻之聲母：ㄐㄑㄒㄓㄔㄕㄖㄗㄘㄙ	(10)
c. 單韻母：ㄚㄛㄜㄝ「ㄧ」「ㄨ」「ㄩ」	(4)
d. 結合韻母：ㄞㄟㄠㄡㄢㄣㄤㄥㄦ	(9)
e. 介音：ㄧㄨㄩ	(3)

在運用表2時有幾點需要注意的：

1. (2a)聲母全都可以出現在聲母的位置。
2. 帶有空韻之聲母全都可以單獨出現在聲母的位置，此時其後定有高元音「帀」出現，但在系統裡並不註記而視為空韻。
3. 單韻母是指可以單獨出現在主要元音位置的元音，它們總共有七個，但因為ㄧㄨㄩ也可以出現在介音位置，為避免重複計數，因此用括號括起來。
4. 結合韻母是指有主要元音又有韻尾者。

四、功能與成效

㈠規劃的功能及成效

前頭我們已經提到民國元年（1912）教育部據教育部官制第八條第七項規定制定《讀音統一會章程》，其中之第五條第二、三款規定該會之職務如下：

> 二、將所有音均析為至單純之音素，核定所有音素總數。
>
> 三、採定字母，每一音素均以一字母表之。

《讀音統一會章程》一經制定，教育部即在部內設置「讀音統一會籌備處」並由教育總長范源聘請吳敬恆為讀音統一會籌備處主任。吳

敬恆於民國二年1月15日就職後就著手擬定了九項進行程式，其中之第五、六條跟我們的討論密切相關，茲摘錄於後（李鍌、張正男等編，2012：19）：

> 五、歸納母韻：母者輔音，韻者主音。是先縮審定之音之同清濁者為若干輔音，縮其同諧韻者為若干主音。
> 六、採定子母：就所得根音，或省併，或不省併，制定筆畫減少之輔母若干與主母若干，名曰注音字母。

上引之第五、六條進行程式清楚顯示籌備處心中理想的注音字母為何，雖然這兩條程序，嚴格地說，並不完全符合母法的規定。從這一點我們也可以清楚看出當時的確有兩種不同的看法在互相爭奪創制「字母」的主導權。

「讀音統一會」於5月22日結束，結束之前委員們還議決了《國音推行辦法》七條，條文如下[8]：

> 國語推行辦法
> 一、請教育部通咨各省行政長官，飭教育司從速設立「國音字母傳習所」，令各縣派人學習；畢業回縣，再由縣立傳習所招人學習以期推廣。
> 二、請教育部將公定字母從速核定公布。
> 三、請教育部速備「國音留聲機」，以便傳播於各省以免錯誤。
> 四、請教育部將初等小學「國文」一科改作「國語」，或另添「國語」一門。

---

[8]　本辦法轉引自李鍌、張正男等編《國語運動百年史略》，31頁。

五、中等師範國文教員及小學教員，必須以「國音」教
　　授。

六、「國音彙編」頒布後，小學課本應一律於漢字旁添注
　　國音。

七、「國音彙編」頒布後，凡公布通知等件，一律於漢字
　　旁添注國音。

　　從「讀音統一會」的任務、進行程序、討論的過程以及四項成
果，我們隱約可以看出委員們似已達成以下三項共識：1.所謂的
「國音」是以北京音爲基礎；2.將來的書寫系統還是維持現行的漢字
體系；3.所制定「注音字母」的功能是爲漢字注音以幫助學習者學習
標準「國音」。

　　就「爲漢字注音以幫助國語的學習」這一項功能而言，因爲自民
國肇始直到國民政府在民國三十八年（1949）遷臺這段時間，政局
動盪，經濟不興，民生凋敝，再加上軍閥割據、八年對日抗戰政府退
守西南以及後來的國共戰爭，國家長期處於分裂狀態，政令很難達於
全國。另外，國語的認定問題各地的看法分歧而引發所謂「京國之
爭」[9]，致使「注音符號」這個學習國語的良好輔助工具長期被鎖在
政府的卷宗裡，未能發揮其功效。

　　民國三十八年（1949）政府遷臺以後，政局相對穩定，政府也
開始有較多時間與經費致力於民生經濟的經營以及從事普及教育的工
作。自此，注音符號便成爲國民教育必備的一環，也眞正得到發揮其
效果的時機。經過五六十年的教學實踐證明，注音符號在國語文教學
上是一項不可或缺的優良工具，又因爲在臺灣受過國民教育的人，每
個人對它都很熟悉而且能運用自如，它實際上已經不折不扣地成爲人
民生活的一部分，人民共同記憶的一部分。

9　關於「京國之爭」詳細的報導請參：曹逢甫，1999。

㈡衍生的功能及成效

1.爲書寫的輔助工具

　　注音符號在使用了一段時間以後，跟別的語言的標音系統一樣，也衍生出其他相關的功能，譬如說在平常不須注音的語境中，如個人的名片或商店招牌等裡面發現有需要特別提醒讀者正確發音的字眼，如仇仁傑的「仇」字不唸「ㄔㄡˊ」，而是念「ㄑㄧㄡˊ」；又如臺北市羅斯福路由公館往新店方向走，要進入景美之前路上方有一塊很大的牌子上面寫著「景美梘尾」四個大字，其中的「梘」就加上注音「ㄐㄧㄢˇ」。梘也寫作「筧」，是早年引水灌溉時用木頭或竹子做的導水管。

　　除了這些用法之外，注音符號也偶爾會出現在學生的作文或字條中以取代不會寫的漢字，如下例所示，這時它就有替代漢字的功能：

　　媽媽：

　　　　今天下午放學時，天空ㄊㄨˊ然下起ㄑㄧㄥ盆大雨，害我回不了家。請您ㄍㄢˇ快ㄆㄞˋ人幫我送把傘來。謝謝您！

　　　　　　　　　　　　　　　　　　　　　　　　兒　曉東

　　讀者中一定有很多是老師或曾經當過老師，在上述這種情況中，我想基於鼓勵用漢字多溝通的理由，我們都會允許學生使用注音符號的。這是注音符號衍生出來的另一種功能。

　　除了上述的功能外，前人的研究也指出注音符號還另有以下四種功能：中文譯音、對外華語文教學、作爲其他少數民族或漢語方言創制標音符號之基礎、作爲國語語音輸入的工具。今分述如下：

2.作爲中文譯音的工具

　　需要中文譯音的情況主要有三種：一種情形是不懂中文的外國人士或單位想跟國內不懂該國語言的人士或單位溝通。在這種情形最好

的辦法是使用國際共通語如英語來進行，但即使在這種情形，通訊中難免要提到本地人名、地名、機關名等，這就會牽涉到中文譯音的問題。另一種情形是國人擬出國旅遊，這些人士肯定需要護照，而護照上需要他們中文姓名的中文譯音。第三種情形是大量的外國人士在國內工作、上學或旅遊，他們多半不認得漢字，為了表示我們的歡迎，我們有需要把地名、路名、機關名、公共場所名，甚至於店名、產品名、包裝及說明書，都翻成他們看得懂的語言，而其中所提及的本地人名與地名的中文也需要音譯。這種工作理論上當然可以使用注音符號，但因為外國來臺人士懂得注音符號的人所占比例極小，因此作用不大，這就是為什麼在創制了注音符號以後，還需要創制國語羅馬字的原因。

　　另外有一點值得一提的就是，一旦制度裡有了兩套系統，那麼從語言規劃的觀點來看就會有如何分工的問題。當時國人給的答案是注音符號是對內的，因此是人人都要學的；而國語羅馬字是對外的，因此只要求涉外工作人員學習即可。這種回答在當時本國人與外國人接觸相當有限的情況下，還勉強說得過去；但隨著地球村時代與e世代的來臨，外國人滿街跑的情況下，我們需要重新規劃這兩套系統的分工以及它們的學習人口。

3.對外華語文教學上的應用

　　目前沒有資料直接顯示注音符號是什麼時候開始用於對外華語文教學上，但從前頭我們的敘述提到注音符號是國民政府遷臺以後才有機會在教育體系中全面推廣的事實，以及臺灣有系統、有組織地進行對外華語文教學是在民國四十五年（1956）幾乎同時成立的一公一私兩大中心進行的〔一個是「國立臺灣師範大學國語教學中心」（National Taiwan Normal University Mandarin Training Center），另一個是「基督教語文學院」（Taipei Language Institute, TLI）〕。雖然當時使用的是美國耶魯大學出版的系列教科書，也就是在音標系統上使用的是李抱忱博士改編自國語羅馬字的耶魯式拚音，但可以想像到，教師一定也同時教授注音符號，以方便學生能在短時期內學會

利用在地的學習資源[10]。

　　自此開始在臺灣建立的傳統是對外華語文教學關於注音部分基本上採用注音符號為主，而以羅馬拼音系統為輔。這樣一來，學生既可學到可以充分利用在地資源的注音符號，也可以學到容易國際接軌的拉丁化系統。順便談談一個在過去華語教學文獻中爭論多時的一個議題：用哪種標音或注音系統教學能讓外國學生學到最純正的發音？我個人的看法是：用哪個系統其實是次要的問題；決定發音教學成敗最主要的因素是教師及其使用的教法，使用哪一套標音法來教學並不是重要的決定因素。不過話又說回來，如果初學時使用羅馬字母標音，好處是羅馬字母是大部分華語為非母語的學習者所熟悉的系統，初學者學習華語時不會因為生疏而心生恐懼；但它也有壞處，那就是使用羅馬字母標音容易引發太多母語負遷移，也就是一般人所說的母語干擾。舉個例子來說，如果一位華語初學者的母語為英語，他很可能把ㄅ（不送氣清音，漢語拼音的符號是b）發成英語的/b/（濁音），而把ㄆ（送氣清音，漢語拼音的符號為p）發成/p/（送氣或不送氣清音），這就是以英語為母語者學漢語時一種很常見的中介語偏誤。當然這種偏誤如果教師注意及此，也能多加練習加以克服，不過那總是要多費些功夫，在教第二語言時間有限的情況下，能加以避免當然是上策。

4.為少數民族語言或漢語方言創制標音符號之基礎

　　注音符號的另一種衍生用途是作為創制其他少數民族語言或漢語方言拼音符號系統之基礎。以閩南語為例，早在民國五十八年（1969）就有蔡培火先生對注音符號加以改良，讓它成為適用於閩南語注音之符號系統。現在我們來檢視一下他的改良式注音符號系統並評估其成效。

---

[10] 在臺灣推行國語的六十多年期間出版的教學參考書不計其數，其中以國語日報社出版者為最大宗。

　　我們先前已提過，注音符號是延伸反切拼音的傳統，把漢字分成聲、韻、調三個部分，現在我們就分成這三個部分來逐一檢視。

　　在調的方面，國語不含輕聲的話只有四個調，即陰平、陽平、上聲和去聲，閩南語則有六聲與七聲兩種，臺灣、廈門和漳州都有七個調，即陰平、陽平、上聲、陰去、陽去、陰入和陽入，而泉州閩南語因為陰去和陽去已進一步合併所以只有六個調。雖然數量上較國語為多，但因為調號全為上加符號，因此在調整上只要多加二三個符號就可以了，不會為整個系統帶來太多負擔。

　　在聲的方面，問題也基本上與調的問題性質相近。國語23個聲母使用二十三個符號即已足夠，臺灣閩南語十七個聲母中有十三個與國語聲母發音相近，可以共用同一聲符，即ㄅ、ㄆ、ㄇ、ㄈ、ㄉ、ㄊ、ㄋ、ㄌ、ㄍ、ㄎ、ㄏ、ㄐ、ㄑ、ㄒ也能用於閩南語，但還有[b]、[g]、[ŋ]和[dʒ]四個音卻是國語所無，蔡先生因此就加造四個聲符h，ㄫ，ㄪ，ㄍ分別代表這四個聲母。

　　可是在韻母方面蔡先生就沒有這麼幸運，因為閩南語在韻的數量和種類上都遠比國語多，在種類上閩南語有下列六類韻母：㈠口元音韻母，㈡（口元音）鼻音尾韻，㈢鼻化元音韻母與鼻元韻母，㈣（口元音）[p, t, k]尾韻母，㈤口元音[ʔ]尾韻母，㈥鼻化元音[ʔ]尾韻母，分別表列如下：

一	a	ɔ	o	e		ai	au	
i	ia		io		iu		iau	
u	ua			ue	ui	uai		
二	am		an		aŋ	ɔŋ		
im	iam	in	ian	iŋ	iaŋ	iɔŋ		
		un	uan					
三	ã	ɔ̃		ẽ		ãi	ãu	m
ĩ	iã				iũ		iãu	ŋ
	uã				uĩ	uãi		

四	ap		at		ak	ɔk		
ip	iap	it	iat	ik	iak	iɔk		
		ut	uat					
五	aʔ	ɔʔ	oʔ	eʔ			auʔ	
iʔ	iaʔ		ioʔ		iuʔ		iauʔ	
uʔ	uaʔ			ueʔ	uiʔ		uaiʔ	
六	ãʔ	ɔ̃ʔ		ẽʔ			ãuʔ	mʔ
ĩʔ	iãʔ						iãuʔ	ŋʔ
						uãiʔ		

　　表中的㈡類收-m尾的部分和㈢、㈣、㈤、㈥類都是國語沒有的。因此根據周長楫（1993a：6）的統計，閩南語的韻母數高達八十二個，而國語根據我們前頭的統計則只有三十八個，二者數量相去甚遠。如果要沿用國語注音符號的辦法為每一韻添製一個符號，則符號總數會超過一百，不符合標音系統的經濟性與方便性原則，會對閩南語的教學造成困擾。因此之故，蔡培火先生就改採一種表面上看起來很像注音符號的標音系統，而實際上是音素式的標音系統。運用該系統的一個實例請見附錄一。

5.其他功能及成效

　　注音符號除了前述的功能外，還有以下三種功能：

　㈠作為電報之傳輸碼：中國大陸東北九省的鐵路最為發達，使用電報傳訊也有很多年的歷史，最早使用「四碼」電報[11]。1925年開始使用注音字母電報，直到1950年改用拉丁化新文字電報（周有光，1992a）。能夠在東北鐵路系統持續使用二十五年，表示這個系統基本上是健全的。

---

[11]　即王雲五先生所創的「四角號碼」。

⑵作爲序列索引之依據：漢字因爲字數太多，字形複雜，所以要用來作爲序列索引的依據有其困難。有了注音符號以後，在編序以及索引上有了突破，有不少字辭典就是利用它來編序的，如《國語辭典》、《重編國語大辭典》等。但正如前文所言，注音符號的普及是在國民政府遷臺以後，而且它比較缺乏國際接軌的便利性，因此在這個功能上它並沒有很大的發揮。

⑶幫助漢字之電腦輸入：在臺灣因爲幾乎所有的人都熟悉注音符號，所以它早已成爲漢字輸入電腦之重要工具，但與回頭我們要談的漢語拼音相比，它顯然在與國際接軌與使用的方便性上有不如之處，因此它在推廣上顯然受到相當的限制。

參、漢語拼音

一、創制過程

中國大陸自1949年中共建政以後直到1960年代末期所秉持的語文政策可以歸結爲以下三大重點（De Francis, 1968:131）：

㈠簡化難寫漢字；

㈡推行至全國以北京話爲本的普通話；

㈢創制標音系統以 1.爲漢字注音， 2.推行共同語普通話， 3.創制非漢少數民族之書寫系統， 4.如有可能在將來以此系統取代漢字爲漢語之書寫系統。

這三項語文建設的重大工程，中國大陸自建政後就積極進行。在1952年於教育部成立「中國文字改革研究委員會」，接著在1954年於國務院成立「中國文字改革委員會」，並於1955年10月15至23日召開全國文字改革會議，會中請葉籟士做了幾年來漢語拼音研究的報告，提出六種拼音方案初稿（四種漢字筆畫式，一種拉丁字母式，一種斯拉夫字母式）。這次會議達成共識，做出決定並提出建議共八條，包含早日擬定漢語拼音方案草案。翌年2月12日《草案》出爐，

並在《人民日報》發表了《漢語拼音方案（草案）》與《關於擬定漢語拼音方案（草案）的幾點說明》，向全國人民徵求意見。隔年10月審訂委員會經過多次熱烈討論與協商，提出《漢語拼音方案修正草案》，接著，政協全國常委會擴大會議同意《漢語拼音方案草案》（按即修正草案），並於11月1日國務院全體會議通過。最後，於1958年2月11日第一屆全國人民代表大會第五十二項會議正式批准《漢語拼音方案》並通過了，全國人民代表關於《漢語拼音方案》決議。討論磋商多時的《漢語拼音方案》終於誕生了。

　　仔細檢視整個創制過程有三個特點值得進一步討論：其一，從前面的描述我們清楚看出整個過程費時八年，而且是全民參與的，它的確是建政初年最大的工程之一。其二，創制之時正是所謂「一面倒」時，蘇聯老大哥的影響力如日中天，蘇聯顧問也曾極力促成採用斯拉夫語式的方案（白水，2013），但最後還是拉丁語式的方案雀屏中選。根據白水（2013）的觀察，其主要原因有二：1.俄文字母三十三個不如拉丁字母簡潔，也就是說沒有拉丁式字母經濟效益高；2.大部分參與制定的專家學者都曾留學歐美或在國外工作過，還有一些是當年拉丁化新文字的推動者，他們對拉丁文字的長處有深切的體會（白水，2013；周有光，1980）。其三，在創制的過程中大部分參與的專家都有一點共識：本方案目前的功能是為漢字注音，但長期的目標是希望以它作為未來創制一套標音文字的基礎（周有光，1980；白水，2013）。所以，在符號的選用上也難免有顧此失彼之處。基於相同的理由，當周恩來總理在1959年1月10日的談話中宣稱，本方案目前的功用是為了幫助學習全國共同語普通話及為漢字注音，而成為普通話書寫系統的功用則要等到未來合適的時機再議時，有許多專家學者是相當失望的（De Francis, 1968）。

二、漢語拼音方案之設計及其理論基礎
漢語拼音方案[12]

1.字母表

字母	Aa	Bb	Cc	Dd	Ee	Ff	Gg	Hh
名稱	ㄚ	ㄅㄝ	ㄘㄝ	ㄉㄝ	ㄜ	ㄝㄈ	ㄍㄝ	ㄏㄚ
字母	Ii	Jj	Kk	Ll	Mm	Nn	Oo	Pp
名稱	ㄧ	ㄐㄧㄝ	ㄎㄝ	ㄝㄌ	ㄝㄇ	ㄋㄝ	ㄛ	ㄆㄝ
字母	Qq	Rr	Ss	Tt	Uu	Vv	Ww	Xx
名稱	ㄑㄧㄡ	ㄚㄦ	ㄝㄙ	ㄊㄝ	ㄨ	ㄪㄝ	ㄨㄚ	ㄒㄧ
字母	Yy	Zz						
名稱	ㄧㄚ	ㄗㄝ						

　　v只用來拼些外來語、少數民族語言和方言。字母的手寫體依照拉丁字母的一般書寫習慣。

2.聲母表

b	p	m	f	d	t	n	l
ㄅ玻	ㄆ坡	ㄇ摸	ㄈ佛	ㄉ得	ㄊ特	ㄋ訥	ㄌ勒
g	k	h		j	q	x	
ㄍ哥	ㄎ科	ㄏ喝		ㄐ基	ㄑ欺	ㄒ希	
zh	ch	sh	r	z	c	s	
ㄓ知	ㄔ蚩	ㄕ詩	ㄖ日	ㄗ資	ㄘ雌	ㄙ思	

12　摘自《普通話閩南方言辭典（海外版）》，頁8。

3.韻母表

	i ㄧ　衣	u ㄨ　烏	ü ㄩ　迂
a ㄚ　啊	ia ㄧㄚ　呀	ua ㄨㄚ　蛙	
o ㄛ　喔		uo ㄨㄛ　窩	
e ㄜ　鵝	ie ㄧㄝ　耶		üe ㄩㄝ　約
ai ㄞ　哀		uai ㄨㄞ　歪	
ei ㄟ　欸		uei ㄨㄟ　威	
ao ㄠ　熬	iao ㄧㄠ　腰		
ou ㄡ　歐	iou ㄧㄡ　憂		
an ㄢ　安	ian ㄧㄢ　煙	uan ㄨㄢ　彎	üan ㄩㄢ　冤
en ㄣ　恩	in ㄧㄣ　因	uen ㄨㄣ　溫	ün ㄩㄣ　暈
ang ㄤ　昂	iang ㄧㄤ　央	uang ㄨㄤ　汪	
eng ㄥ　亨的韻母	ing ㄧㄥ　英	ueng ㄨㄥ　翁	
ong ㄨㄥ轟的韻母	iong ㄩㄥ　雍		

⑴「知、蚩、詩、日、資、雌、思」等七個音節的韻母用[i]，

即知、蚩、詩、日、資、雌、思等字拼作zhi、chi、shi、ri、zi、ci、si。

⑵i行的韻母，前面沒有聲母的時候，寫成：yi（衣）、ya（呀）、ye（耶）、yao（腰）、you（憂）、yan（煙）、yin（因）、yang（央）、ying（英）、yong（雍）。

u行的韻母，前面沒有聲母的時候，寫成：wu（烏）、wa（蛙）、wo（窩）、wai（歪）、wei（威）、wan（彎）、wen（溫）、wang（汪）、weng（翁）。

ü行的韻母，前面沒有聲母的時候，寫成：yu（迂）、yue（約）、yuan（冤）、yun（暈）；ü上兩點省略。

ü行的韻母跟聲母j、q、x拼的時候，寫成ju（居）、qu（區）、xu（虛），ü上兩點也省略；但是跟聲母n、l拼的時候，仍然寫成：nü（女）、lü（呂）。

4.聲調符號

陰平	陽平	上聲	去聲
ˉ	ˊ	ˇ	ˋ

聲調符號標在音節的主要母音上，輕聲不標。例如：

媽mā	麻má	馬mǎ	罵mà	嗎ma
（陰平）	（陽平）	（上聲）	（去聲）	（輕聲）

5.隔音符號

a、o、e開頭的音節連接在其他音節後面的時候，如果音節的界線發生混淆，用隔音符號「'」隔開，例如pi'ao（皮襖）。

了解了漢語拼音方案的基本設計之後，現在讓我們來看看它的音韻理論基礎以及它的特色。前頭我們已提及注音符號的設計理論基

礎是音韻學上的音節理論，而漢語拼音明顯的是比較貼近音素學理論的，雖然我們也可以看出它並沒有完全根據音素學理論來進行設計。舉個很有名的例子：趙元任先生（1934）曾為文指出普通話的舌尖音j、q、x系列分別與g、k、h或z、c、s二個系列之中的任何一個成互補分布。依照音素學理論，j、q、x可以併入z、c、s或g、k、h系列成為它們的同位異音（allophone），但漢語拼音與注音符號的創制者也許更注重它們發音上的實際差別，因此都沒有遵照此一原則來設計[13]。

　　除了這一點與音素學理論有點出入之外，漢語拼音在許多地方都顯示了設計者用心之處：

　　(1)設計者基於經濟性和方便性原則的考量從一開始就鎖定盡量利用英文現在通行的鍵盤，尤其是其中的二十六個關鍵字母。他們全心全力找尋如何充分利用鍵盤上的每一個字母鍵，並且盡量減少使用上加符號（diacritic marks）如ü字母上加的兩點。從最後定案的成果看來，在這一方面的設計者的確花了很多心力，也達到相當高程度的成功。他們充分利用了二十六個字母中的二十五個，只有V沒用到。當時也曾有人建議用V來代替要用上加兩點符號的ü，後來以語音距離過遠而被否決了，改採以利用ü和u除了出現在n與l之後的情形之外皆不產生對照（contrast）的特性，來盡量減少兩點之添加的這個辦法來解決。但這樣一來上加的「¨」符號因為使用機率太少反而變得很不容易自動化。換句話說，在使用時很容易被遺忘，因此近幾年來已多半改採電腦輸入與輸出可以分離的特性以輸入V而自動輸出ü的辦法來解決。如此一來，英文鍵盤的二十六個字母就真的全數派上用場了。

---

[13]　關於「普通話的舌面音須不須分立？」及「如須合併，要跟哪一套合併？」等問題較詳細的討論請參李壬癸（2001）的討論。

⑵與第1點有關的另一項觀察是：符號的選擇基本上相當恰當，因此使用分音節「'」（另一個上加符號）的機會相對減少許多（De Francis, 1968）。

⑶因鑑於「國語羅馬字」把調併入羅馬字的失敗經驗，漢語拼音不用這種拼法而改採以上加調號的方式來標示，這也是它成功的原因之一（De Francis, 1968）。

⑷在漢語的三個系列子音ㄓㄔㄕㄖ、ㄗㄘㄙ、ㄐㄑㄒ之後，以及使用母音「一」的四種情況，漢語拼音都使用「i」，如zhi「之」、si「私」、xi「西」、i「衣」，在理論上這等於說在這種語言環境中漢語只有一個母音音素。從分布的角度來看這是不成問題的，但就音質而言，四者的差別是可觀的。現在我們只擬提出來這個設計上的特色，至於實際教學上，尤其是第二語言或外語教學的情形會不會也有不利於學習之處，我們回頭再來檢討[14]。

三、功能及其成效

根據De Francis（1986:145-146）的說法，漢語拼音有以下四項的功能：㈠傳寫標準語使成為教與學普通話的利器；㈡提高教授與學習漢字的效能；㈢當作一個共同的基礎來創制境內少數民族或漢語方言的標音系統；㈣對外華語教學、外文名字、科學術語之音譯及修訂索引。De Francis為了突顯漢語在學習漢字時之功效特別把它列為第一項功能，其實就實際教學普通話的情形，漢字的學習都被視為學習普通話課程之一環，因此在以下的敘述我們會把第一、第二兩項合併為一來敘述。

---

[14] 關於這個問題在理論上的討論以及各家標示方式的評比請參李壬癸（2001）。

㈠傳寫標準語使成為教與學普通話與識字的利器

　　漢語拼音作為推廣普通話的語音工具，通過這麼多年的教學實踐已證明其為有效的工具。在中國大陸開展的各種普通話教學活動、掃盲知識課、幼兒班都採用漢語拼音為輔助工具，且成效都非常顯著，所以上述的功能可以說大抵上已成功地達成（馮傳璜，2013:28）。

　　前頭在討論注音符號的功能及其成效時，我們也認為它在輔助「國語」學習和幫助識字教學上的成效也是非常顯著的，可惜這些評論多半都是根據個人的觀察或印象。截至目前，就個人所知還沒有客觀的比較研究。談到這裡讓我想起來在最近一二十年才興起的音韻覺識研究方面卻有好幾篇關於兩岸語文教學與學生音韻覺識的比較研究：Road C. Y., Zhang H., Nie H. B., Ding（1986）；Stanorich, K. & R. Wost（1989）；Stanorich, K.,Richard F West and A. Cunning-ham（1991）；柯華葳與李俊仁（1996）；Chen, S. W., M. Wang and C.X. Cheng（2003）；Wang, H. S.& Chi-chun Wang（2013）。因為篇幅所限，我們這裡僅就最晚近的一篇Wang & Wang（2013）做一扼要的敘述。本文要尋求解答的問題：兩岸華語語者是否會因使用不同的標音符號而影響其音韻覺識。他們的研究設計是在大陸（北京）和臺灣各找三組受試者：學前兒童、國小一、二年級生、大學生，並分別給他們施以音節計數實驗、音素計數實驗以及語音偵測實驗（分組偵測[i]、[u]、[a]）。其研究的基本假設是：大陸與臺灣的學生都學的是相同的語言，但學習時卻使用不同的標音符號，大陸用漢語拼音，臺灣用的是注音符號，而且這兩套符號採用的音韻理論不同，前者是音素學理論而後者是音節理論。因此他們進一步假設：大陸受試者在做有關音素的作業（task）時表現會比臺灣的學生好，但在做有關音節的作業時會不如臺灣的學生。

　　實驗的結果發現，北京的受試者在做與音素有關的作業時，正如預測的，表現優於臺灣學生，但在做與音節有關的作業時卻與臺灣學生的表現不相上下，與所預測者有所出入。Wang與Wang（2013）在

解釋這種違反預期的現象時，引了Chen, Wang & Cheng（2005）所做的觀察：中國大陸的教師在教漢語拼音時，事實上還使用多種與音節結構有關的練習，如去頭音的練習、發音替換練習，因此學習者對漢語的音節結構一點都不陌生。如果此項觀察真的普遍存在於中國大陸，則又再度顯示：決定學生表現的，除了所使用課本之基本系統外，教師的教學法也是一項很重要的變數。

㈡作為少數民族創制標音或書寫系統之基礎

中國大陸少數民族眾多，但已創制有文字者在1997年之前僅有三十一種。這三十一種依文字體系來分可以列表如下[15]：

中國大陸現行語言文字體系

文字類型	字母體系	民族文字名稱
音節文字		傳統彝文，規範彝文
拼音文字	印度字母體系	藏文、傣文
	回鶻文字母體系	蒙古文、錫伯文
	阿拉伯字母體系	維吾爾文、哈薩克文、柯爾克孜文
	獨創字母體系	朝鮮文、滇東北老苗文
	拉丁字母體系	壯文、布依文、侗文、苗文（4種）、納西文、拉祜文、哈尼文、景頗文、載瓦文、佤文、土文

表中所列民族文字若依創制年代來分，又可以分成1949年之前與1949年之後兩大類，後一類都是拉丁文體系，而前一類絕大部分是傳統的文字體系，只有一小部分是1949年以後重新規劃的。會有這一層區分，是因為中共政權，鑑於民族文字在推廣民族教育上之

---

[15]　摘自曹逢甫（1997:82）

重要性，於1955年在北京召開「民族語文科學研討會」，會中做出規劃，決定先行進行調查，然後於1956至58年間從事文字方案的創制及現行文字的改革。其後「中國文字改革委員會」於1957年制定《關於少數民族文字方案中設計字母的幾類原則》（國務院1957年12月10日批准）：

　　1.創制和改革少數民族文字應以拉丁字母為基礎。

　　2.少數民族語言和漢語相同或相近的音，盡可能用《漢語拼音方案》裡相當的字母表示。

　　此原則制定後幾年，該委員會共制定了十六種新文字，並大力推行（道布、譚克讓，1988）。這些新創的文字固然有推行成功的例子，但也有不少在試行了一段時間後中斷或終止。

　　在現有文字的改革方面也不是很順暢，今舉蒙古文和維吾爾文、哈薩克文為例。蒙古語在1955年之前一直使用舊蒙古文（回鶻文字母），在1955年改用新蒙古文（斯拉夫字母），三年後決定停止使用，恢復舊蒙古文；但為了增進舊蒙古文之標音功能，於1979年又仿照漢字注音的方式，增設了蒙古語標音方案（拉丁字母）。維吾爾文和哈薩克文也有類似翻轉的情形，1965年決定用拉丁字母取代原先的阿拉伯字母，但1982年又恢復使用阿拉伯字母。看來每一個民族文字與標音系統的創制與推行的確不是一件容易的事，而要在盡量與另一個文字系統符合的條件來進行創制或改造則更是難上加難。

3.在對外華語文教學上的應用

　　在這一節我們來談談漢語拼音在華語文教學上的功能及其成效：我們前面已約略談及在漢語拼音創制之初，它最終的目標無疑地是為中文拉丁化做暖身的準備（周有光，1979:150）。也正因為如此，所以它設計之時就得兼顧當注音使用與當文字使用兩種功能。而這兩種功能在標音符號的選擇上是有不同的考量的：做文字使用主要的考量是經濟性、一致性與方便性。經濟性指的是要使用最少符號的原則，說得具體一點就是要以一個符號代表一個音素（音位）；所謂一致性原則就是一個音素以一個符號來代表，而一個符號也只代表一個

音素；最後方便性原則則指的是能使用現成的英語鍵盤，尤其是其中
的二十六個字母。至於標音符號的選擇，講究的主要是發音與符號的
連結性。以英語所使用的拉丁字母而言，二十六個字母中的每一個
字母都與某些聲音有一定習慣性的連結，如果違反了這個習慣就是違
反了方便性原則。周有光指出，有人建議用v字母代替ü字母來表示ü
音，但因不合「國際習慣」而未被接受（周有光，1979:107-108），
但如果依同樣的原則，則q、x、z、zh等符號的選用顯然也是不合適
的，它們最後能被接受顯然也是基於方便性原則的考量。有類似問
題的字母還有「i」。我們前頭已經說過知、蚩、詩、日、資、雌、
私等七個音節的韻母都用i，如果從方便性角度來考量是勉強可以接
受，但如果細審其音讀則其間實際上是有一大段距離。對以華語爲母
語者這不會有問題，因爲他們都有足夠的機會去學得正確的音讀，因
此一個相同的符號來代表這些個不同的音應不會構成嚴重的問題。但
如以華語爲第二語言或外語學習者立場來看這個問題，情形就完全不
同了；在他們的學習環境裡要怎樣學才能掌握這七個不同音節所發的
不同的音已是一個非常棘手的問題，而用同一個符號來代表這些不同
的音會不會使原本就是困難的問題更加困難？這一點是值得我們進一
步思考的。

4.其他功能及成效

漢語拼音除了上述的功能，還有以下四種功能：

(1)作爲電報之傳輸碼：大陸東北地區已有長期使用拼音電報的
經驗，自1958年漢語拼音方案公布起開始使用漢語拼音電報
直到1982年取消爲止，共使用了四十八年。根據周有光先生
的考察「成效很好，差錯極少」（周有光，1992a:282）。

(2)作爲序列索引之依據：漢字有字數太多、字形複雜問題，因
而排序不便，檢索亦有困難，但如果能利用漢語拼音則排序
與檢索的問題亦可迎刃而解。中國大陸已有許多字典和辭書
在排列正文條目時使用漢語拼音系統，《中國大百科全書》
即爲一例。

(3)方便漢字之電腦輸入：自有電腦以來，漢字之輸入一直是個大問題。但自從「拼音、漢字」變換法通行以來，漢語拼音輸入法已經廣泛流行於年輕的世代。而且實踐的結果並沒有太多的問題，除了ü所帶來的不方便外，現在發明以V代ü的方法，這個問題也已獲得解決。

(4)作爲拼寫漢語之國際標準：如前所言，漢語拼音因爲能充分利用其易與國際接軌之優勢，所以在成爲國際標準方面大有斬獲。1977年聯合國地名標準化會議決議採用漢語拼音字母作爲拼寫中國地名之國際標準。1982年國際標準化組織（ISO）決議采用漢語拼音作爲拼寫漢語的國際標準。

肆、結論與建議

一、結論

我們有以下兩點結論：

㈠ 從語言規劃的角度來看這兩套標音系統，我們的結論很明顯的是：兩者都已經達成了最初所賦予的最主要功能：給漢字注音並輔助華語的教學與學習，尤其是其中有關漢字部分。在對外華語教學的應用上則二者各有勝場，注音符號在語音教學上較能避免母語的干擾，但因爲是全新的非拉丁字母的符號系統，所以需要較長的時間才能上手。至於其他的功能如中文譯音、作爲電報的傳輸碼、作爲序列索引之依據以及方便漢字之電腦輸入等，則漢語拼音挾其與世界接軌之優越性表現較優。

㈡ 漢語拼音因爲是根據音韻理論中的音素理論設計的，而且設計者竭精殫智去設法使用英文鍵盤上的二十六個字母，因此，在經濟性、一致性，與方便性上都達到相當高的水平，注音符號則緊扣著聲、韻、調組成一個音節的概念，不但完全符合漢語聲韻的基本精神，也符合現代音韻學的音節理論。

二、建議

我們也有三點具體的建議：

㈠ 注音符號與漢語拼音在輔助華語文教學與學習方面既然經多年的實踐證明都很有成效，建議分別在臺灣與中國大陸繼續使用。唯在先前的討論中我們發現，爲了讓漢語拼音能充分發揮它在幫助學習漢語音韻及發音之功能，其教學應放在音節的脈絡中進行。

㈡ 從語言規劃的角度切入，既然注音符號在與世界接軌的方便性上有其缺失，我們有必要引進另一套系統來彌補其缺陷，在比較眾多的選項後，個人認爲漢語拼音是目前最好的選擇，所以幾年前已建議將其引進以填補目前注音符號所缺的功能。但要注意的一點是，所謂引進並不只是把它「供」在那裡而是要讓人民對它有一定的熟悉度，並能運用它在和外國人的溝通上，以達到眞正與世界接軌的目的。

㈢ 如前所言，雖然音節音韻理論與音素理論都是普世音韻理論中很重要的部分，但如果你的任務是要爲少數民族語言或其他漢語方言設計一套文字或標音系統，則站在經濟性與方便性的角度來考量，還是以根據音素學理論設計的系統較具可行性。這是因爲世界上語言的音素總數很少有超過七八十個的，但一個語言的聲母數與韻母數的總和超過一百的語言則比比皆是。

參考書目

王旭（2001）。再論漢語拼音。漢字拼音討論集，17-20。臺北：中研院語言所籌備處。

白水（2013）。漢語拼音的由來與發展。語文建設通訊，103：30-31。

何容（1981）。字音查字表。國語日報辭典（十七版）。臺北：國語日報出版社。

李壬癸（2001）。漢字拼音的幾個關鍵問題。漢字拼音討論集（頁

1-7）。臺北：中研院語言學研究所籌備處。

李榮編（1988）。中國語言地圖集。香港：朗文（遠東）出版公司。

李榮與周長楫編（1993）。廈門方言詞典。江蘇教育出版社。

李鍌與張正男等編（2012）。國語運動百年史略。臺北：國語日報。

吳敬恆（1931）。三十五年來之音符運動。商務印書館編，三十五年之中國教育。

周長楫（1993a）。引論。廈門方言詞典（頁3-37）。江蘇教育出版社。

周有光（1979）。漢字改革概論（第三版）。北京：文字改革出版社。

周有光（1980）。拼音化問題。北京：文字改革出版社。

周有光（1992a）。漢語拼音方案的應用發展。新語文的建設，281-285。北京：語文出版社。

周有光（1992b）。漢語拼音與華文教學。新語文的建設，227-234。北京：語文出版社。

周有光（1992c）。倪海曙先生和拉丁化運動。新語文的建設，376-378。北京：語文出版社。

周有光（1992d）。蔡元培先生的新語文思想。新語文的建設，335-342。北京：語文出版社。

林宜嫻（2001）。國際接軌vs.臺灣優先──「拼音大戰」方興未艾（Much A Do about Pinyin）。光華（Chinese-English Bilingual Monthly），26（2），98-103。

柯華葳主編（2004）。華語文能力測驗編製－研究與實務。臺北：遠流出版公司。

柯華葳與李俊仁（Ko, Hua-Wei, and Jiun-Ren Lee）（1996）。國小低年級學生語音覺識能力與認字能力的發展：一個縱貫的研究（Chinese children phonological awareness ability and later reading ability: A longitudinal study）。Journal of National Chung Cheng University: Social Sciences，7.1:49-66。

曹逢甫（1997）。族群語言政策：海峽兩岸的比較。臺北：文鶴出版有

限公司。

曹逢甫（2001）。從語言規劃的觀點檢討國語注音符號第二式─兼論漢
　　語拼音的優劣。漢字拼音討論集，21-32。臺北：中研究語音所籌
　　備處。

曹逢甫（2006）。在臺灣進行英語字母拼讀法教學：理論與實踐。英語
　　文教學的奠基與傳承─紀念楊景邁教授（頁53-90）。臺北：文鶴
　　出版有限公司。

曹逢甫（2011）。語文政策、語言教育的回顧與前瞻。中華民國發展
　　史：教育與文化（上）（頁405-440）。臺北：聯經出版事業公
　　司。

馮傳璜（2013）。善用漢語拼音這一標誌著中華語言文化的符號。語文
　　建設通訊，103：28-29。

蔡培火編（1997）。國語閩南語對照常用辭典（臺初版第四刷）。臺
　　北：正中書局。

廈門大學中國語言文學研究所漢語方言研究室主編（1982）。普通話閩
　　南方言詞典。三聯書店香港分店、福建人民出版社聯合出版。

鍾榮富、蔡維天、鄭縈、蕭素英、劉秀雪編（2011）。音節結構與漢
　　語小稱詞之間的關係。語言多樣性：曹逢甫教授榮退論文集（頁
　　1-30）。臺北：文鶴出版有限公司。

鍾榮富（2004）。華語的特性。華語文能力測驗編製─研究與實務（頁
　　49-82）。臺北：遠流出版公司。

羅肇錦（1990）。再見，ㄅㄆㄇㄈ─廢除國語注音符號芻議。臺語資料
　　中心編印，臺語音標問題討論集（頁144-147）。

Admas, M. J.(1991). *Beginning to Read: Thinking and Learning about
　　Print*. London: M.I.T. Press.

Chao, Y. R.（趙元任）. (1934). The non-uniqueness of phonemic solu-
　　tion of phonetic systems. *Bulletin of the Institute of History and Phi-
　　lology, Academia Sinica, 15*(4):363-397.

Chen, S. W., M. Wang, and C. X. Cheng.(2005). *Is there an L1 orthogra-*

phy transfer effect? Unpublished manuscript.

De Francis. J.(1967). Language and Script Reform, in Sebeok, T. (ed.) *Current Trends in Linguistics in East Asia and S. E. Asia.* The Hague: Moulton,130-150.

Fishman, J. A.(1974). Language planning and language planning research: The state of the art. In J.A. Fishman (ed.) *Advances in Language Planning.* The Hague: Mouton.

Hornberger, N.(1990). Bilingual education and English-only: A language planning framework. *The Annals of American Academy of Political and Social Science.* 508, 12-16.

Read Charles, Yun-Fei Zhang, Hong-Yin Nie, Bao-Qing Ding.(1986). The ability to manipulate speech sounds depends on knowing alphabetic writing. *Cognition 24*:31-44.

Stanovich Keith E., and Richard F. West.(1989). Exposure to print and orthographic processing. *Reading Research Quauterly. 24*:402-433.

Stanovich, Keith. E., Ricard F. West, and Anne E. Cunningham.(1991). Beyond phonological processes: Print exposure and orthographic processing. In S. A. Brady & P. P. shankweiler(eds.) *Phonological Processes in Literacy: A Tribute to Isabelle Y. Liberman* (pp. 219-235). Hillsdale, N.J. Lawrence Erlbaum.

Tsao. Feng-fu.(1998). Postwar Literacy Programs in Taiwan: A Critical Review in Sociolinguistic Perspective. In Huang, C. C., F. Tsao(eds.) *Postwar Taiwan in Historical Perspective.* College Park, Maryland: U. of Maryland Press.

Tsao, Feng-fu.(2008). The Language Planning Situation in Taiwan. In Kaplan, R. B. and Richard B. Baldauf Jr. (eds.) *Language Planning &Policy in Asia, Vol. 1:Japan, Nepal and Taiwan and Chinese Characters*(pp. 237-300). Bristol,England: Multilingual Matters.

Wang, H. Samuel（王旭）& Chi-chun Wang（王啓鈞）. (2013). The Effect of Phonetic Annotations on the Phonological Awareness of Chinese Speakers. 華語文教學研究，10(3), 85-119.

附錄一

引自蔡培火編（1997）。《國語閩南語對照常用辭典》（臺初版第一刷1969年10月）。

從音韻學的角度
看華語的標音系統

王旭

（元智大學應用外語系）

摘　要

　　華語的標音系統主要分為非羅馬拼音的注音符號，以及羅馬拼音的漢語拼音、通用拼音、韋翟式拼音等系統。本文從音韻學的角度探討為了要標音而對語音做的切分的合理度、舌面音的歸屬，以及中元音的獨立性等問題。認為華語自然的切分只到音節，次音節的切分應該越少越好。因此從音韻的角度看，注音符號是占有優勢的。舌面音ㄐㄑㄒ在音韻分析裡一向認為不是獨立音位，但是本文認為語言使用者可能已經將舌面音的性質音韻化，所以成為獨立音位也是合理的處理方式。中元音的音韻分析也是會成為單一音位，但是其中的差別應該也已經音韻化，尤其是ㄝ。ㄛ跟ㄜ可能可以合併。

壹、前言

　　眾所周知，華語的文字結構基本上並不表音，六書中所謂「形聲」、「假借」、「轉注」都是間接利用語音的訊息，而且經過語言演變，所表現的語音訊息非常不規律，對語言使用者以及語言學習者而言，沒有太大的參考價值。然而語音標示早在許慎的《說文解字》就有「讀若」的使用，「反切」也是因應這種需求的產物。

　　近年來對華語標音的需求首先在於語言文字的學習。對華語為母語的使用者而言，他們需要知道某些罕用字的讀音，因此字典需要標注單詞的語音。這種做法跟英語字典類似。英語文字雖原則表音，但是有許多不規則的情形，所以字典也需要標注語音。

　　除了母語使用者的需求，標音也使用在對外華語的教學。這種情形與國人學習英語類似。語言學習者需要借助語音的標注來知道語詞的發音。此外，在其他社會政治的環境中，例如路標、地名、人名等，因為國際化的需要，也利用拉丁字母拼音的方式標注語音。

貳、語音的切分

　　標音系統的設計有不同的考量，因此系統是否適當，要看使用標音的目的。我們先從母語使用者的角度來看標音系統。

　　標音系統與音韻系統是脫不了關係的。標音系統首要的考量就是標音是否能適切地表達音韻系統。「讀若」的直音法以音節標注音節，體認了音節的單位。音節的單位在各種語言裡普遍存在，但是重要性不同。直音法的標注方式現在看起來相當原始簡單，但是這也顯示出音節的觀念在漢語的重要性。漢字以音節爲表現的單位也顯示出音節在漢語的重要性（曾進興，1997）。

　　現代華語的音節數大約四百個（不計聲調），這個數量對於語言使用者並不算大。因此如果每個音節選用一個代表字，是可以用直音法「讀若」來標注語音。只是對於語言學習者而言，四百個音節以及四百個代表字是不小的學習負擔，因此沒有人會利用直音法來進行華語教學。尤其是語言經過歷史演變，有些同音的字後來分流，也有一些不同音的字後來合流，會使得直音法的標注產生誤差。

　　反切法引入了聲母與韻母的觀念，用上字來代表聲母，下字代表韻母。例如「東，德紅切」，用「德」作爲上字，代表「東」的聲母，用「紅」作爲下字，代表「東」的韻母，已經有音節內部結構的觀念。音節結構在現代語言學裡通常是以樹狀圖表示，例如「東，德紅切」可表示如下：

　　這個做法依照現代語言學是將音節做了切分，但其實不一定。我們也可以解釋爲「將『東』的前部（聲母）與『德』的前部類比，將

『東』的後部（韻母）與『紅』的後部類比」。反切的問題也跟直音法類似。雖然以切分或類比的方式將音節分為上下字，原則上可以減少作為標注的代表字，但是依據中文維基百科「反切」條，用作反切的上字達四百多字，下字達一千多字，實際上的使用還是有很多困難[1]。

　　現代語言學因為要解釋語言現象，因此需要對語言現象做解析。在語音的解析方面，一般都是將語流解析至音位大小的音段（phoneme-sized segment）。有些語言學家將這種解析視為理所當然。Fromkin & Rodman（1993:370）就曾講：「According to one view, the alphabet was not invented; it was discovered. If language did not include discrete individual sounds, no one could have invented alphabetic letters to represent such sounds.」Chomsky（1965:50）也有類似的說法：「the Chinese possess articulate sounds, and therefore the basis for alphabetic writing, although they have not invented this.」意味著世界上語言的語音，包括華語，都可以切分為音位大小的長度。語流的切分在語言使用者處理語言時是必然的，但我們要問的是，一定需要切分到音位的長度嗎？甚或是否需要切分到更小的長度？西方文字切分到音位（以字母代表）有其背景，應該也是應其語言的需要。可是反過來說，漢語沒有發展出音位的切割，是否也可解釋為漢語的處理上不需要做如此細部的切分[2]？

　　反切的傳統在中國有長久的歷史，雖然反切的來源一般認為受到梵文字母的影響（王力，1987:71-72），但是與中國詩詞的押韻行為有相當程度的契合，因此這個做法可視為符合語言使用者的語感（intuition），也就反映出漢語的音韻結構。

---

[1]　2014年1月25日引自 http://zh.wikipedia.org/wiki/%E5%8F%8D%E5%88%87
[2]　王天昌（1973:144）：「等到西方語言學知識傳入我國，我們知道韻母再細的劃分雖然可以做，卻不是研究漢字字音結構所必需的。」

　　語流的切分不應該視爲理所當然的語言行爲，因爲若要切分語流，必須整理出語流中相同與相異的部分，然後把一些成分能夠抽離，在心理的運作上是相當複雜高階的。在世界上各種語言所做的各種語流切分，都只能證明人類的心智能力可以做到這種切分的程度，但不能以此論斷這樣的切分程度是語言的必然。例如前述Chom-sky所謂漢語基本上也可以發展出拉丁字母的書寫系統，似乎意味漢語是「可做到而未做到」。可是韓國的諺文（Hangul）表示出各種發音部位語發音方法，表示方式可說比起拉丁字母更進一步，是否也可謂西方文字「可做到而未做到」呢？

　　事實上標音方式是否妥切合宜，必須考量該語言的音韻結構。舉例而言，英語的音節結構相當複雜，可能性比起現代華語的四百種音節多上好多倍，直音法顯然根本不可行。即使使用類似反切的方式，「聲母」可能的形態粗估至少超過五十種，而韻母的數量更可達數倍之多，而且其中有許多重複之處，因此發展出音位大小的切分是合理的。因爲分析成音位，音節裡許多相同的部分可以當成同音處理。例如音節首的[p]與音節尾的[p]雖然發音不同，組合方式也不同，卻可以當成相同的音。如此一來語言的語音單位就大大地減少至可以處理的程度。

　　一般人都是如此認同音位切分的好處，因此一直朝向解析的方向著手。但是解析並非沒有缺點。當某個音分析出來，相對地就必須考慮這個音跟其他音的結合的問題。例如在英語中，將[h]的語音分析出來成爲一個音位，這時就需要說明[h]不能出現在音節尾，因爲其他的子音是可以的。

　　在臺灣通行的華語注音符號，是承襲反切的傳統，將音節區分爲聲母、介母、韻母三個部分。與反切不同的是，注音符號利用固定的符號代表聲母、介母、韻母，不像反切用上字下字，符號不特定，而且沒有「一音一符」。另外一點重要的不同是，注音符號是切分音節，不像反切可以用類比的方式得到標的音。

　　注音符號與現行的幾種羅馬拼音除了使用的符號不一樣之外，最

大的不同點在於切分的方式不一樣。切分方式不一樣的地方主要在於韻母，至於聲母及介母沒有太大差別。我們以鼻音來說明。

　　華語的鼻音有[m, n, ŋ]，包含這幾個鼻音的注音符號有ㄇ、ㄋ、ㄢ、ㄣ、ㄤ、ㄥ。注音符號有六個，但是如果切分成音位，則只有三個。即使加上元音，也只有五個，而這元音還可以用在其他的組合。所以看起來音位大小的切分是比較經濟的。可是如果切分成音位，就必須加說明[m]不用在音節尾、[ŋ]不用在音節首，而以注音符號的切分則沒有需要做此說明。因為以子音結尾的韻母也就是這四個，注音符號也不需要說明非鼻子音不能出現在音節尾。音位切分需要做這些說明，注音符號不需要，雖然注音符號使用的符號較多，很難斷定何者較為經濟。

　　經濟原則只是音韻學裡的一種考量方式而已，音韻學真正要達到的還是要表現出語言使用者的語感。舉一個例子。在英語裡，[n]出現在not，也出現在can。英語使用者會認為這兩個[n]是同一個音，雖然因為位置不同，實際的發音會有差別。在華語裡，[n]也可出現在ㄋ跟ㄣ，但華語的語言使用者基本上不會認為這兩個[n]是相同的音。如果依照IPA的原則「一音一符」，這時的問題就成為「如何定義『音』」。語言使用者對同一個[n]有不同解讀，在音韻裡要當成同一個音嗎？這種差別在音位的分析裡是表現不出來的。相對地，注音符號用ㄋ、ㄣ、ㄢ等包含[n]的符號，也沒有辦法顯示出這裡有發音相同的部分。

　　注音符號裡的ㄢ只有一個符號，以音位切分的話則是[an]，有兩個符號。以「一音一符」的原則來說，一個符號代表一個音，兩個符號則代表兩個音（除非是雙音符digraph，如th）。也就是說，同樣[an]的發音，注音符號的系統表現是一個音，而音位拼音的系統則表現出兩個音。Wang & Wang（2013）的研究發現臺灣的學生跟北京的學生在處理華語的切分上有差異，認為這是因為使用不同標音系統的結果。例如「搬」，臺灣學生百分之百認為是兩個音（ㄅㄢ），北京的學生雖然大多數也是認為是兩個音，但是有部分（近四分之

一）認爲是三個音。臺灣的情況很單純，北京的情形是，小學老師在教漢語拼音時，「搬」雖然拼爲ban，但是老師並不是教b-a-n，而是類似注音符號，教b-an。換句話說，還是以「聲母」「韻母」的切分方式，因此學生會認爲還是兩個音。這也就說明華語的音節結構基本的體認還是「聲」「韻」，並沒有往下再切分。而部分北京學生（尤其是大學生）會認爲有三個音，可能的因素包括受拼音字母的影響（「搬」用了三個字母）以及受電腦中文輸入的影響（輸入b-a-n）。另外一個測試，問受試者「翻」有沒有[a]，北京的小學生跟大學生說「有」的機會也遠大於臺灣學生。這是因爲[a]對臺灣學生來說是ㄚ，但是「翻」是ㄈㄢ，沒有ㄚ。可是對北京學生來說，[a]是a，「翻」是fan，中間有a。

　　這是標音系統對語音切分造成的影響，是一種人爲的結果，並不一定代表語言的自然結構。先前許多研究顯示，語音切分的能力，也就是音韻覺識（phonological awareness）受到文字很大的影響（參考Wang & Wang，2013年的文獻探討）。這點發現跟前面所引Fromkin & Rodman（1993）以及Chomsky（1965）有很大的出入。Fromkin & Rodman與Chomsky的看法認爲語音切分的能力是內發的（developed），而文字的形成只是反映這種內發的切分。但近年音韻覺識的研究都指向切分能力受到文字的影響，也就是外鑠的（learned）。人類文字所表現的語音切分只是顯示這樣的切分是可習得的（learnable），而不是語言結構所造成的必然。事實上有很多閱讀障礙（dyslexia）的患者一般智力以及語言能力都沒有問題，但是因爲切分音段的障礙，使得他們無法閱讀[3]。

　　因此本人認爲，華語的語音切分只有音節（以及聲調）是自然發展的（曾進興，1997），音節以下的切分都是受到教育以及標音方式（注音符號以及漢語拼音）的影響習得的。直音法以音節爲單

---

[3]　參考"Developmental reading disorder". A.D.A.M. Medical Encyclopedia. 2013. 網址http://www.ncbi.nlm.nih.gov/pubmedhealth/PMH0002379/

位，雖然不精確而且沒有效率，但卻是唯一自然發展的標音法。反切不是本土發展的標音方式，但是符合詩歌押韻的傳統，也符合語言使用者的直覺（intuition）。只是如前所述，反切也可能從類比方式獲得，不一定是切分。

　　注音符號跟漢語拼音以及其他的羅馬拼音方式都是語音的切分，也都是人為的產物，而不是語言自然的發展。這些切分方式有其需要，但切分越細，對語言使用者需要抽離語音的心理負擔越大，除非有語言處理的需要，是沒有必要做到過細的。從這個角度看，注音符號比起羅馬拼音是有其優越之處（王旭，1997）。

　　注音符號並非沒有缺點。相較於羅馬拼音系統，注音符號在國際間的使用顯然是受到限制的。不過這個問題是屬於社會與政治的問題，而非語言本身，也不是音韻的問題，所以不在本文討論之列。

一、ㄐㄑㄒ的問題

　　華語裡的舌面音ㄐㄑㄒ必須出現在前高元音及介音ㄧ與ㄩ前，與舌尖前音ㄗㄘㄙ，舌尖後音ㄓㄔㄕ，以及舌根音ㄍㄎㄏ有互補分布的關係：

	ㄗ	ㄘ	ㄙ	ㄓ	ㄔ	ㄕ	ㄐ	ㄑ	ㄒ	ㄍ	ㄎ	ㄏ
ㄧ與ㄩ前	✗	✗	✗	✗	✗	✗	✓	✓	✓	✗	✗	✗
其他元音前	✓	✓	✓	✓	✓	✓	✗	✗	✗	✓	✓	✓

依照語言學裡的音位分析原理，ㄐㄑㄒ因為分布受限，而與其他的音形成互補分布，所以ㄐㄑㄒ應該不是獨立音位，而須併入其他音。但是在華語中有三個系列的子音跟ㄐㄑㄒ互補，應該併入哪一個系列就成了一個問題。Chao（1934）從母語者的觀點認為應歸到舌根音系列， Hartman（1944）歸到舌尖音系列，而Cheng（1973:40）則引用董同龢（1954），認為將舌面音獨立出來成為音位最合理。而注音符號顯然是與Cheng與董同龢一樣的立場，將舌面音獨立出來。

　　「音位」（phoneme）一般是認為應該反映母語使用者的心理（Sapir, 1949），可是語言學家所整理出來的規律與語言使用者所操作的規律並不一定相同。例如同樣是連音的現象，對於閩南語跟四縣及海陸客語的使用者來說感覺並不相同（Wang & Liu, 2010）。這是因為一種音韻現象因為某種環境產生之後，經過一段時間，雖然語言環境沒有改變，但是語言使用者掌握到的可能不單純是環境與音變的「變化」關係，而是「共存」關係。舉華語的ㄐㄑㄒ顎化音（舌面音）做例子。在歷史演變中，舌尖前音、舌尖後音、舌根音，三者在前元音之前都顎化，到現在這個環境並沒有改變。但是語言使用者掌握到的並不是這三類的音的變化，而是ㄐㄑㄒ一定出現在前元音前面的事實。共存限制跟把顎化音（舌面音）歸在哪個系列並沒有一定相關。獨立音位與其他獨立音位也會有共存限制。例如ㄅ不與ㄜ結合，ㄈ不與ㄧ結合。但是當語言使用者把語音以共存限制處理時，雖然環境沒有改變，也可能產生音韻化（phonologization; Hyman, 1975:171-173），音韻化的結果就是語言使用者會把語音當成獨立單位，雖然出現的分布還是受限。如果顎化音已經音韻化，那麼把這系列的音獨立出來，是合理的。

　　我們用這樣的觀點來比較注音符號以及漢語拼音、通用拼音、韋翟式拼音（Wade-Giles）幾種拼音處理這幾個系列的方式，如下表：

注音	韋翟	漢語	通用
ㄗ	ts	z	z
ㄘ	ts'	c	c
ㄙ	s	s	s
ㄓ	ch	zh	jh
ㄔ	ch'	ch	ch
ㄕ	sh	sh	sh
ㄐ	ch(i)	j	j(i)

注音	韋翟	漢語	通用
ㄑ	ch'(i)	q	c(i)
ㄒ	hs(i)	x	s(i)
ㄍ	k	g	g
ㄎ	k'	k	k
ㄏ	h	h	h

　　從這個表我們可以得到幾點觀察：

㈠韋翟式將顎化音（舌面音）基本上歸到舌尖後音ㄓㄔㄕ系列，雖然ㄒ與ㄕ並不相同。

㈡漢語拼音將舌面音ㄐㄑㄒ獨立出來（使用三個獨立的符號），舌尖前音ㄗㄘㄙ與舌尖後音ㄓㄔㄕ有共同點，也就是z, c, s加上h之後就成了zh, ch, sh。可以把h當成代表捲舌的特徵。也就是說這舌尖前音與舌尖後音兩個系列形成有條件限制的同一音位（王旭，2001）。

㈢通用拼音將舌尖後音ㄓㄔㄕ與舌面音ㄐㄑㄒ屬同一音位。事實上舌尖前音ㄗㄘㄙ除了ㄗ之外，也使用同一符號，舌尖後音與舌面音都是變體（positional variants）。這個處理方式差不多等於Hartman（1944）。

　　注音符號與這幾種拼音方式的不同除了不使用羅馬字母之外，是將這四個系列都分別對待，也就是將它們都當成獨立音位。這點雖然符合上述音韻化的論述，但是畢竟發音的系統性並沒有表現出來。

　　在此我們要特別說明一下漢語拼音。漢語拼音是中華人民共和國建政之後即成立文字改革委員會，經過冗長的討論制定的，並在人民大會通過，原來制定的目的是要終極廢掉漢字，這套拼音系統是要當文字使用的（周有光，1979）。即使至今該國政府已經放棄廢掉漢字的政策，但是這套拼音系統在某些場合還是具有文字的地位，

例如該國的警察外套背後會寫GONG AN表示「公安」[4]。系統在設計時要做文字的考量，與單純做標注語音的考量是不一樣的。漢語拼音因為要做文字，所以在設計時盡量使用羅馬字母，二十六個字母除了「V」之外都用了。從這個觀點來說是有效率的。但是在表達語音的傳統，則有所不逮，尤其是用[q]、[x]代表ㄑ、ㄒ，頗受詬病。

二、ㄜㄛㄝ的問題

　　這幾個元音都是中元音，Cheng（1973:15-18）把這幾個元音歸為同一音位，ㄛ與ㄨ介音結合，ㄝ與ㄧ介音結合。也就是說，ㄛ跟ㄝ是ㄜ的變體。幾種羅馬拼音方式都是以[o]代表ㄛ，以[e]代表ㄝ，所以這部分基本上沒有什麼差別，最多只是相關的介音使用符號不同[5]。但是ㄜ就有一些差別。漢語拼音與通用拼音的ㄜ都是用[e]，韋翟式拚音則是[ê]或[o]。換句話說，「何」在漢語拼音跟通用拼音都是用[he]，而韋翟式拼音則是[hê]或[ho]。我們比較常看到的韋翟式會採取[ho]。

　　漢語拼音跟韋翟式拼音顯然注重ㄛ跟ㄝ的差別，但是羅馬字母符號所限，表現的不是很理想。通用拼音應該也是想做這種區分，可是有困難，就沒有嘗試。

　　這幾個中元音的特徵差異表示如下：

	ㄝ	ㄜ	ㄛ
圓唇	−	−	+
舌後	−	+	+

---

[4]　中文維基百科「漢語拼音」條：「《中華人民共和國國家通用語言文字法》第十八條規定：『《漢語拼音方案》是 中國人名、地名和 中文 文獻 羅馬字母拼寫法的統一規範，並用於漢字不便或不能使用的領域。』」

[5]　漢語拼音的ㄝ是戴帽子的[ê]，但實際上跟介母結合時都沒有戴帽：ㄧㄝ是[ie]，ㄩㄝ是[üe]。

　　ㄜ的徵性在另兩者中間，而羅馬字母表現元音的[A]、[E]、[I]、[O]、[U]中只有[E]、[O]代表中元音，如果要代表第三個中元音，就要用附加符號（例如[ê]）或用雙字符（digraph）。用附加符號的結果是在很多場合因為輸入不便而省去，結果跟沒有附加符號一樣。而雙字符的另一個符號通常也會與其他語音聯想，造成誤解。所以都沒有理想的解決方案。

　　注音符號因為不是使用羅馬字母，就沒有上述的問題。注音符號將這幾個音都當成獨立音位，跟Cheng（1973）處理的方式不一樣。如果依照Cheng（1973）的方式，這三個音用一個符號就可以，因為ㄝ一定跟介母ㄧ，ㄛ一定跟介母ㄨ。所以依照Cheng（1973）「耶」可以注ㄧㄝ，「窩」可以注ㄨㄛ，而「婀」則是ㄜ。換句話說，依照音位學的原理，注音符號的標注是有冗贅的成分。但是依照前述，這三個音的差別也有可能已經音韻化，尤其是ㄝ。只是ㄛ是否已經音韻化則值得商榷，因為如果把「窩」唸成ㄨㄛ事實上不會造成什麼差別，在實際語言的使用上（例如在唱歌時）也經常觀察到。

　　如果把這三個音都當成獨立音位，則ㄝ跟ㄛ本身即可帶介母。這也就是說，既然這兩個音都要跟介母出現[6]，我們可以用ㄝ來代表[ie]，用ㄛ代表[uo]。事實上唇音系列ㄅㄆㄇㄈ加ㄛ時（「撥坡摸佛」）都沒有注介母，實際發音都有介母[u]的（Chao, 1968:30）。這是因為唇音系列不能單獨接中元音，不如其他系列如ㄍㄎㄏ可以接ㄜ（「歌科喝」），所以可以省掉ㄨ介母[7]。但是如果ㄍㄎㄏ接ㄛ，中間沒有注介母，而由ㄛ直接代表，其實還是可以為[kuo]、[k'uo]、[xuo]，並不會造成誤解。同樣地，ㄅ也不能直接接ㄝ，「憋」必須帶

---

[6]　這兩個音只有在感嘆詞「哎」、「喔」會單獨出現。感嘆詞的的地位相當邊緣化，可以不考慮。

[7]　中文維基百科「注音符號」條：「因為唇音ㄅㄆㄇ及後母音ㄛ已帶有合口音ㄨ的圓唇性質，故從簡，如：柏『ㄅㄛˊ』、婆『ㄆㄛˊ』、魔『ㄇㄛˊ』。」

介音，所以如果ㄝ包括介母，「憋」也可以標注爲ㄅㄝ。

　　這些都是從音韻學的觀點要省掉冗贅成分的考量。介母在其他包括[a]的結合如「加」、「交」、「將」都是需要標注的，而在ㄝ跟ㄛ前標注介母也可以強調介音的存在，有助於華語教學。只是如此一來「撥坡摸佛」的注音應該加上介音ㄨ才能比較一致。

參、結語

　　本文從音韻學的角度探討幾種華語標音系統。注音符號跟幾種羅馬字母拼音的方式主要的差別在於兩個：一是注音符號不使用羅馬字母，二是注音符號跟羅馬字母拼音的切音方式不同。這兩點不同中間是有關聯的，因爲羅馬字母所代表的語音原則上是音位大小的切分，所以不管是漢語拼音、通用拼音或韋翟式拼音，都是切分到音位。如果是要用羅馬字母拼音，不管是用來拼寫哪種語言，一定是會做到切分音位的程度。這從語言學的角度來看，等於是認同音位的普遍原則，就如同前面所引Fromkin & Rodman（1993:370）以及Chomsky（1965:50）的看法。但是本人對這種看法持質疑的態度，認爲每個語言的結構不同，沒有理由認爲所有語言都會切分到音位的程度。注音符號不使用羅馬字母，所以不受羅馬字母的限制，可以做到不一樣的語音切分。

　　目前的各種標音方式，包括注音符號以及羅馬拼音，都是次音節（sub-syllabic）的標音。對於華語的語音性質來說，次音節的切分其實是不自然的。我們所有的證據只讓我們確定音節的切分，次音節的切分都沒有明確證據，我們只能說這些次音節的切分是可習得的（learnable），但不一定是必須的。因爲事實的需要，例如在華語教學或者字典編纂，我們需要表示次音節的語音成分，因此也需要做某種程度的切分。如果要做次音節的切分，我們要考慮華語的結構，既然次音節的切分不自然，那麼切分就越少越好。注音符號反映押韻的傳統，也符合語音的演變，所以至少已經相當程度地達成描述的適切

性（descriptive adequacy）（Chomsky, 1964:63）。

在標音符號的運用上，也牽涉到音韻學的分析。舌面音ㄐㄑㄒ的歸屬一直困擾華語的音韻學者，但考慮到華語使用者的語感，或許 Cheng（1973）將這個系列獨立為音位是正確的做法，注音符號也反映了這一點。

中元音ㄝㄜㄛ在理論上是可以屬於同一音位，但是華語使用者可能也已經把之間的差別音韻化，所以分別獨立也屬合理。只是ㄜㄛ之間的差別音韻化程度不如ㄝ。如果ㄜ跟ㄛ之間視為變體，那麼就可以同一符號[8]。如此一來中元音就剩下兩個，羅馬拼音就可以用[e]代表ㄝ，[o]代表ㄜ，[uo]代表ㄨㄛ。

語音符號的設計是要參考音韻分析的，但是音韻分析只是一種考量，不能只考慮音韻分析。音韻分析原則上應該反映語言使用者的語感，所以Chomsky（1980, p. 12）說："Why didn't the 'linguistic evidence' suffice to establish 'psychological reality'?"認為語言分析的結果就自動反映語言使用者的語感。可是許多語言實驗的結果都告訴我們並不盡然。所以McCawley（1986, p. 27）批評Chomsky這句話說："The drawing of boundaries around domains of inquiry and components of grammars has the same sort of importance for many linguists as the drawing of political boundaries had for the farmer in Eastern Poland in 1945 who was distressed that his farm might end up east of the border, since he had heard that the winters are much colder in Russia than in Poland."音韻分析的結果是否反映語者的語感，不能一概而論，還要看實際的情況。

在另一方面，符號的應用也有其實際的考量，因此音韻分析的結果可能也不符合實際應用。就對外華語教學而言，注音符號對學習者

---

[8] 在注音符號的發展過程，ㄜ是在ㄛ上面加點而來，也就是ㄜ跟ㄛ本來就是變體（王天昌，1973:41-42）。

是新的符號，有學習負擔。羅馬拼音對學習者而言雖比較熟悉，但符號所代表的語音與學習者所熟悉的符號與語音之間的關係又有出入，孰優孰劣尚難判斷。至於符號國際化的使用，則非羅馬拼音莫屬。

參考書目

王力（1987）。中國語言學史。板橋：駱駝出版社。

王天昌（1973）。漢語語音學研究。臺北：國語日報出版部。

王旭（1997）。從語音切分方式看漢語音標的爭議。華文世界，86，62-66。

王旭（2000）。漢語拼音的檢討。華文世界，95，23-26。

王旭（2001）。再論漢語拼音。李壬癸編，漢字拼音討論集，17-20。臺北：中央研究院語言學研究所籌備處。

周有光（1979）。漢字改革概論（第三版）。北京：文字改革出版社。

曾進興（1997）。漢語以音節作為切割單位的新證據。國家科學委員會人文及社會科學研究彙刊，7（4），612-631。

董同龢（1954）。中國語音史。臺北：中華文化。

Chao, Y.R.（趙元任）(1934)，The non-uniqueness of phonetic solutions of phonetic systems.中研院史語所集刊第四卷第四份，363-397。

Chao, Y.R. (1968). *A Grammar of Spoken Chinese*. Berkeley: University of California Press.

Cheng, C.-C.（鄭錦全）(1973). *A Synchronic Phonology of Mandarin Chinese*. The Hague: Mouton.

Chomsky, N. (1964). Current issues in linguistic theory. In J. A. Fodor and J. J. Katz (eds.), *The Structure of Language: Readings in the Philosophy of Language,* 50-118. Englewood Cliffs: Prentice Hall.

Chomsky, N. (1965). *Aspects of the Theory of Syntax*. Cambridge, MA: The MIT Press.

Chomsky, N. (1980). *Rules and Representations*. New York: Columbia University Press.

Fromkin, V. & R. Rodman. (1993). *An Introduction to Language* (5th ed). Fort Worth, TX: Harcourt.

Hartman, L. (1944). The Segmental Phonemes of the Peiping Dialect. *Language,* 28-24. Hyman, L. M. (1975). *Phonology: Theory and Analysis*. New York: Holt.

McCawley, J. D. (1986). Today the world, tomorrow phonology. *Phonology Yearbook 3*, 27-43.

Sapir, E. (1949). The psychological reality of phonemes. In D. Mandelbaum (Ed.), *Selected writings in language, culture and personality;* (pp. 46-60). Berkeley: University of California Press.

Wang, H. S. & H-C. Liu（王旭、劉慧娟）. (2010). The morphologization of liaison consonants in Taiwan Min and Taiwan Hakka. *Language and Linguistics, 11*, 1-20.

Wang, H. S. & C-C. Wang（王旭、王啓鈞）. (2013). The effect of phonetic annotations on the phonological awareness of Chinese speaker. 華語文教學研究，10(3)，85-120。

注音符號的意義、應用以及人們對它的態度——兼談與漢語拼音的情況比較

韋荷雅（Dorothea Wippermann）

（德國　法蘭克福大學漢學系）

序

　　我首先向信世昌教授和各位主辦國語注音符號一百週年國際學術研討會單位的代表表示深切的感謝。受到參加這次研討會的邀請，我感到特別高興，也非常榮幸。因為可以說，本人和注音符號有一定的緣分。很早以前，已經跟注音符號打過交道，很早就自身感受了注音符號的良好的作用。所以今天就以這些個人的經驗和接觸來開始我的演講。

　　我在七十年代就在科隆大學漢學系開始了我的漢學學業。上了幾個學期的漢語課，就打算利用1975年的暑假到臺灣去進一步學習漢語，準備整個的暑假，一共三個月，在臺北的國語日報語文中心上中文課。

　　當時，外籍學生在臺灣學中文，一定要先學注音符號。我在德國學漢語就以漢語拼音作為輔助的學習工具。而1975年夏天到了臺灣之後，上中文課，老師要求的是學習注音符號。我當時很快就掌握了注音符號，只用了幾天的工夫就能讀和寫。當然，我當時是大學生，除了學漢學以外，還學了普通語言學作為輔課，而且從來對世界各國語言文字都很感興趣，所以我沒有覺得注音符號有什麼難學的地方。

　　國語日報語文中心的老師給我上課選用的教材不是漢語課本，而是各種故事和文章的選讀。其中有國語日報出版的《茶話》文集，還有臺灣中學生的語文教科書。這些教材沒有專門給外國人的那種生字表，更沒有提供生詞的英文翻譯。但全是在漢字旁邊加注音符號。所以按字音查字典非常方便。不用按部首或筆順來查字典。而且讀這些文章時如果碰上了一些陌生的漢字或已經聽過的詞彙時，一看注音符號就知道這些陌生的漢字代表的是哪一個已經熟悉的詞彙。

　　這個作用，所有在臺灣長大的人也都非常熟悉。臺灣的兒童和學生也可以很早就開始看書。大量的注音讀物使孩子們不管掌握多

少漢字，只要掌握了注音符號，就可以開始看書並大量地閱讀各種令其感興趣的書刊。而且促進對各種語體的理解，形成語感，提高的母語的各種語言能力，也能夠促進對漢字的掌握和閱讀能力。

我當時在臺灣學習的時候，同樣也感受到大量閱讀注音讀物的好處。除了上課用的教材以外，也開始課外讀各種注音讀物。這些讀物幫助了我對漢語形成一定的語感，也幫助了我接觸和複習大量的漢字。也幫助了我後來讀懂沒有注音符號的中文書刊。因為如果在比較早的學習階段沒有大量讀過注音讀物，而只讀了沒有注音的文章，那麼我就不能在很短的時間內讀那麼多的文章。掌握漢字就會更困難、更慢，甚至不會那麼早就發展閱讀能力和對漢語書面語的理解[1]。

我1975年到了臺灣之後，就覺得我的漢語水平提高得非常快。除了天天和臺灣朋友交往以外，主要的原因是國語日報語文中心的教學和注音符號有效地應用。所以我當時就決定延長我在臺灣的學習時間。暑假之後沒有回德國而繼續在國語日報語文中心學習，一直到第二年過了春節以後才返回了德國。

我到現在對國語日報的老師和對很多臺灣的朋友非常感謝，因為他們對我以後的學習和工作，對一輩子從事漢學事業做出了很大的貢獻，幫助了我打一個牢固的基礎。其中也有注音符號的很寶貴的貢獻。

1976年春天回德國以後，我就繼續在大學念漢學。1978年又到臺灣待了兩個月，為碩士畢業論文蒐集材料。碩士論文的題目是〈注音符號與國語運動〉。國語日報語文中心的老師又幫助了我找到很多有關方面的材料。1979年就把碩士論文寫好了，畢業了。論文所寫的主要是注音符號從1913年到1949年在大陸的歷史。後

1　參閱Mair（2004）關於類似經驗的報告。

來在1985年出版了這個論文。

　　到現在，我對文字問題、國語運動、注音符號和其他注音系統一直保持了很大的興趣。當然，對我們外國人來說，沒有注音工具的話，就無法學漢語與漢字。而且也不能不承認，在當前的國際漢語教學中，也就是在漢語作為外語的教學中，漢語拼音已經起著主要的作用，甚至——據我所知——在臺灣的對外漢語教學中也如此。當前在臺灣留學的外籍學生基本上可以以漢語拼音為標音工具學習漢語了。

　　但是我現在先要講的是一些關於注音符號在漢語為母語的社會環境的應用和意義的看法。

壹、注音符號的歷史意義

　　我首先要強調注音符號在中國大陸二十年代上半時期的語言教學中的不可否認的歷史意義。注音符號是第一個由中國政府頒布的官方的標音系統。是民國政府教育部在1913年組織的讀音統一會上制定的，1918年由教育部正式公布。1920年教育部公布國語作為小學語文教學的課程的時候，也同時規定小學一年級的學生在學習漢字之前先學注音符號，就以注音符號為工具進行識字教育和國語教學。

　　在1913年到四十年代那段時間裡，注音符號是推廣國語、進行識字教育的一個非常重要的工具。它對二十年代上半時期在中國建立一個現代化的教育體系、普及大眾教育等方面做出了很大的貢獻。而且在中國大陸一直到五十年代還沿用注音符號。1958年正式公布了漢語拼音，從此注音符號被漢語拼音代替了[2]。

　　雖然如此，漢語拼音也不能說是跟注音符號根本沒有關係的一個

---

[2]　關於中國大陸民國時期注音符號的歷史參閱DeFrancis 1950、放師鐸1965、黎錦熙1934、Wippermann 1985、于錦恩2007。

方案。不管是漢語拼音的標音系統還是它的應用和作用，都是跟以前的民國國語運動推廣注音符號的方案，作用和應用有關係的，都基於民國時期對注音符號的經驗和成果。這是很多大陸的學者和專家也承認的一件事實。最近大陸的專家還出了一些研究早期民國時期和當代臺灣的國語運動的書籍，也對注音符號的歷史意義表示肯定的評價[3]。注音符號在大陸受到的重視也從漢語拼音方案的正式文件[4]可以看出來：漢語拼音的拉丁字母的語音價值不是用國際音標來標的，而是用注音符號來標的。而且漢語拼音的聲母和韻母的程序也沿用ㄅㄆㄇㄈ（BOPOMOFO）的程序而不用ABC的程序。大陸的《新華字典》表字音的系統除了漢語拼音以外還有注音符號。這也是一個大陸對注音符號的肯定態度的一個表現。

　　但是我上面雖然強調了注音符號在二十世紀上半時期對語言教學的歷史意義，當然也不能隱瞞推廣國語和注音符號的工作在那個時代也曾遇到過許多困難。因為各種政治上的原因，民國在大陸的國語運動，語言和識字教學的革新，民眾教育的普及都是進展得很慢，具體的成果還是有限的。當時不利的政治情況影響了國語運動順利的發展，使得國語運動和注音符號不能發揮其潛在的優勢。

　　所以我的論點是注音符號在二十世紀下半時期在臺灣的歷史意義有明顯的變化。注音符號在臺灣的歷史意義不僅在於它的官方地位和作爲漢字標音的先鋒作用。可以說，注音符號的積極作用，就是作爲一個眞正有效地推廣國語和幫助識字的工具只有從二十世紀下半時期的臺灣才得到全面的發揮和實現。在過去六十多年的時間內，注音符號在臺灣的國語和識字教育、在掃盲和普及民眾教育和建立一個現代化的教育體系的工作中起了一個空前的作用和效果。

---

[3]　蘇培成2010:40-41、王理嘉2003:10-16、于錦恩2007:1-5、297-300、許長安2011:54-71、86-87、周有光1979:148。

[4]　見周有光1979:161-169。

　　注音符號在臺灣已經成了一個公認的語言教育的工具。好像大家把它看作在語言教學和語言文化當中是一個理所當然的、很方便的工具。按照我的觀察，在臺灣也基本上沒有很強的反對注音符號的勢力，反而多數人都接受和歡迎注音符號的應用。注音符號在臺灣的比較穩定的地位以及在語言識字教學中起的有效的作用已經有六十多年的歷史。這六十多年遠遠超過了注音符號在民國早期的三十多年的不太理想的實踐中的命運。所以可以說，注音符號真正的歷史意義在臺灣才得到了全面的發揮和表現[5]。

貳、注音符號的作用和應用

　　現在談一下注音符號的具體的作用和應用。注音符號基本上有兩個主要的任務：
　　1. 作為推廣國語，特別是推廣國語的標準語音的工具。
　　2. 作為幫助兒童識字教育、掃除文盲、普及民眾語言教育的工具。
　　這兩個作用和應用其實也是很難分開的。在具體的教學中，以注音符號為工具的國語教學和識字教學是同時進行的。其實從注音符號的歷史來看，教育部和有關負責部門和專家們早在1913年到二十年代末期，就強調推廣標準字音和標準國語和國音的作用。
　　在二十世紀三十年代和四十年代，民國政府教育部和其他有關部門才重視了第二個作用，就是利用注音符號作為幫助小學識字教學、掃盲和普及民眾教育的工具。當時發動了所謂注音識字運動。注音識字運動的目的是利用注音符號給漢字標音的工具，同時也作為提早閱讀的工具。使兒童和文盲在還沒有掌握足夠的漢字量之前，可以先讀注音讀物。利用在字旁加注音符號的讀物使他們提早發展閱讀的

---

[5]　關於注音符號在臺灣的歷史和現狀見放師鐸1965、何秋堇2012、許長安2011、張博宇1964。

興趣，不僅提供接觸和複習大量漢字的機會，而且有效地加快兒童知識面的擴展，同時提高各種語言理解和表達技能的水平。

　　注音識字運動在三四十年代跟整個的國語運動一樣，受到了當時不利的政治情況的影響，所以實際上的成果也是有限的。但是當時在大陸各地已經出現了一些出版社和報社出版一定數量的注音書刊和報紙。其中也有北京的《國語小報》，就是後來在臺灣建立的《國語日報》的前身。所以可以說大陸三四十年代的注音識字運動從四十年代末期開始又在臺灣得到了重新的實現。在後來幾十年當中，可以說注音符號在臺灣全面地發揮了其作為國語教育和識字教育工具的兩個作用。這也導致了我上述在七十年代在臺灣有關注音符號所觀察的情況。

　　按照我的理解和觀察，一直到今天仍然可以說，注音符號是一個大部分臺灣人很熟悉的工具。看來，臺灣的孩子學注音符號都學得很踏實，能用得比較熟練，能流利地唸，也能用來寫作。因為小學課本是一到四年級實行注音課文，所以兒童也不容易丟失應用注音符號的能力。這也表現在注音符號是臺灣人在計算機輸入漢字的一個很普遍的輸入工具[6]。

參、注音符號在臺灣的情況與漢語拼音在大陸的情況之比較

　　我上面已經強調了注音符號在臺灣的語言教學中所具有的穩定地位。從歷史角度看，臺灣人對注音符號基本上肯定的態度並不是理所當然的。因為中國學者和政治家在十九世紀開始覺悟到進行語言文字現代化的必要，並激烈地討論了語言文字各種革新的方法。關於這種語言文字方面的革新和現代化，在一百多年以來也存在過很多的爭議。譬如說，很多人雖然承認了標音工具的需要，但是另一邊擔心漢

6　見何秋菫2012。

字的地位會受到標音工具的威脅。如果把注音符號在臺灣的情況以及接受程度與漢語拼音在大陸的情況比較的話，也會看出來臺灣注音符號的明顯特殊性。

下面來看一下漢語拼音在大陸的情況，就可以發現漢語拼音和注音符號有很多共同的作用和應用：

1. 注音符號是臺灣官方指定的標音系統，漢語拼音是中國大陸官方的標音系統。
2. 漢語拼音和注音符號一樣，有兩個主要的作用：一是作爲推廣普通話和標準語言、標準語音的工具，二是作爲識字教育和標字音的工具。
3. 中國大陸的孩子學習漢字以前，先學漢語拼音，跟臺灣孩子先學注音符號的情況一樣。
4. 大陸跟臺灣大量使用注音讀物一樣，也有不少用漢語拼音給漢字注音的注音讀物。
5. 漢語拼音和注音符號一樣，作爲重要的在計算機輸入漢字的工具。
6. 漢語拼音和注音符號一樣，從語音學角度來說都是很成熟的、很實用的標音系統。

雖然存在著不少共同點，但是仔細看，還是有一些明顯的差別。

第一個差別是漢語拼音教學的效率看來沒有臺灣注音符號教學效率高。雖然最近幾年這方面做了很大的進展，但是大陸還有很多孩子和成年人沒有學好漢語拼音或學了之後又忘掉了。還有不少小學老師也不重視漢語拼音的教學。利用漢語拼音的能力經常局限於獨立的音的拼讀。很多學生不會直呼音節，也不會流利地唸漢語拼音的課文。拼音的應用經常局限於給個別的生字標音。雖然出版了不少漢語拼音注音讀物，但是多數是給還沒有上學的兒童或小學一年級的兒童看的。內容水平高一點的注音讀物比較少。在大陸用漢語拼音的注音讀物來提早發展閱讀能力是比較少見的情況。大陸也沒有像臺灣《國語日報》那麼有名望的注音報紙。大陸的教育部這幾年甚至是把

漢語拼音學習目標降低了[7]。

　　只有所謂「注音識字提前讀寫」試驗在大陸的小學語言識字教育中才比較充分地和多功能地發揮了漢語拼音的潛力。「注音識字提前讀寫」試驗是三十年以前在黑龍江省開始進行的，到現在已經有全國幾千個小學參加這個試驗。

　　「注音識字提前讀寫」實驗的特點是重視漢語拼音的教學。教學生熟練漢語拼音、直呼音節、流利地唸漢語拼音注音讀物，從第一個學期就開始利用漢語拼音練習寫作寫話。該實驗的原則是小學一到四年級大量使用注音課文和課外的注音讀物，其教學目的是促進兒童的閱讀能力、語言表達能力，提高兒童的知識和智力。據說，參加這個試驗的孩子到了小學四年級以後掌握的漢字量跟普通小學的學生至少一樣。但是其對各種語言理解和表達的能力卻經常超過普通小學的孩子[8]。

　　看來，大陸的「注音識字提前讀寫」實驗竟然非常像臺灣幾十年普及和使用注音符號的情況。但是「注音識字提前讀寫」試驗至今在大陸一直還是一個實驗，不是像臺灣那樣作為普遍的主要的教學法。這個試驗被大陸的教育部已經正式列入了公認的識字教學法之一，但是還是算是一種例外，不能代表大陸識字教育的主流。

　　「注音識字提前讀寫」試驗在大陸作為例外的特殊情況標誌著漢語拼音在大陸的地位和注音符號在臺灣的地位相差相當遠。

　　注音符號和漢語拼音的另一個重要的差別是，大陸還有不少勢力爭取盡量限制漢語拼音的作用和應用，甚至全面反對漢語拼音。支持漢語拼音的專家們經常寫文章為漢語拼音做辯護。看來他們覺得還有許多讀者不理解漢語拼音的作用和用處，所以還需要進行一定的說

---

[7]　關於漢語拼音教學和運用上仍然存在的問題見王立2004:204-205，《漢語拼音教學國際討論會論文集》2010:62-113。

[8]　關於《注音識字提前讀寫》試驗見卜兆鳳2004、Liu Yongbin 2005、蘇培成2010:572-580。

服工作。雖然也有越來越多的人把漢語拼音看成是很實用的工具，但是總的來說，漢語拼音在大陸被接受的程度沒有注音符號在臺灣被接受的程度高。不少大陸人好像對漢語拼音持比較冷淡的態度，我們在大陸比較少發現有像臺灣人對注音符號表達的感情和明確肯定的態度[9]。

　　看到漢語拼音在大陸和注音符號在臺灣兩種情況之間的這些明顯差別，我們自然要問：「這些差別爲什麼會出現？」下面說一下本人研究這個問題後找到的答案：

1. 漢語拼音的歷史才有五十多年，沒有注音符號一百年那麼長的歷史。所以漢語拼音應用和教學的經驗還沒有注音符號那麼豐富。而且，在漢語拼音五十多年的歷史當中，還有文化革命，是教育事業和語言教學受到嚴重干擾的一個時期。可以說，眞正比較有效地使用漢語拼音推廣普通話和進行識字教育的工作是在改革開放時期才開始的。從八十年代初期開始，教育事業以及老師的培養得到了廣泛的發展，語言文字工作也在八十年代初期又重新開始了。普通話的推廣和漢語拼音的教學從那個時期開始才有了新的進展。所以漢語拼音雖然有五十多年的歷史，但是其中只有三十多年比較積極地進行了漢語拼音的教學。

2. 第二個原因是漢語拼音作爲外來的文字就叫一部分人不容易接受。相反，臺灣注音符號的民族形式好像使得這個系統被臺灣人比較容易接受。注音符號就沒有什麼認同方面的問題。中國大陸的人在全球化的影響下也很重視傳統文化，也有認同的需求。所以對漢語拼音及其字母的西方來源持有一定的保留態度。這種對漢語拼音的懷疑和反感甚至影響了積極研究和改善

[9]　關於否定漢語拼音的觀點的討論見蘇培成2010:617-618、卜兆鳳2004:215-217、袁鐘瑞2004。

漢語拼音教學。

3. 第三個原因是不少人擔心漢語拼音將來會代替漢字作為一個獨立的文字來用。因為西方的拉丁字母現在是世界上大部分語言用的文字。注音符號不一樣，在一百年的歷史當中，沒有威脅漢字，而支持了漢字的存在，幫助了漢字識字教育。它是與漢字和平共處的標音符號，而且從來沒有得到漢字那麼高的地位。在全世界上沒有一種語言把注音符號作為獨立的文字來用。中國大陸的政策也不打算取消漢字以漢語拼音來代替。但是因為漢語拼音的字母在全世界上是作為很多語言的獨立的文字，所以似乎導致了不少大陸人擔心漢語拼音對漢字會形成威脅。

我在這兒描寫了一些本人觀察出來的總的趨勢。但是注音符號和漢語拼音的情況實際上更復雜多樣，而且一直在發生變化。還有一些比較含有矛盾的趨勢。譬如說，雖然在大陸有許多人對漢語拼音表示反對，但是同時可以發現有越來越多的人利用漢語拼音。特別是作為電子媒體的輸入法。漢語拼音在2009年已經被臺灣的教育部正式公布為臺灣的官方的對外用的譯音符號。臺灣就有人討論所謂「漢語拼和注音符號之爭」[10]，好像在討論並擔心臺灣將來是不是也會用漢語拼音來代替注音符號。雖然漢語拼音有國際性的特點和好處，但是注音符號的民族形式好像導致臺灣人容易接受它，理所當然地應用它並發揮它對國語和識字教育的良好的作用。

對外籍人學漢語來說，臺灣也有部分人討論注音符號和漢語拼音哪一個體系更合適的問題。上面已經說了，本人在臺灣留學的時候喜歡學習注音符號，經驗了注音符號的良好的作用。但是對多數的外籍學生，特別是西方學生來說，學注音符號不是很現實的目標。從標音系統的作用來說，注音符號和漢語拼音基本上都是很實用的。但是

10　見歐德芬2011、林碧慧2011。

對西方學生來說，漢語拼音的拉丁字母還是比較熟悉，比較容易學好的。不過要提出來，我們西方人以漢語拼音為工具學習漢語的情況下，還是可以借鑑臺灣應用注音符號的經驗，特別是臺灣在應用注音讀物的寶貴的經驗可以幫助西方人更有效地學習漢語和漢字。

本人也是因為年輕的時候在臺灣體會到大量閱讀注音課文和注音讀物對漢語學習良好的輔助作用，所以我在法蘭克福大學漢學系的漢語教學中在十多年以前也實現了一些改革。在第一年級的漢語課也大規模發揮利用注音課文的作用。當然不是注音符號的注音課文，而是漢語拼音的注音課文。但是可以肯定說，我以前在臺灣以注音符號為標音工具學習漢語和漢字的經驗對我後來在法蘭克福大學組織的漢語教學的成功也有過很重要的影響。

參考書目

卜兆鳳（2004）。21世紀中國人才的培養與「注音識字，提前讀寫」教學，陸儉明與蘇培成編（2004），語文現代化和漢語拼音方案（頁207-217）。

子敏（1966-1971）。茶話（一至十集）。臺北：國語日報社。

王立（2004）。漢語拼音是普通話教學的有效工具，陸儉明與蘇培成編（2004），語文現代化和漢語拼音方案（頁201-206）。

王理嘉（2003）。漢語拼音運動與漢民族標准語，北京：語文出版社。

何秋董（2012）。注音符號的文化演現，臺北：秀威資訊。

林碧慧（2011）。注音符號與漢語拼音之爭兼論注音符號的書寫價值，國文天地，310，84-86。

周有光（1979）。漢字改革概論，北京：文字改革出版社。

放師鐸（1965）。五十年來中國國語運動史，臺北：國語日報社。

於錦恩（2007）。民國注音字母政策史論，北京：中華書局。

袁鐘瑞（2004）。小學漢語教學不能消弱，陸儉明與蘇培成編（2004），語文現代化和漢語拼音方案（頁218-221）。

陸儉明與蘇培成（主編）（2004）。語文現代化和漢語拼音方案，北京：語文出版社。

梅維恆[Mair, Victor H.]（2004）。Pòqiè Xūyào Gèzh ng-gèyàng d Zhùyīn

Dúwù〔迫切需要各種各樣的注音讀物〕。陸儉明與蘇培成編（2004），語文現代化和漢語拼音方案（頁239-334）。

許長安（2011）。臺灣語文政策概述，北京：商務印書館。

張博宇（1964）。臺灣地區國語運動史料，臺北：臺灣商務印書館。

歐德芬（2011）。論華語文教學標音工具──以注音符號與漢語拼音為例，清雲學報，31（3），101-116。

黎錦熙（1934）。國語運動史綱，上海：商務印書館。

蘇培成主編（2010）。當代中國的語文改革和語文規范，上海：商務印書館。

新華字典（第十一版2011）。北京：商務印書館。

漢語拼音教學國際討論會論文集（2010）。北京：語文出版社。

DeFrancis, John. (1950). *Nationalism and Language Reform in China*. Princeton: Princeton University Press.

Liu Yongbing. (2005). A Pedagogy for Digraphia: An Analysis of the Impact of Pinyin on Literacy Teaching in China and its Implications for Curricular and Pedagogical Innovations in a Wider Community, *Language and Education, 19:5*, 400-414, http://dx.doi.org/10.1080/09500780508668693.

Wippermann Dorothea. (1985). *Das Phonetische Alphabet Zhuyin Zimu. Entstehung und Verbreitung im Zuge der Nationalsprachlichen Bewegung in der Republik China 1912-1949*. Bochum: Brockmeyer.

早期日本漢語教材所反映的標音符號使用狀況

村上 公一

（日本　早稻田大學教育學部）

摘　要

　　本文介紹日本中文注音方式的變遷和接受注音符號的過程。

　　明治維新以前的日本，中文注音一般用片假名。江戶享保元年（1716）出版的《唐話纂要》中，中文詞彙的右邊加片假名以表示發音。1867年，正好在明治維新的前夕，威妥瑪出版了《語言自邇集》，正在向教育近代化邁進的日本外語教學界就自然而然地接受了歐美人編寫的新式中文教科書。東京外國語學校（是當時日本唯一的外語學校）在1876年開始教北京官話時使用的教材也是《語言自邇集》。接受《語言自邇集》就意味著接受威妥瑪拼音。從此以後在日本中文注音有片假名和威妥瑪拼音兩種並行。

　　1918年，中華民國教育部公布了注音字母以後，最早接受注音字母的是在滿洲的日本教育機構，1928年他們就開始出版全面採用注音字母的中文教科書《初等支那語教科書（稿本）》了。1932年，中華民國教育部接著又公布並出版了《國音常用字彙》，這在日本國內學者中引起了爭論。1935年，宮腰健太郎出版一本介紹注音符號的專書《注音符號詳解》，接著倉石武四郎也在1938年出版全面採用注音符號的教材《支那語發音篇》：他在1939年開始出版的中學教科書《倉石中等支那語》通過了文部省的檢定，並被列為正式教科書。這段時期用威妥瑪拼音的人慢慢減少，可是用片假名的並沒有減少。直到1958年漢語拼音的制定後，日本人才完全脫離片假名注音。

壹、日本漢語標音變遷可以分五個階段

　　日本人學漢語、教漢語時怎樣表示漢語發音？現在的漢語教材一般都用漢語拼音表示。那漢語拼音公布以前，注音字母公布以前呢？在日本漢語標音可以分五個階段。

　　一、江戶時期（明治維新以前）

二、明治初期
三、甲午、日俄戰爭以後
四、注音字音字母公布以後
五、1958年漢語拼音制定以後到現在

貳、江戶時期（明治維新以前）

　　明治維新以前的日本，中文
注音一般用片假名。岡島冠山是
江戶中期的儒學家，1674年出
生在當時是日本唯一貿易港的長
崎。他在長崎學唐話（那時候
漢語叫做唐話），當過唐話通
事（就是翻譯人員）。他翻譯了
《水滸傳》等明清小說，也還編
寫了好幾本唐話教材。《唐話纂
要》（圖1）是1716年他首次出
版的唐話教材，漢字右邊加片假
名的標音。比如「太平」右邊的
「タイビン」、「享福」右邊的
「ヒヤンホ」、「快樂」右邊的
「クハイロ」等片假名都表示發

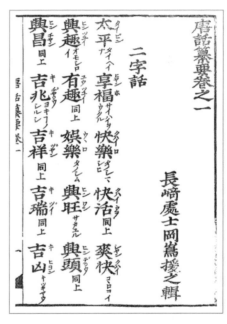

圖1

音。不過，讀音不是北京音，是浙江、南京音。
　　江戶時期，一般都在漢語詞彙的右邊加片假名來表示發音。

參、明治初期

　　明治維新以後的正式漢語教育是從1871年開始的。目的是什麼
呢？因為日本政府在1871年跟清朝簽訂修好條約，正式建立了邦交

後，培養翻譯人員是迫切的問題。於是外務省開辦「漢語學所」，教漢語（南京官話），同時也培養漢語翻譯人員。並在同一年也開辦了「洋語所」，那裡主要是培養俄語翻譯人員。圖2為「明

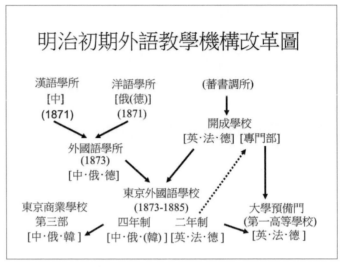

圖2　明治初期外語教學機構改革圖

治初期外語教學機構改革圖」。圖中1873年「漢語學所」和「洋語學所」合併成「外國語學所」並教漢語、俄語和德語。還有「開成學所」（前身是江戶幕府設立的「蕃書調所」，以後改稱為「開成學校」）教英語、法語和德語。

　　1873年「漢語學所」和「洋語學所」合併成「外國語學所」的同一年內也將「外國語學所」、「開成學所」的外語部門和另一個圖外的「德語教場」合併成「東京外國語學校」。「東京外國語學校」剛開始教中文、俄文、英文、法文和德文五種外語，然後加上韓文，總共為六種外語。

　　東京外國語學校1876年開始教北京官話。教材是1867年──正好在明治維新的前夕威妥瑪編寫的《語言自邇集》。對當時邁進教育近代化的日本外語教學界也自然而然地接受了這本歐美人編寫的新式中文教科書。接受《語言自邇集》也就意味著接受威妥瑪拼音。日本國內出版了各種《語言自邇集》節本、模仿《語言自邇集》的教材。1880年（或者是81年）慶應義塾出版社出版的《清語階梯語言自邇集》是針對日本學生編寫的《語言自邇集》節本。1902年出版

的《支那聲音字彙》（圖3）是明治時期最受歡迎的一本發音字典。它採用標音方式是威妥瑪拼音。明治初期，日本漢語教育、學習者都積極地接受威妥瑪拼音。

PART I.

The characters arranged according to sounds and tunes.

1. A

1. 阿 (3.4.ê^{1}) 啊(3)腌 (ang^{1})
2.
3. 阿 (1.4.ê^{1}) 啊 (1)
4. 阿 (1.3.ê^{1})

2. AI

1. 哀 挨 (2) 唉 (3) 噯 (3)
2. 埃 挨 (1) 厓 涯 崖 皚
3. 唉 (1) 噯 (1) 矮 躷 藹 靄 壒 毒
4. 碍 礙 隘 愛 僾 曖 曖 靉 薆 艾 吱 呃 閡 睚 餲

3. AN

1. 安 鞍 唵 庵 菴 鵪 媕 腤

圖3

肆、甲午、日俄戰爭以後

日俄戰爭的結果給日本帶來了滿洲熱，也帶來了中文熱。以前學漢語的人很少，可以說是只有特殊的人，他們一般在學校專門學習漢語。日俄戰爭結束以後，學漢語的人越來越多。但是他們不是都在學校裡正式學習漢語，很多人在家或者私塾裡學習漢語。圖4、5、6是1904、05、06年出版的三種字典、辭典；石山福治編《支那語辭彙》（圖4）、岩村成允編《北京正音支那新字典》（圖5）和井上翠編《日華語學辭林》（圖6）。

這時期的字典、辭典一般用假名表示發音。漢語學習者的增加也改變了漢語學習環境。新的學習者不想使用他們不太熟悉的羅馬字威妥瑪拼音學習漢語，他們想通過他們熟悉的日本假名學習。也可以說這三種字典、辭典是爲了滿足他們的需要而編寫的。

假名標音是假名標音，但是和上面的江戶時期的假名標音不一樣。編寫這些字典、辭典的學者都是藉由威妥瑪拼音學漢語的。所以他們的假名標音也可說是成立於威妥瑪拼音基礎上的。在當時也有不少辭典、教材並用威妥瑪拼音和假名標音。

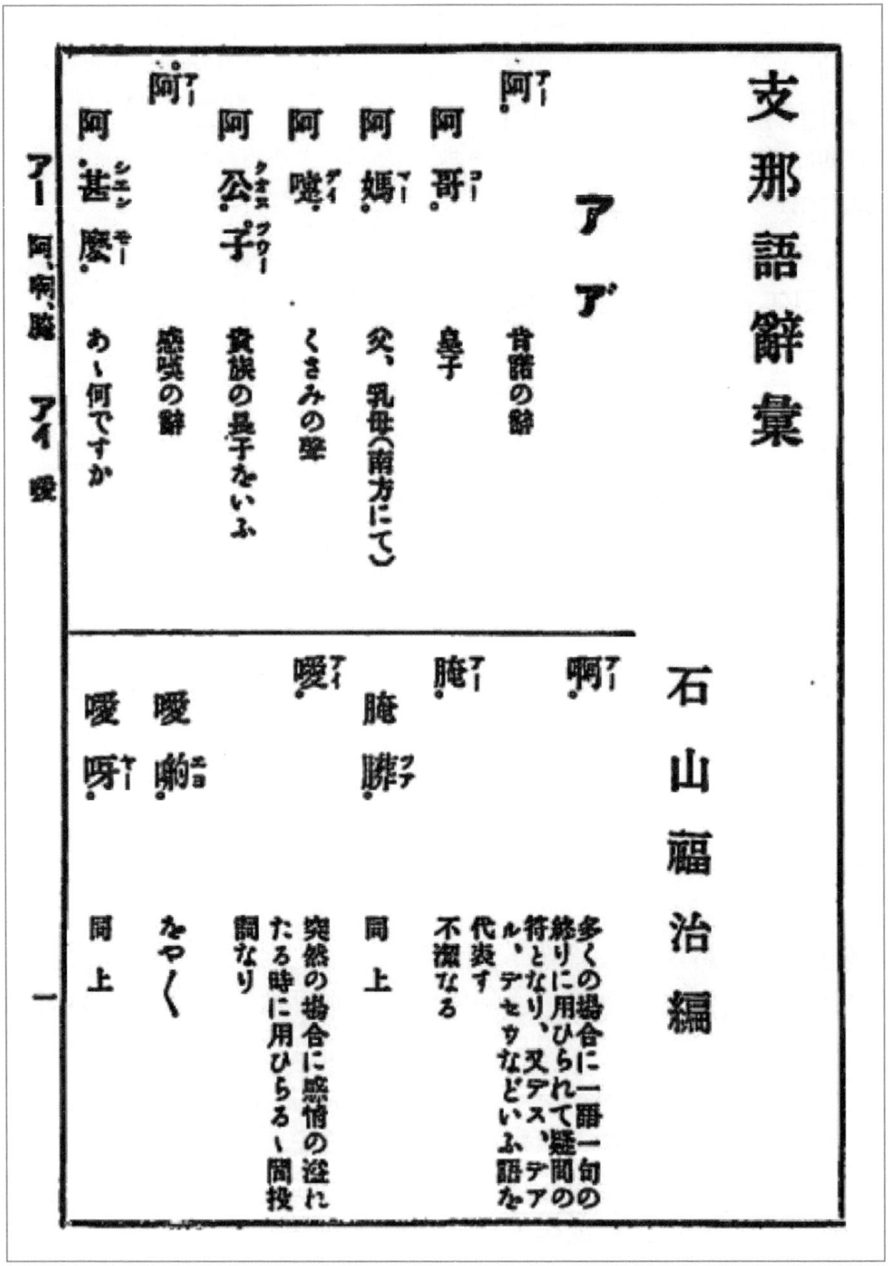

支那語辭彙　石山福治編

ア　ア

阿　アー　背諧の辭

阿哥　アーコー　皇子

阿媽　アーマー　炙、乳母(南方にて)

阿嚏　アイ　くさみの聲

阿公子　クンブワー　貴族の是子をいふ

阿　感嘆の辭

阿甚麼　シェンモー　あゝ何ですか

啊　アー　多くの場合に一語一句の終りに用ひられて疑問の符となり、又デス、デアル、デセウなどいふ語を代表す　不潔なる

腌　アー　同上

腌臢　アーヅァ　突然の場合に感情の溢れたる時に用ひらるゝ間投詞なり

噯喲　アイヨ　をやく

噯呀　アイヤー　同上

アー　阿、啊、腌　アイ　嚏

圖4

發　音　表

A, CH.　　　　　　　　　CH.

A

（鼻音のガを含みガアイ，ガアナ
とも發音す）

1 阿 a	アー
2 愛 ai	アイ
3 安 an	アンㇲ
4 昂 ań	アング
5 傲 ao	アオ

CH

（チャとチアを區別すべし）

6 乍 cha	チャー
7 茶 ch'a	チャー
8 窄 chai	チャイ
9 柴 ch'ai	チャイ
10 斬 chan	チャンㇲ
11 產 ch'an	チャンㇲ
12 章 chang	チャング
13 唱 ch'ang	チャング
14 兆 chao	チャオ
15 吵 ch'ao	チャオ
16 這 chê	チォー
17 車 ch'ê	チォー

18 遭 chei	チェー
19 眞 chên	チェンㇲ
20 臣 ch'ên	チェンㇲ
21 正 chêng	チェング
22 成 ch'êng	チェング
23 吉 chi	チー
24 奇 ch'i	チー
25 家 chia	チア
26 恰 ch'ia	チア
27 楷 ch'iai	チアイ
28 江 chiang	チアング
29 搶 ch'iang	チアング
30 交 chiao	チアオ
31 巧 ch'iao	チアオ
32 街 chieh	チエ
33 且 ch'ieh	チエ
34 見 chien	チエンㇲ
35 欠 ch'ien	チエンㇲ
36 知 chih	ヂー
37 尺 ch'ih	ヂー
38 斤 chin	チンㇲ
39 親 ch'in	チンㇲ

圖5

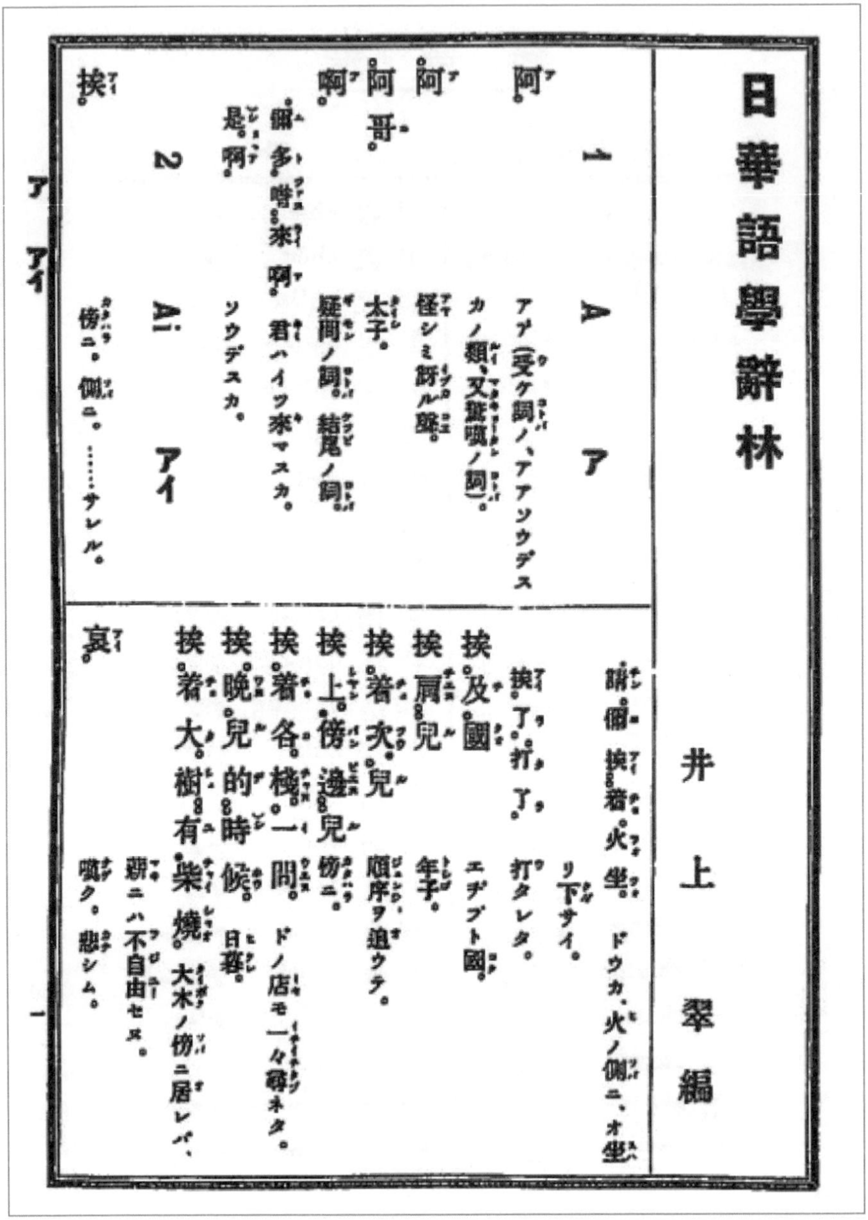

日華語學辭林　　井上　翠　編

阿　1　A　ア

アア（受ケ詞ノ、アアソウデス
カノ類、又驚嘆ノ詞）。

阿哥　太子。怪シミ訝ル聲。

阿哥　太子。

啊　疑問詞。結尾ノ詞。
佢多嗜來啊。君ハイツ來マスカ。
ソウデスカ。
是啊。

挨　2　Ai　アイ
傍ニ。側ニ。……ナレル。

晴備挨着火坐。ドウカ、火ノ側ニ、オ坐
リ下サイ。
挨了、打了。打タレタ。
挨及國　エヂプト國
挨肩兒　年子。
挨着次兒　順序ヲ追ウテ。
挨上傍邊兒　坐ニ。
挨着各機一間。ドノ店モ一々尋ネタ。
挨晚兒的時候。日暮。
挨着大樹有柴燒。大木ノ傍ニ居レバ、
親ニ不自由セズ。
哀　悲シム。嘆ク。

圖6

　　爲了正確反映漢語發音他們想了很多辦法。比方說；漢字加圓圈表示聲調，左下是第一聲，左上是第二聲，右上是第三聲，右下是第四聲，這和以前的平上去入的表示法一樣。還有白圓圈和黑圓圈來表示不送氣、送氣的區別（《支那語辭彙》、《日華語學辭林》）。《支那語辭彙》、《日華語學辭林》用「ㄡ」、「ン」來區別前後兩種鼻韻母，而《北京正音支那新字典》用「ンㄡ」、「ング」來區別前後兩種鼻韻母。《日華語學辭林》用表示聲母的片假名上面加「⌣」來表示翹舌音。

　　《清語與清文》（圖7）是日本最早於1904年發刊的漢語教學雜誌。是日俄戰爭還沒結束的時候就已經開始出版的。由此可見日俄戰爭擴大了漢語學習者的規模。《清語卜清文》也並用威妥瑪拼音和假名標音，和剛才提到的《支那語辭彙》、《日華語學辭林》一樣，以「ㄡ」、「ン」來表示前後兩種鼻韻母的區別（圖8）。

　　還有一些人想做新的漢語標音字。以伊澤修二爲代表的漢字統一會就是一例。伊澤修二當過臺灣總督府學務部長，雖然他當學務部長的時間很短，但是給日治時期的臺灣教育制度留下了很大的影響。同時，他在漢語教學方面也有很多著作。他們提倡的新標音字是由表示聲母的漢字偏旁和表示韻母的片假名來組合的。這新標音字和王照提倡的「官話合聲字母」一樣，採用聲韻雙拼的方法。聲調表示採用了和注音符號、漢語拼音一樣的聲調符號。伊澤的新標音字修得比較難，讓已經進入威妥瑪拼音和假名標音並用階段的漢語教學界不能接受他們的新標音字。

　　甲午、日俄戰爭以後，隨著漢語學習者的增加，進入了威妥瑪拼音和假名標音並用階段。

圖7

第一章　發音譜表　　a—chʻüan.

(1)

1	阿	a.	アー	23	七	chʻi.	チイー	45	綽	chʻo.	チョー
2	愛	ai.	アイ	24	家	chia.	チィアー	46	週	chou.	チョウ
3	安	an.	アヌ	25	恰	chʻia.	チィアー	47	醜	chʻou.	チョウ
4	昂	ang.	アン	26	將	chiang.	チィアン	48	竹	chu.	チウ
5	襖	ao.	アオ	27	張	chʻiang.	チィアン	49	出	chʻu.	チウ
6	乍	cha.	チァー	28	教	chiao.	チィアオ	50	抓	chua.	チュアー
7	茶	chʻa.	チァー	29	橋	chʻiao.	チィアオ	51	跩	chuai.	チュアイ
8	宅	chai.	チァイ	30	借	chieh.	チィエ	52	揣	chʻuai.	チュアイ
9	柴	chʻai.	チァイ	31	切	chʻieh.	チィエ	53	專	chuan.	チュアヌ
10	站	chan.	チァヌ	32	監	chien.	チィエヌ	54	串	chʻuan.	チュアヌ
11	產	chʻan.	チァヌ	33	千	chʻien.	チィエヌ	55	壯	chuang.	チュアン
12	章	chang.	チァン	34	知	chih.	チイ	56	牕	chʻuang.	チュアン
13	昌	chʻang.	チァン	35	尺	chʻih.	チイ	57	追	chui.	チュウイ
14	招	chao.	チァオ	36	近	chin.	チィヌ	58	吹	chʻui.	チュウイ
15	鈔	chʻao.	チァオ	37	親	chʻin.	チィヌ	59	準	chun.	チュヌ
16	者	ché.	チ{ェォ}ー	38	靜	ching.	チィン	60	春	chʻun.	チュヌ
17	車	chʻé.	チ{ェォ}ー	39	慶	chʻing.	チィン	61	中	chung.	チュオン
18	枕	chén.	チ{ェォ}ヌ	40	酒	chiu.	チィウ	62	銃	chʻung.	チュオン
19	臣	chʻén.	チ{ェォ}ヌ	41	秋	chʻiu.	チィウ	63	局	chü.	チィユイ
20	正	chéng.	チ{ェォ}ン	42	窘	chiung.	チィ{ェォ}ン	64	屈	chʻü.	チィユイ
21	成	chʻéng.	チ{ェォ}ン	43	窮	chʻiung.	チィ{ェォ}ン	65	捐	chüan.	チュアヌ
22	吉	chi.	チィー	44	着	cho.	チョー	66	犬	chʻüan.	チュアヌ

圖8

伍、注音字音字母公布以後

1918年中華民國教育部公布了注音字母以後，最早接受注音字

母的是在滿洲的日本教育機構。1928年他們就開始出版全面採用注音字母的漢語教科書《初等支那語教科書（稿本）》了。

　　小學四年級開始學漢語。第一卷（圖9）、第二卷（圖10）是四年級的課本。第一卷、第二卷沒有文字，都是圖片而已。他們採用了直接法的教學方法。第一卷第一課學習「站起來」、「行禮」、「坐下」、「你」、「我」、「他」、「你站起來」、「行禮了」、「坐下了嗎」。第二卷第一課學習「早起」、「起來」、「刷牙」、「嗽口」、「洗臉」、「吃飯了嗎」、「沒吃飯」、「牙刷子」、「牙粉」、「洗臉盆」、「手巾」、「早飯」。

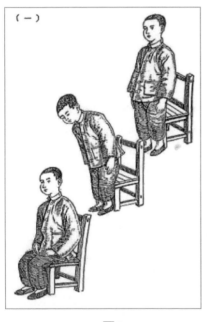

圖9

圖10

　　第三卷才有注音字母（圖11），到了第四卷才有漢字（圖12）。《初等支那語教科書（稿本）》全面採用注音字母，課本裡完全沒有威妥瑪拼音、假名等輔助文字記號。

　　1931年，大連的大阪屋出版的《注音對譯華語辭典》並用注音

符號和威妥瑪拼音，沒有假名標音，可見在滿洲已經廣泛接受注音符號。

圖11

圖12

　　不過《初等支那語教科書（稿本）》使用了十年後，重新編寫了新課本《初等支那語教科書》。那時候新課本完全刪掉了舊課本先進的部分；課本裡只有圖沒有字，以便用直接法教學，以及全面採用注音符號。新課本的第一課就有漢字課文「你來」、「我去」、「他來不來」、「他不來」、「你去不去」、「我不去」（圖13）。新字表上用假名表示發音（圖14）。《初等支那語教科書》採用宮腰健太郎提倡的假名標音法，稱為「宮腰式」，當時在日本廣泛地流行了。這個假名標音法有四個規則：第一用平假名和片假名來區別不送氣和送氣的區別，第二用「⌒」表示翹舌音（和《日華語學辭林》一樣），第三用「ンヌ」、「ング」來區別前後兩種鼻韻母（和《北京

正音支那新字典》一樣），第四在漢字本身的四角加圓圈表示聲調（和《支那語辭彙》《日華語學辭林》一樣）。

圖13　　　　　　　　　　　　　　圖14

　　以上就是在滿洲日本教育機構的漢語教學情況。中華民國教育部公布了注音字母以後，最早接受注音字母的是在滿洲的日本教育機構。一開始他們又自由又先進，不過十年後完全退步了。這和當時的政治背景有關。

　　日本國內的狀況又是怎麼樣？1932年，中華民國教育部公布並出版《國音常用字彙》的同一年，松浦珪三出版的《支那語發音五時間》（大學書林）是第一次全面採用注音符號的發音教材。序文的最後三行寫道：「本書特點是標音都由注音字母來表示。我相信這不僅對於漢語初學者，而且對於開始學注音字母的人成了唯一的指南。」1935年宮腰健太郎出版介紹注音符號的專書《注音符號詳

解》（富山房）、倉石武四郎在1938年出版的全面採用注音符號的教材《支那語發音篇》（弘文堂）的序文上也寫了差不多一樣的內容；表示自己的書是第一本全面介紹注音符號的。倉石武四郎說自己是日本首次鑄造注音符號鉛字的人（《中國語五十年》p.48）。從此可知在1930年代的日本注音符號還沒有充分被接受。倉石武四郎在1939年出版的中學教科書《倉石中等支那語》不但通過了文部省的檢定，而且被列爲正式的教科書，從此以後用注音符號的漢語教材也慢慢多起來了。四十年代有工藤旨浩編《支那語發音の仕方》（1940年，開明堂）、倉石武四郎編《支那語發音入門》（1942年，弘文堂書房）、魚返善雄編《支那語注音符號の發音》（1944年，帝國書院）等介紹注音符號的專書。

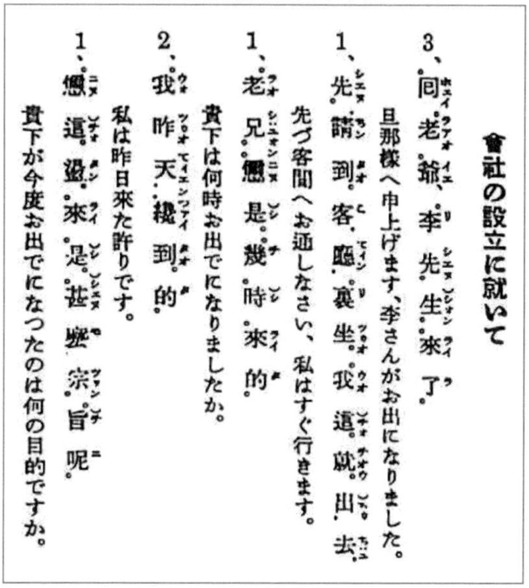
會社の設立に就いて
3、同老爺、李先生來了。
旦那様へ申上げます、李さんがお出になりました。
1、先請到客廳裏坐。我這就出去。
先づ客間へお通しなさい、私はすぐ行きます。
1、老兄您是幾時來的。
貴下は何時お出でになりましたか。
2、我昨天纔到的。
私は昨日來た許りです。
1、您這趟來是甚麼宗旨呢。
貴下が今度お出でになつたのは何の目的ですか。

圖15

1931年的「九一八」和1932年的滿洲國建立給日本民眾不僅帶來了滿洲熱，也帶來了空前絕後的中文高潮。東京廣播電臺1931年開始播送「支那語講座」，32年大阪、名古屋、北海道的札幌各廣播電臺也陸續開始播送。其中名古屋廣播電臺還用了「滿洲語講座」的名稱。中文學習雜誌也陸續發刊了，主要有《（初級）支那語》1932年發刊，《支那語和時文》1939年發刊，還有《支那語雜誌》，另外有在大阪發刊的《支那和支那語》等。這種通俗教材一般用威妥瑪拼音或是用注音符號呢？還是用假名標音呢？《（初級）支那語》創刊號（1932年7月）說明了當時的通俗教材當然有用威妥

瑪拼音的，也有用注音符號的，不過最多的還是用假名標音的（圖
15）。

陸、1958年漢語拼音制定以後到現在

1953年倉石武四郎編寫出
版了根據北方話拉丁化新文字
的漢語教材《ラテン化新文字
による中國語初級教本》（圖
16），將日本漢語教學導向
了新的階段。同時他也編寫了
《ラテン化新文字による中國
語辭典》。

1958年漢語拼音制定後，
他就把教材的北方話拉丁化新
文字改爲漢語拼音，把書名
也改爲《ローマ字中國語初
級》，同年出版，這就是在日
本採用漢語拼音的教材之嚆

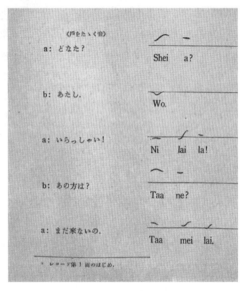

圖16

矢。現在在日本出版的漢語教材無論是正式教材，還是通俗教材幾乎
都用漢語拼音標音。

柒、結語

明治維新以前的日本，中文注音一般用片假名。明治初期，日
本漢語教育、學習者都積極地接受威妥瑪拼音。甲午、日俄戰爭以
後，隨著漢語學習者的增加，進入了威妥瑪拼音和假名標音並用階
段。中華民國教育部公布了注音字母以後，最早接受注音字母的是
在滿洲的日本教育機構。他們又自由又先進，不過十年後就完全退

步了。1930年代在日本國內注音符號還沒有充分被接受。到了三十年代末期教材正式開始採用注音符號，不過通俗教材一般都用假名標音。這段時期用威妥瑪拼音的慢慢減少，不過用假名的並沒有減少。直到1958年漢語拼音制定後，日本學習者才完全脫離假名注音。

圖片參考資料

圖1　高島援之（冠山）《唐話纂要》卷一，頁1，出雲寺和泉掾1716，1718再版（《中國語教本類集成》補集第一卷，頁13，不二出版1998）

圖2　筆者製圖

圖3　岡本正文《支那聲音字彙》，頁1，文求堂書店1902，1930改訂27版（《中國語教本類集成》第四集第二卷，頁262，不二出版1994）

圖4　石山福治《支那語辭彙》，頁1，文求堂書店1904，1905再版（《中國語辭典集成》第一卷，頁15，不二出版2003）

圖5　岩村成允《北京正音支那新字典》，頁1，博文館1905（《中國語辭典集成》第一卷，頁339，不二出版2003）

圖6　井上翠《日華語學辭林》，頁1，東亞公司／博文館1906（《中國語辭典集成》第二卷，頁11，不二出版2003）

圖7　伴直之助《清語卜清文》第一號，封面，東枝律書房，1904（《中國語教本類集成》第九集第二卷，頁281，不二出版1997）

圖8　伴直之助《清語卜清文》第一號，頁1，東枝律書房，1904（《中國語教本類集成》第九集第二卷，頁281，不二出版1997）

圖9　南滿洲教育會教科書編輯部《初等支那語教科書（稿

　　　　　本）》卷一，頁1，1928，1933九版（《在滿洲日本人用
　　　　　教科書集成》第八卷，頁5，柏書房2000）

圖10　南滿洲教育會教科書編輯部《初等支那語教科書（稿
　　　　　本）》卷二，頁1，1928，1930三版（《在滿洲日本人用
　　　　　教科書集成》第八卷，頁11，柏書房2000）

圖11　南滿洲教育會教科書編輯部《初等支那語教科書（稿
　　　　　本）》卷三，頁1，1929，1931五版（《在滿洲日本人用
　　　　　教科書集成》第八卷，頁17，柏書房2000）

圖12　南滿洲教育會教科書編輯部《初等支那語教科書（稿
　　　　　本）》卷四，頁1，1930，1931三版（《在滿洲日本人用
　　　　　教科書集成》第八卷，頁23，柏書房2000）

圖13　關東局在滿教育部教科書編輯部《初等支那語教科書》
　　　　　卷一，頁2，1937，1941第四版（《在滿洲日本人用教
　　　　　科書集成》第八卷，頁133，柏書房2000）

圖14　關東局在滿教育部教科書編輯部《初等支那語教科書》
　　　　　卷一，〈新字表〉頁1，1937，1941第四版（《在滿洲日
　　　　　本人用教科書集成》第八卷，頁137，柏書房2000）

圖15　宮越健太郎《（初級）支那語》創刊號，頁34，外語學
　　　　　院出版1932（《中國語教本類集成》第九集第二卷，頁
　　　　　334，不二出版1997）

圖16　倉石武四郎《ラテン化新文字による中國語初級教
　　　　　本》，頁1，岩波書店1953

參考書目

六角恒廣（1991-1998）。中國語教本類集成，不二出版。

六角恒廣（2003-2004）。中國語辭典類集成，不二出版。

磯田一雄等（2000）。在滿洲日本人用教科書集成，柏書房。

倉石武四郎（1953）。ラテン化新文字による中國語初級教本，岩波書

店。

倉石武四郎（1941）。支那語教育理論實踐，岩波書店。

倉石武四郎（1958）。漢字からローマ字へ中國の文字改革と日本，弘文堂。

倉石武四郎（1973）。中國語五十年，岩波新書。

安藤彥太郎（1988）。中國語と近代日本，岩波新書。

六角恒廣（1991）。中國語教育史の研究，東方書店。

竹中憲一（2004）。「滿洲」における中國語教育。柏書房。

注音符號輔助臺語發音之應用——歷史回顧

曾金金

（國立臺灣師範大學）

盧廣誠

（國立臺北教育大學）

林秋芳

（國立臺灣大學）

摘 要

注音符號從1913年由國民政府教育部制定以後，除應用於華語教學之外，也應用於其他方言的語音拼讀之上，並於1946年由教育部國語推行委員會的前身臺灣省國語推行委員會公布一套「臺灣方言注音符號」，應用於閩南語及客語方言的標音。臺語注音符號係由臺灣省國語推行委員會朱兆祥教授和國立臺灣大學吳守禮教授討論整理彙編而成，共有十九個不同於國語注音的符號，歷來也有其興衰及演變的各項因素。本文將從其在臺灣閩南語之推廣過程進行整理探討，以茲紀念。全文包括：壹、臺語注音符號的淵源；貳、臺語注音符號與羅馬拼音符號的對照及其適用性探討；參、相關推廣及教材、媒體的運用簡介；肆、結論。

關鍵詞：臺語注音符號、臺灣閩南語、羅馬拼音、臺語羅馬字、語言政策

壹、臺語注音符號的淵源

臺灣在日本時代，殖民的日本政府推行的「國語」是日語，當時的臺灣人沒有人學過注音符號。1945年，「二戰」結束，日本放棄臺灣，接手的國民政府在臺灣推行依據北平話制定的國語，才把在中國沒有能夠好好推廣的注音符號帶到臺灣來。

1949年，國民政府退守臺灣，初期曾要求公務人員要學習臺灣最多數人使用的臺語，以便跟臺灣人溝通。為了編輯臺語教材，當時的臺灣省國語推行委員會，還請國語推行委員會委員朱兆祥教授制定了一套臺音注音符號，用來標注臺語發音。

只不過後來的教育政策只推行國語，而全面禁止臺灣的各種本土語言，所以這套臺語注音符號幾乎沒有人使用。倒是基督教會及天主教，為了訓練傳教的外國人臺語，繼續使用教會羅馬字編輯臺語教材，也出版了不少以教會羅馬字標音的臺語辭典，所以教羅拼音在臺

灣還比臺語注音符號普及。

　　日本時代末期，主張推廣臺語來普及教育的蔡培火先生，曾經採用教會羅馬字編了臺語辭典。想不到日本戰敗，國民政府來臺，竟然禁止出版以教會羅馬字標音的臺語辭典。蔡先生業已編輯完成的《閩南語國語對照常用辭典》只好改成用注音符號標音，不過蔡先生所採用的臺語注音符號與前述朱兆祥教授的注音符號並不相同。也就是說，過去曾經有過兩套臺語注音符號。

　　解嚴之後，臺語變成了小學中的正式課程，臺語不再是禁忌了，臺語注音符號又浮上了檯面。在臺灣長年以國小學童為發行對象的《國語日報》，曾經開闢《鄉土語文》週刊（參見《國語日報》98年5月15日史路所編之〈閩南語說教材〉單元），為了標注文章中的臺語發音，重新採用朱兆祥先生制定的臺語注音符號，還由林松培先生編輯出版了《閩南語方音符號》（1995年）的小冊子，要教人使用這套臺語注音符號。

　　後來，樟樹出版社的邱文錫、陳憲國兩位創辦人也出版了一系列臺語辭典、諺語典及文學書籍，吳守禮教授也出版了《國臺對照活用辭典》，這些辭典、書籍也都採用了朱兆祥教授的臺語注音符號。此外，楊青矗先生編纂的《國臺雙語辭典》，也採用了注音符號標音；但這套注音符號是楊先生自己制定的，跟朱兆祥、蔡培火先生的注音符號也不盡相同。

　　從使用的廣度來看，朱兆祥先生的臺語注音符號是最多文獻採用的符號，所以下一節本文將詳細介紹這一套標音系統，其餘的標音符號就不再說明了。

貳、臺語注音符號與羅馬拼音符號的對照及其適用性探討

　　注音符號的設計，原來是為了標注以北京話為基礎的國語，要用來標注臺語發音自然有所不足，所以朱兆祥教授所制定的臺語注音符號和國語的注音符號有同有異，其中有很多符號是專為標注臺語設計

的。接下來，我們先來看看臺語注音符號的聲符，為了方便解讀，將搭配教育部所頒定的臺灣閩南語羅馬字拼音方案呈現。

臺語注音符號的聲符：

ㄅ（p）　　ㄅ（b）　　ㄆ（ph）　　ㄇ（m）
ㄉ（t）　　ㄊ（th）　　ㄋ（n）　　　ㄌ（l）
ㄍ（k）　　ㄍ（g）　　ㄎ（kh）　　兀（ng）
　　　　　　　　　　　　　　　　　　ㄏ（h）

ㄐ（ts）　　ㄐ（j）　　ㄑ（tsh）
ㄗ（ts）　　ㆡ（j）　　ㄘ（tsh）　　ㄙ（s）

從上面的臺語注音聲符表我們可以看出，為了配合國語注音符號，臺語的ts、j、tsh這三個聲母都分成了兩套。所以依照傳統的十五音系統臺語的聲母應該是十五個，除去沒有聲符的零聲母，只有十四個聲符，補上原來被併入濁塞音的三個鼻音聲符，臺語的聲符應該只有十七個，但朱兆祥教授設計的臺語聲符共有二十個。

韻母方面，臺語的音節結構相較於國語，更加多樣化，因為臺語有入聲韻、合脣鼻音韻尾、鼻化韻、聲化韻，這些韻母都是國語沒有的，所以在符號上要比國語複雜得多。朱兆祥教授設計的臺語注音符號，包含單韻母、複韻母以及結合韻母，共有八十七組韻母符號。下面就是臺語韻母的注音符號：

臺語注音符號的韻符：

ㄚ(a)　ㆦ(oo)　ㆤ(o)　ㆤ(e)　ㄞ(ai)　ㄠ(au)　ㆰ(am)　ㆱ(om)　ㄇ(m)

ㄢ(an)　　　ㄤ(ang)　　　ㄥ(ong)　　　兀(ng)

ㄚ̍(ann)　　ㆦ̍(onn)　　ㆤ̍(enn)　　ㄞ̍(ainn)　　ㄠ̍(aunn)

ㄚ̖(ah)　ㆦ̖(oh)　ㆤ̖(eh)　ㄞ̖(aih)　ㄠ̖(auh)　ㄚㆴ(ap)　ㆦㆴ(op)　ㄚㆵ(at)

ㄚㄍ(ak)　ㆦㄍ(ok)　ㄚ̖(annh)　ㆦ̖(onnh)　ㆤ̖(ennh)　ㄞ̖(ainnh)

ㄠ̖(aunnh)　　　ㄇ̖(mh)　　　兀̖(ngh)

丨(i)　丨Y(ia)　丨ㄛ(io)　丨ㄠ(iau)　丨ㄨ(iu)　丨ㆰ(iam)　丨ㆬ(im)

丨ㄢ(ian)　丨ㄣ(in)　丨ㄤ(iang)　丨ㄥ(iong)　丨ㄥ(ing)

ㆪ(inn)　丨ㆩ(iann)　丨ㆯ(iaunn)　丨ㆫ(iunn)

丨ㆶ(ih)　丨Yㆶ(iah)　丨ㄛㆶ(ioh)　丨ㄠㆶ(iauh)　丨ㄨㆶ(iuh)　丨ㆴ(ip)

丨Yㆴ(iap)　丨ㆵ(it)　丨Yㆵ(iat)　丨ㄝㆻ(ik)　丨Yㆻ(iak)　丨ㄛㆻ(iok)

丨ㆪㆶ(innh)　丨ㆩㆶ(iannh)　丨ㆯㆶ(iaunnh)　丨ㆫㆶ(iunnh)

ㄨ(u)　ㄨY(ua)　ㄨㄝ(ue)　ㄨㄞ(uai)　ㄨ丨(ui)　ㄨㄢ(uan)　ㄨㄣ(un)

ㄨㄤ(uang)　ㄨㆩ(uann)　ㄨㄞ(uainn)　ㄨㆪ(uinn)

ㄨㆶ(uh)　ㄨYㆶ(uah)　ㄨㄝㆶ(ueh)　ㄨ丨ㆶ(uih)　ㄨㆵ(ut)　ㄨYㆵ(uat)

ㄨY ㆻ(uak)

ㄨㄞ ㆶ(uainnh)　ㄨㆪㆶ(uinnh)

　　聲調方面，臺語原有七個聲調，這套符號又設計了一個輕聲符號，所以一共有八個聲調符號。以下就是這八個聲調符號的標示方法。

　　臺語注音符號的聲調符號：

Y(a)　Yˋ(á)　Y˪(à)　Yㆶ(ah)　Yˊ(â)　Yˉ(ā)　Yˬㆶ(àh)　˙Y(--a)

　　以上就是臺語注音符號的完整符號系統，藉著這套符號，就可以拼出臺語的全部音節。除了小寫下標的入聲韻尾（ㆴ、ㆵ、ㆻ、ㆶ）之外，這套符號和國語注音符號一樣，最多只要三個符號，加上調符，就可以拼出一個臺語漢字的讀音，所以在印刷上跟漢字可以做很好的搭配。

　　不過這套符號也有一些缺點，首先是某些相同音素，在這套符號裡往往用不同符號標記，例如當聲母的ㄇ（m）、ㄋ（n）、ㄫ（ng）和當韻尾或韻核的這些音都用不同符號呈現。再如臺語聲母ts（ㄗ、ㄐ）、tsh（ㄘ、ㄑ）、j（ㄡ、ㄓ）都分成兩套，但s卻不分ㄙ和ㄒ。學習這套符號的人，未來學習分析語音時，可能會有一些困擾。其次，現在是電腦時代，這套符號若要方便使用，必須要製作方便電腦可以輸入、輸出的輸入法及字型，否則將難以用來寫作、發表或出版。最後，和羅馬字相比，這套符號不利於國際化，要把臺語推廣給外國人時，這套符號遠不及羅馬字來得方便使用。

參、相關推廣及教材、媒體的運用簡介

　　解嚴之後，保存本土語言的呼聲終於受到重視，教育部在2000年公布自2001年開始，實施九年一貫課程，其中國中小課綱中也將閩南語、客語、原住民語納入本國語文課程中。為了要在國小正式教授臺語課程，教育部公布了以羅馬字書寫的臺灣閩南語音標（TLPA），作為臺語教材的標音符號。但國小教師對羅馬字感到生疏，要求教材要有注音符號。當時教育部曾邀集學者，討論臺語注音符號的問題；經過學者的研究、整理，最後提出一份建議案，主要是依據朱兆祥教授原訂的臺語注音符號再做一些修改。這套建議案把原來朱教授的系統中，同一音素在聲母及韻母中使用不同符號的現象做了修改。例如m這個音素，無論在聲母、韻母中，都採用ㄇ這個注音符號。不過因為反對的聲浪很高，最後教育部並沒有正式公布這套注音符號。

　　至於臺語羅馬字標音系統，也經過一段衝突、折衝，最後制定了臺灣閩南語羅馬字拼音方案（以下簡稱「臺羅拼音」）。現在國小教材以及教育部舉辦的各項比賽，臺語部分的標音已經都採用臺羅拼音。不過民間出版的國小教材，為了幫助教師及學生學習，除了羅馬字拼音之外，大都也加注臺語注音符號。只是因為教育部並未正式

公布官方版的臺語注音符號，各家出版社所用的注音符號都不盡相同，大都是根據朱兆祥教授的系統再做一些調整。臺語注音符號由於前述的一些限制，在電腦文書處理較不易推廣。因此，目前臺語標音的主流是以羅馬字拼音為主，臺語注音符號僅作為輔助的工具。

肆、結論

　　國民政府遷臺之後，當時的語言政策是以推行國語為要務，本土語言的使用空間受到壓縮，使得臺語注音符號一直無法受到重視。解嚴之後，雖然《國語日報》試圖振興臺語注音符號，也有部分學者及民間出版者採用這套符號，但在國際化和電腦數位化的趨勢下，羅馬字拼音反而受到學者青睞，成為主要的臺語拼音符號。不過，無論採用哪一套拼音符號系統，最重要的還是要讓臺語能夠恢復生機。

　　聯合國教科文組織曾於2002及2003年邀請各國語言學家組成團隊合作制定一套語言生命力評估框架，旨在輔助制定政策、確認需求和恰當的語言保護措施。這一瀕危語言特設專家組在題為《語言活力與語言瀕危》的里程碑式概念文件中，確立了以下九大準則[1]：

　　1.語言的世代傳承
　　2.語言使用者的總人數
　　3.語言使用者占總人口的比率
　　4.語域的大小
　　5.適應新事物的能力
　　6.是否作為教育媒介
　　7.是否具有共通語或官方語言的地位
　　8.是否得到社群成員本身的認同
　　9.是否有豐富的語言典藏

---

[1]　來源：何大安（2007）。

　　根據聯合國教科文組織2011年世界各地母語存亡報告書的語言瀕危度指標，臺語可能介於不安全型和嚴重瀕危型之間，需要大家共同來傳承母語。

表1　語言瀕危程度分級

安全型	該語言被所有年齡人群使用；世代傳承未被阻斷
不安全型	該語言被大多數孩子使用，但或局限於某些場合（例如：家中）
肯定瀕危型	該語言不再被孩子在家中作為母語學習
嚴重瀕危型	該語言被祖父母輩及以上輩分的人們使用，父母輩可能懂得該語言，但不會用它與孩子及同輩交談
極度瀕危型	該語言只被祖父母輩及以上輩分的人們使用，而他們也不能流利運用該語言
已經消失型	沒有該語言使用者存活

參 考 書 目

朱兆祥（1948）。廈語方音符號傳習小冊，臺北：國語推行委員會。

何大安（2007）。語言活力通說，載於鄭錦全、何大安、蕭素英、江敏華、張永利（主編），語言政策的多元文化思考（頁1-6）。臺北：中央研究院語言學研究所。

吳守禮（1955）。近五十年來臺語研究之總成績，臺北：大立出版社。

吳守禮（1970）。臺灣方言目錄，臺北文獻，6，67-89。

吳守禮（1987）。綜合閩南語、臺灣語基本字典初稿，臺北：文史哲出版社。

蔡培火（1969）。閩南語國語對照常用辭典，臺北：正中書局。

許極燉（1990）。臺灣語概論，臺北：臺灣語文研究發展基金會。

鄭良偉（1989）。國語常用虛詞及其臺語對應詞釋例，臺北：文鶴出版

社。

盧廣誠（1999）。臺灣閩南語詞彙研究，臺北：南天書局。

盧廣誠（2003）。臺灣閩南語概要，臺北：南天書局。

董忠司（1992）。臺灣語音音標方案的擬議和完成，臺語文摘，革新1
　　號（總25期），51-57。

董同龢、趙榮琅、藍亞秀（1967）。記臺灣的一種閩南語，臺北：中研
　　院史語所集刊單刊甲種三十本。

林松培（1995）。閩南語方音符號，臺北：國語日報社。

UNESCO. (2011). *Atlas of the world's languages in danger*. Paris:
　　UNESCO.

附錄1：閩南語方音符號例

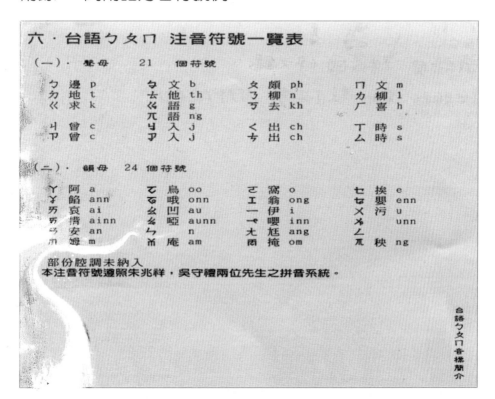

研究篇

臺灣華語儲備教師之
國語語音現況探究

劉瑩

（國立臺中教育大學語文教育學系）

摘　要

　　中華民國自民國二年開始使用注音符號推行國語，至今已有百年歷史，對於國語的推廣與普及，有極大的成效。但是目前在臺灣，仍有許多人的國語發音，還有極大的改善空間。由於研究者時常培訓華語文儲備教師，即以目前在華語教學碩士班就讀的華語文儲備教師為研究對象，採取柯遜添的「國語音檢表」為測試工具，採用錄音調查法對受試者進行語音現況之記錄，並採用分析法對受試者之聲母、韻母、輕重音、聲調等發音現況進行探究。

　　透過本研究，研究者了解到這五位華語文儲備教師的語音現象，以ㄣ/ㄥ及輕／重音之識別最困難。其次，是聲調不到位、ㄝ/ㄟ識別不清、三聲後面的兒化韻不正確，這些偏誤占了八成。至於ㄜ/ㄦ識別困難的，占了六成。然而，ㄧ/ㄩ、ㄈ/ㄏ、ㄢ/ㄤ、ㄠ/ㄡ、ㄧㄢ/ㄩㄢ五組的對比音識別練習，以及部分的兒化韻，他們都沒問題。

　　研究者已發現了這群儲備教師的發音問題，未來將進一步針對有待加強的語音，設計系列訓練課程，使這群教師未來能成為字正腔圓的優良華語教師，以優質的口語表達，順利達成海外華語文之教學任務。

關鍵字：國語、語音、華語、現況、儲備教師

壹、前言

　　中華民族五千年的歷史發展中，一直因為幅員廣大，以致語音總是南腔北調，難以統一。有趣的是，探究歷代的標準音，都是以政治中心的語音為主：先秦的雅言是以夏商之首都洛陽音為標準音，秦、漢二朝承襲前朝，仍以洛陽音為正音、雅言，西晉仍以洛陽音為正音，而這段時期是屬於「上古漢語」時期；東晉遷都建康（南京），即以吳音為主，隋唐時期，南北朝的吳音與洛陽音融合成長安官音，宋朝仍承襲唐音，這是屬於「中古漢語」時期；元朝以北京為

政治中心，發展出入聲消失的北京官話，明朝剛開始定都於南京，雖然於永樂年間遷都北京，但是南京移民至北京四十萬人，占了當時北京一半的人口，所以，南京官話通行於整個明朝。到了清朝，南京官話和滿族語音融合，形成入聲消失，多了輕聲與兒化音的北京官話，進入「近代漢語」時期，也成爲「現代漢語」的前身。

　　現代漢語的標準音是以北京音系爲主，但一般分爲十大方言：北方官話、西北官話、西南官話、下江官話、吳語、贛語、客語、湘語、閩語、粵語。各地語音，同中有異。

　　注音符號的產生，是一種有意識的正音運動。由於清末的有識之士發現漢字難識、文盲太多，阻礙國家進步，又見到鄰近的日本因爲統一語言而使民智大開，於是，就開啓了國語統一運動，1909年設立「國語編審委員會」，1912年（民國二年）由教育部召開「讀音統一會」，正式採用章炳麟「以篆籀逕省、合於雙聲疊韻的簡筆漢字」爲符號，制定「注音字母」，於民國二十一年改名爲「注音符號」。

　　中華民國自民國二年正式制定注音字母，展開推行國語的運動，至民國一○二年已有一百年的歷史，對於國語的推廣與普及，產生極大的功效。但是目前在臺灣有許多些民眾的國語語音受到母語的影響，與標準國語還有一些距離。所謂母語，包括大部分的閩語及部分的客語和原住民語，這些母語對學習以北京音爲主的國語，造成怎樣的遷移呢？國語文教師是否妥善運用注音符號，實施正確語音之教學呢？這是極耐人尋味、值得探討的問題。

　　教師具有成爲學生之典範、以身教化育學生的責任，應該力求跳脫母語的牽引，達到語音標準的境界。所以，華語儲備教師在培訓階段，應該以知音理、正發音爲己任。研究者即針對有志從事華語教學的碩士班儲備教師，先探討其未受相關課程訓練之前的語音偏誤現象，以便未來設計適合之課程，培養其正確之語音與優良的口語表達能力。

貳、文獻探討

在協助儲備教師正音之前，須先了解歷代與現代推行語言統一的成效與困境，以下就從清雍正時期、清末民國初年、民國六十年代、九十年代的各項文獻探討中探索一些端倪。

一、清雍正時期之正音書院

關於語音統一的正音工作，歷代都實施過，而近代最具體的行動是清朝的雍正時期與清末的推行普通話運動。清朝雖以滿洲話為國語，但並未全面推行，為了能長期統治漢人，特別保留了北京官話作為「正音」，《清雍正實錄》裡即記載著閩廣地區的官員因為語音不標準，乃開始設置「正音書院」。

「正音書院」是特別在閩廣地區設立的，俞正燮《癸巳存稿》之「官話」條即記載著：「雍正六年，奉旨以福建、廣東人多不諳官話，著地方官訓導，廷臣議以八年為限。舉人生員貢監童生不諳官話者不准送試。」（俞正燮，清）至於推行官話的成效如何呢？施鴻保在《閩中記》「正音書院」記載著：「閩中各縣，從前皆有正音書院，所以訓習官音者也。當因雍正六年，欽奉上諭：『凡官員有蒞民之責……應令福建、廣東兩省督撫，轉飭所屬各府州縣有司及教官，遍為傳示，多方教導，務期語言明白，使人通曉，不得仍前習為鄉音……』（《清世宗實錄》七十二卷）各地正音書院，蓋當時督府，遵奉上諭，飭屬所見。無如地方有司，皆忽為不急之務，虛應故事，久且任其隳廢。以余所見，現在為邵武郡城，尚有正音書院，然亦改課時文，名存而實已亡矣。」（施鴻保，1968）從這段記載中，可見正音的成效不彰。

二、清末民初制定注音符號

關於注音符號制定的源起，是借鑑到日本語言統一，達到極佳的成效。清末光緒二十八年（1902），京師大學堂總教習吳汝綸去

日本考察學政，見日本推行國語十分成功，使得教育普及、民智大開、國富民強，回國後寫信給官學大臣張百熙，建議學習日本「推行普通話」的經驗，推行以北京話爲標準的「國語」（孫德玉，2009）。這一建議非常大膽，因爲當時清朝一直把滿語作爲國語，光緒二十九年（1903），學部大員榮慶、張之洞、張百熙等爲清廷制定《學務綱要》指出：「中國民間各操土音，致一省之人彼此不能通語，辦事動多扞格，茲擬官音統一天下語言，故自師範以及高等小學堂，均於中國文一科內附於官話一門。其練習官話，各學堂皆以用《聖諭廣訓直解》一書爲準。將來各省學堂教員，凡授科學，均以官音講解，雖不能遽如生長京師者之圓熟，但必須讀字清眞，音韻朗暢。」（見宣統繼修《南海縣志》，轉引自石美珊，2007；世界華文教育會，2012）

　　到了民國初年，「讀音統一會」議定「國音推行辦法」中，有「中等師範國文教員及小學教員，必以國音教授」這則條文（國立臺灣師範大學國音教材編輯委員會，1982）。直至現在，培養中小學教師的師範院校學生，都必修「國音及說話課」，以便在中小學之中，用標準的國語實施教學。

三、六十年代臺灣大學生之國語語音現象

　　國民政府播遷來臺，積極推行國語，成效如何呢？李堂儀1977年調查臺灣大專學生的語音偏誤現象，在一百四十六位大專學生中，翹舌音（ㄓ、ㄔ、ㄕ）與平舌音（ㄗ、ㄘ、ㄙ）辨別不清的有一百二十五人，占85.6%；忽略ㄣㄥ音的有一百三十二人，占90.3%；ㄋㄌ不分的有十四人，ㄏㄈ、ㄧㄩ混淆不清的有十一人；ㄦ音不能標準發出的有一百四十三人，占97.7%（李堂儀，1977）。從以上的現象，依偏誤比例多寡做排名如下：

　㈠ ㄦ音不標準：97.7%

　㈡ ㄣㄥ音忽略：90.3%

㈢ ㄓㄔㄕ/ㄗㄘㄙ不清：85.6%

由以上的統計結果可發現：由於臺語中無ㄓㄔㄕ翹舌音、無捲舌ㄦ音，以致成為語音偏誤的大宗，ㄣㄥ音忽略也是普遍現象。

四、九十年代臺灣國語之特色

到了九十年代，臺灣一般民眾的語音現象如何呢？根據李正芬的研究，獲得以下的結論（李正芬，2006）：

㈠ 臺閩語嚴重的負面干擾下，使國語音位簡化，並改變音節結構、組合規律。

㈡ 詞彙輕聲已消失殆盡。

㈢ 兒化韻消失。

㈣ 四聲及輕聲的調值下降。

關於「音位簡化」，以翹舌音為例，她認為：「發音部位，介於舌尖前與舌尖後之間，屬於舌尖後的語音變體，是目前臺灣國語的主流。」關於「兒化韻」，因為臺閩語中並無捲舌韻母之發音，所以這一部分對普遍的臺灣民眾是很困難的。關於「輕聲」，標準國語的輕聲調比一般調型輕且短，會隨前一音節的不同，而有高低變化，陰平後為2度，陽平後為3度，上聲後為4度，去聲為1度。然而，在臺灣民眾受到臺閩語的影響，輕聲的音長並未縮短，也不隨前一音節的高度變化，而是讀在1度調。至於四個聲調的讀法，從標準國語到臺灣國語的轉變是：陰平調55度變成44度，去聲51度變成41度，上聲調214度變成21度，所以，上聲調成為相當低的低降調，而使整體的語調顯得較低而平板、抑揚頓挫不明顯。

五、九十年代海峽兩岸播音員之語音現象

現代的科技進步，曾金金運用分析並比較所蒐集的兩岸播音員之語音，以輕聲為例，如招了、著了、找了、照了，經比較發現：

大陸：**輕聲前一音節之音長較長，音長增加，音量較長。**
臺灣：**輕聲發成固定低入聲調，輕聲前一音節變化較不顯著。**

　　而對於語詞是否唸輕聲，海峽兩岸的播音員有不同的唸法，同樣會唸輕聲的，如：東西、鑰匙、豆腐、包袱、囉嗦、消息、湊合、親戚、石頭、椅子、肚子等。大陸播音員唸輕聲，而臺灣播音員不唸輕聲的詞，如心思、硯臺、下次、臭蟲、泥鰍、交情、哈欠、數目、耳朵等（曾金金，2008）。

　　不過，播音員已受過相當專業的訓練，比較不能代表普遍民眾的語音現象，但是，由於地域相隔，語言習慣自然會產生些許分歧，這些研究結果也可以作為教學的參考。

　　綜合以上的文獻得知，讀音的統一到了民國初年，因為注音符號的制定，確實達到相當良好的成效。但是，在臺灣推行標準國語，會受到在地的臺閩語之影響，產生了一些變化。

參、研究設計與實施

　　為了解華語文儲備教師之國語發音現況，研究者針對本學期五位「華語文學碩士班」一年級選修「語音及口語表達教學研究」之學生，也是未來將擔任華語教師之儲備教師，進行其語音現況之探究。

一、研究方法、研究工具、研究對象

　　本研究所採用的研究方法為「錄音調查法」、「語音分析法」，所採用的研究工具為柯遜添編製之「國語音檢表」，並以「電腦錄音軟體」做輔助。本研究蒐集語音之方式為：開學正式上課前，請學生不必刻意練習，自行錄音，然後將錄音檔上傳至學校之E化教學平臺。研究者透過親耳聆聽的方式，分析其語音。

　　在研究者歷年教授語音的課程中，每學期初必用柯遜添設計的「國語音檢表」（柯遜添，1975），測試的項目有十六項：

表1　國語音檢表

編號	檢測項目	注音對比識別項目	例句	矯正時間（小時）
1	一記－一句	ㄧ/ㄩ	1.徐席先生去雲林買橘子去了。 2.但願長相憶，何須常相遇。	2
2	會話－廢話	ㄈ/ㄏ	1.我張輔仁絕不唬人。 2.范煥換錢付飯錢。	2
3	大字－大致	ㄓ/ㄗ	1.老四老是不聽話。 2.壞醋有什麼壞處？	6
4	水泥－水梨	ㄋ/ㄌ	1.我唸你練。 2.水牛不怕水流。	2
5	浪人－讓人	ㄌ/ㄖ	1.捉拿漏稅的豬肉。 2.你樂我不樂，你熱我不熱。	2
6	檢定－講定	ㄢ/ㄤ	1.半磅羊毛多少錢？ 2.你去採三葉桑葉來。	2
7	不沉－不成	ㄣ/ㄥ	1.林玲經營金銀珠寶。 2.我是地政科長詹地震。	6
8	叫人－救人	ㄠ/ㄡ	1.大舅子坐大轎子。 2.小修不必大修。	2
9	不過－不夠	ㄛ/ㄡ	1.羅作人揍人哪！ 2.你不說，我不收。	2
10	黃－王	句首重音	1.黃兄罵王兄黃牛。 2.怪客不是貴客。	2
11	懂－等	句尾全上	我真不懂，你為什麼不等？	2
12	顏－燃	ㄧㄢ/ㄖㄢ	這是顏料，不是燃料	2

編號	檢測項目	注音對比識別項目		例句	矯正時間（小時）
13	一兒	兒化韻	小孩兒	ㄞ+ㄦ→ㄚㄦ	3
			寶貝兒	ㄟ+ㄦ→ㄜㄦ	
			聊天兒	ㄢ+ㄦ→ㄜㄦ	
			小門兒	ㄣ+ㄦ→ㄜㄦ	
			樹葉兒	ㄝ+ㄦ→ㄜㄦ	
			有吃兒	ㄔ+ㄦ→ㄜㄦ	
			小雨兒	ㄩ+ㄦ→ㄜㄦ	
14	晚上回來	輕重音		1.剛飛起來，就掉下去了。 2.可不是！ 3.我看見了。 4.請進來吧！	4
15	山明水秀	四聲練習	1.一聲	張沖天先生說：「松山區新生東村山崩，三千隻公雞、公豬統統遭殃。」	8
			2.二聲	何容伯昨兒從臺南來，急急忙忙拿錢存華南銀行，還沒回來。	
			3.三聲	早！你早！好！你好！	
			4.四聲	四月四日是廖重玉教授逝世紀念日，動物系助教個個肅立悼念。	
			5.四聲混合	昨天他來的時候，他沒說什麼，只說了兩句話就匆匆忙忙地走了，也沒交代清楚。	
16	一、不	語音變調		1.初一　一天　一年　一晚　一夜 2.不說　不來　不晚　不去　我不	2

參考資料：研究者參考柯遜添（1975）《國語正音特殊教本》之「音檢表」整理。

　　以上這份音檢表的檢核項目包含以下八項：

㈠ 聲母：ㄈ/ㄏ、ㄓ/ㄗ、ㄋ/ㄌ、ㄉ/ㄖ

㈡ 單韻母：ㄧ/ㄩ

㈢ 複韻母：ㄠ/ㄡ、ㄛ/ㄡ

㈣ 聲隨韻母：ㄢ/ㄤ、ㄣ/ㄥ

㈤ 兒化韻

㈥ 輕重音

㈦ 四聲

㈧ 一、不之語音變調

　　以上這些項目除了可以測試出受試者的語音問題之外，柯遜添還建議某些音需要花多少時間做練習，可以矯正成功。像四聲的辨別，應該是難度最高的，必須花八小時，其次是ㄣ/ㄥ的識別練習，須花六小時，第三難唸的是兒化韻，須花三小時。

二、研究者背景

　　研究者之家庭背景，父親是出生於北京、十歲回南方故鄉的江蘇無錫人，精通標準國語、無錫話、上海話、英語，略通臺語、日語，母親出生於臺灣西螺，精通臺語、日語。

　　研究者之語言能力，是精通標準國語，英語、臺語表達能力中等。大學及研究所皆主修中國文學、曾修習國語語音學。由於曾在高中教授國文，曾兩度參與全國語文競賽擔任中學教師組朗讀選手獲得優勝，也擔任中學及大學生朗讀之指導老師，並擔任全國語文競賽朗讀組之評判多年。另外，也歷任教育部華語文教師認證「口語表達科」之命題、組題、評閱之教師。

三、研究對象之背景資料

　　本研究之五位對象全為女性，其基本資料整理如下：

表2　研究對象之背景資料

編號	學歷	職業	年齡	接受國音課程訓練
S1	某大學特殊教育系畢業	專任小學教師	30-40	V
S2	某大學外語系畢業	兼任幼教美語教師	30-40	X
S3	某大學應用外語系畢業	兼任大學教學助理	20-30	X
S4	某大學中文系畢業	專職學生	20-30	V
S5	某大學國貿系畢業	兼任大學教學助理	30-40	X

肆、結果與討論

　　研究者經過仔細聆聽並記錄受試者之語音偏誤現象，每個錯誤記一點，統計如下：

表3　受測者之語音偏誤統計表

編號	S1	S2	S3	S4	S5
語音偏誤記點	14	50	20	17	47

　　以上五位受試者中，S1的偏誤最少，經訪談發現，其學習歷程中，除了在師範院校受過國音課程之訓練之外，也曾經七度參加全國語文競賽，分別於參加師範院校學生組及社會組時，獲得優勝之成績。其次是S4，因為大學部就讀中文系，修習過「國語語音學」之課程，所以偏誤較少。

　　統整五位受試者的語音偏誤發現其錯誤的百分比如下：

表4　「國語音檢表」檢核語音偏誤之統計表

序號	檢核題目		注音識別項目	偏誤數量		百分比	排名
1	一記－一句		ㄧ/ㄩ	0		0	
2.	會話－廢話		ㄈ/ㄏ	0		0	
3.	大字－大致		ㄓ/ㄗ	2		40%	
4.	水泥－水梨		ㄋ/ㄌ	1		20%	
5.	浪人－讓人		ㄌ/ㄖ	1		20%	
6	檢定－講定		ㄢ/ㄤ	0		0	
7	不沉－不成		ㄣ/ㄥ	5		100%	1
8	叫人－救人		ㄠ/ㄡ	0		0	
9	不過－不夠		ㄛ/ㄡ	2		40%	
10	黃－王		句首重音	0		0	
11	我真不懂，你為什麼不等？		句尾全上	4		80%	2
12	這是顏料，不是燃料。		ㄧㄢ/ㄖㄢ	0		0	
13	兒化韻	小孩兒	ㄞ+ㄦ→ㄚㄦ	1		20%	
		寶貝兒	ㄟ+ㄦ→ㄜㄦ	2		40%	
		聊天兒	ㄢ+ㄦ→ㄜㄦ	0		0	
		小門兒	ㄣ+ㄦ→ㄜㄦ	0		0	
		樹葉兒	ㄝ+ㄦ→ㄜㄦ	0		0	
		有吃兒	ㄔ+ㄦ→ㄜㄦ	0		0	
		小雨兒	ㄩ+ㄦ→ㄜㄦ	4		80%	2
14	晚上回來		輕聲	5		100%	1
15	山明水秀		四聲	三聲變二聲	4	80%	2
				四聲變平	1	20%	
16	一、不		語音變調	2		40%	

序號	檢核題目	注音識別項目	偏誤數量	百分比	排名
17	漏稅	ㄝ/ㄟ	4	80%	2
18	2	ㄜ/ㄦ	3	60%	3

　　從以上的列表中可發現，ㄧ/ㄩ、ㄈ/ㄏ、ㄢ/ㄤ、ㄠ/ㄡ、ㄧㄢ/ㄩㄢ五組的對比音識別練習，以及句首重音、部分的兒化韻都沒問題，有些音是部分受試者有問題，也有的是全部受試者都無法發出正確的音，茲整理如下：

表5　受試者語音偏誤之排行榜

名次	偏誤之語音	偏誤之癥結	百分比
1	ㄣ/ㄥ	前鼻聲隨與後鼻聲隨混淆	100%
1	輕聲	受臺灣母語影響無發輕聲之習慣	100%
2	四聲不到位	三聲變二聲	80%
2	句尾未全上	只讀前半上	80%
2	ㄝ/ㄟ	複韻母遺失韻尾	80%
2	小雨兒	雨兒只須唸21度一音節，卻唸成213度，形成兩音節	80%
3	ㄜ/ㄦ	發捲舌韻母卻無捲舌動作	60%

　　將本份2013年針對碩士班研究生的華語文儲備教師所做的語音檢測，與1977年之針對大學生的語音調查做比較，可發現以下變化：

　　1.1977年排名第三的ㄓ/ㄗ對比問題，至2013年偏誤只剩40%，可見ㄓ/ㄗ之識別已不是極大的問題。

　　2.1977年排名第二的ㄣ/ㄥ對比問題至今躍升成第一大語音偏誤問題。

3.1977年排名第一的兒化韻問題仍是部分受試者感到困難的問
　題，名列第二。

4.1977年沒提到的輕聲問題，是2013年偏誤現象之第一名。
　1977年沒提到的四聲不到位、句尾未全上、複韻母遺失韻尾
　等問題，是2013年偏誤現象之第二名。

　　由以上之比較可以發現，1977年之調查側重在發音問題，本研
究更深入探討語調，有較新的發現。

　　經過研究者深入訪談，發現這五位碩士生考進華語文教學碩士班
之前，為了因應考試科目中之國語文科，會考語音問題，已在補習班
中學習一些基本音理，或是自習音理知識。所以，有部分受試者的
語音偏誤問題並不嚴重，但有部分受試者受到母語的影響，雖知音
理，卻很難掌握正確的發音，尚須假以時日做練習，才能達成字正腔
圓的目標，成為語音標準的華語老師。

伍、結論與建議

　　研究者經過深入分析受試者的語音現況，獲得以下之結論：

一、語音偏誤以ㄣ/ㄥ識別與輕聲最嚴重

　　本研究之部分受試對象雖曾接受過國音課程訓練，國語偏誤明顯
較少，但在ㄣ/ㄥ對比與輕聲表現上，仍受母語（臺語）之遷移，無法
精準地表達。1977年之調查即顯現高比例的偏誤，可見此偏誤實無
關乎受試者之年齡與學歷。

二、語音偏誤以四聲不到位、句尾未全上、ㄟ複韻母遺
失韻尾為次嚴重

　　關於四聲不到位的情形中，以三聲無法發成214度而發成二聲的
現象，最為嚴重。標準國語要求句尾、詞尾讀成全上聲，這也是臺灣

民眾容易疏忽的。另外，音檢表中之「稅」字的韻母，是複韻母ㄟ，由ㄝㄧ兩個音素組成，但誤讀者會遺失韻尾ㄧ而唸成ㄝ，這也是一般臺灣民眾容易疏忽的。

　　本研究的樣本數雖少，但仍可以發揮見微知著的效果，可以反映出當今語言偏誤現象之一隅。本研究對未來之教學與研究有以下兩點建議：

㈠擴大研究樣本之類別與數量

　　未來希望能擴大至不同階層，增加樣本類別與數量，可以獲得更客觀之結果。例如以臺灣不同之城市與鄉村兒童的語音為研究樣本，或是以不同年齡層之社會人士為研究對象。另外，也可以研究閩南語區、廣東語區、江浙語區等不同地方的普通話發音。就當前電視上的播音員，各有其語音特色與偏誤現象，也值得研究。相信不同對象，可以顯現不同的發音狀況，這將是很有趣的田野調查，是個值得研究的課題。

㈡發展進階之教學與研究

　　本項調查與研究並不止於了解受試者之語音現象，更應該進階發展適合而有效率之教材與練習方式，協助受試者達到發音正確，成為沒有臺灣國語腔之華語教師，前進海外，成為優秀之華語教師。未來之研究，並可以將未受訓練之前測與受過訓練之後的後測做一對照，了解學習者正音改善之情形。

　　本研究特以目前之教學對象為研究樣本，做一番初探，也期望作為國語推行百年之成果的驗收。未來如能擴大研究的樣本，或是探討不同族群的國語發音，相信會有不同的發現。不過，語音正確與否，並不會構成溝通的障礙，一般民眾並不在意講話是否字正腔圓。但是，身為華語教師，字正腔圓，應該是為終極目標，也是本研究對象未來將努力的目標。

參 考 書 目

世界華文教育會（2012）。國語運動百年史略，臺北：國語日報。

石美珊（2007年12月13日）。雍正「推廣普通話」的得與失，光明日報。取自人民網：http://theory.people.com.cn/GB/49157/49163/6649486.html

李正芬（2006）。語言接觸下的國語語音層次與變體，花大中文學報，1，107-138。

李堂儀（1977）。國語正音淺說，臺北：空中雜誌社。

俞正燮（清）。癸巳存稿，朱絲欄舊鈔本。

施鴻保（清）（1968）。閩雜記，臺北：閩粵書局。

柯遜添（1975）。國語正音特殊教本，臺北：國語日報。

孫德玉（2009）。吳汝綸赴日考察對中國近代教育的影響，安徽師範大學學報——人文社會科學版，3。

國立臺灣師範大學國音教材編輯委員會（1982）。國音學，臺北：正中書局。

曾金金（2008）。華語語音資料庫及數位學習應用，臺北：新學林出版公司。

華語教學標音符號之教學順序

陳懷萱

（國立臺灣師範大學華語文教學系）

摘　要

　　臺灣華語教學濫觴之際，即以注音符號為發音的標注與發聲的準則，此趨勢在數十年後的今日遭遇其歷史上的一大挑戰與勁敵──漢語拼音的崛起。相較於臺灣國語教育與華僑教育的注音符號教學，注音符號在華語教學領域中承受了更多的質疑，而如今許多華語中心順應國際趨勢，改以漢語拼音取代注音符號。但在此「國際化」、「與國際接軌」的呼聲下，注音符號是否即註定要被淘汰？抑或此「國際化」、「與國際接軌」之趨勢潮流忽略、犧牲了國家語言的特色？歷來注音符號之教學被視為理所當然，而在面臨此國際潮流之襲擊之際，究竟華語教育的教學者應如何因應此「國際」壓力？

　　本篇將綜合歷來之研究與華語教師之教學經驗，以注音符號為標音符號之較大優勢在於(1)注音符號為獨立之發音／標記系統，不易受學習者母語影響，較有益於掌握華語發音；(2)使用注音符號較有助於對於聲調之記憶；(3)注音符號之拼音規則較為簡單，書寫上不會出現「因音制宜」之情況，學習上較不易產生混淆與疑問；(4)注音符號源自於漢字部件，學習注音符號可作為初學者之筆順與筆畫練習，成為學習漢字之基礎。

　　以上述各論點為基礎，本研究將針對華語學習者設計問卷並輔以實驗，以了解學習者的學習經驗與認知是否與以上論述契合。並依據最後之結果提出在華語教學中注音符號的教學與教材編寫之建議，如國別化教學與教材設計、注音符號之聲調教學等。

關鍵字：華語教學、注音符號、漢語拼音、注音符號教學

壹、前言

　　華語為表意文字，從字體本身不能拼出讀音，因此對初學者而言，必須先教一套標音系統，作為學習漢字的基礎工具。臺灣在華語

教學濫觴之期，一直以注音符號作爲標注與發音的準則，華語初級教材也都附有注音符號教學手冊，中高級教材的詞彙也標注ㄅㄆㄇ注音符號，坊間可買到的課外讀物，無論國語日報出版社抑或僑委會出版的刊物，都有注音符號作爲輔助讀音的標注工具。但此一趨勢在漢語拼音強勢作爲下，成爲世界各地華語教學的主要標音工具，而國內的一些語言中心也順應國際趨勢採用漢語拼音。然而關於漢語拼音在拼音規則上的變化不符合音韻規則已有諸多批評，因此，本文將就漢語拼音上的問題及注音符號所占的優勢做問卷調查及實驗，藉此觀察注音符號是否的確在音準上對學習華語有助益，也可作爲堅持教注音符號的強力證明。

貳、注音符號與漢語拼音

就拼音而言，中國歷史上早就有用符號標音學習語言的方式，無論是用字表音符，如唐朝僧人「不芳並明」等字母，或及至明代傳教士以拉丁文字母拼寫漢字，都是標注語音的方法。

一、注音符號

1912中華民國政府成立當年，教育部通過「採用注音字母」一案，確立漢字注音的基本方針，進行法定國音之審定、核定音素總數，以及採定字母，每一字均以一字母表示。隔年通過由章炳麟創始，爲「取古文、篆、籀迻省之形」的簡筆漢字爲「注音字母」，1918年11月23日公布施行，計有聲母二十四個、介母三個、韻母十二個，另外訂有濁音符號及四聲點法[1]。1928年教育部改國語統一

---

[1]　在1920年教育部國語統一籌備會審音委員會將ㄜ字韻母從ㄛ字韻母獨立出來。1932年教育部以新國音取代老國音，以北京音爲標準，注音符號當中的三個音「万」（v）、「广」（gn）及「兀」（ng）不再使用。因此現在的注音符號聲符二十一個，韻符十六個，共計三十七個。

籌備會爲「國語統一籌備委員會」，擴大推行國語普及運動，1930年改「注音字母」爲「注音符號」，確立爲漢字標音符號的地位（曹瑞泰，2009）。中華國民政府來到臺灣後仍不改以注音符號推行國語之政策，並落實於國民義務教育之中。

　　注音字母之外，1923年8月錢玄同、黎錦熙、趙元任等人出任新成立的「國語羅馬字拼音研究委員會」委員，經過三年的努力，於1926年採用二十三個羅馬字母（不使用q、v、x）「國語羅馬字拼音法式」，1928年9月國民政府教育部以「國語羅馬字拼音方式」的名稱公布，爲我國第一個法定的羅馬字母拼音方案，1940年決議將「國語羅馬字拼音方式」改名爲「譯音符號」。雖然設計精密，但因其四聲拼法較爲繁複，又未得到政府的大力支持，推廣成效不彰。但教育部爲因應華僑子弟及外籍人士學習中文之需要，又在1984年邀集各界就「譯音符號」與威妥瑪式（Wade-Giles system）、耶魯式（Yale system）等比較後，將原來的「譯音符號」拼法略作修訂，並以通行的四聲調號來標注四聲，再定名爲「國語注音符號第二式」，與國語注音符號第一式並行使用（李鍌，2004）。

二、漢語拼音

　　「漢語拼音」則爲1956年中華人民共和國政府，彙整各方意見後，依據Wade-Giles System所制定的漢語拼音方案，使用羅馬字作爲漢字的標音符號。1955年10月15日，在北京召開的全國文字改革會議，從各方所提的草案中彙整出六種拼音方案，其中有四種採取漢字筆畫式，一種是拉丁字母式，一種是斯拉夫字母式。最後由中央開會決定採用拉丁字母式，並在國務院成立「漢語拼音方案審定委員會」。1958年2月11日，在第一屆全國人民代表大會第五次會議上，「漢語拼音方案」獲得通過，並從同年的秋季開始，「漢語拼音方案」正式啓動，列爲全國小學生必修的課程，成爲大陸地區漢字音的標音方法。1982年國際標準化組織（ISO）正式訂定漢語拼音方案作爲中文專有詞語的國際標準。1986年聯合國也正式公布採用。自此

漢語拼音在國際間占有絕對優勢。

參、華語教學中的注音符號與漢語拼音之優劣

一、漢語拼音的檢討（李鍌，2004）

　　雖然漢語拼音在中國大力推行之下，盛行於大部分使用華語的地區，但是漢語拼音也有諸多缺點，在華語教學上造成許多困擾。首先漢語拼音採取英語的拼音系統，但其中[q、x、z、c]並不是英語的發聲習慣，對以英語為母語的學習者造成干擾。

　　而[zh、ch、sh、r、z、c、s]單獨發音時，其後的空韻用[i]符號，而同時跟高原音的[i]相同。造成很多學生[zh]等音之後都加[i]的音而近於[j]音。同樣的符號「i」卻有不同發音，也是一個符號對應多音的問題。

　　[ü]音更是複雜，不但上面有兩點的外加符號，在學習上容易丟失。另外與不同聲符搭配時，有不同規則，如在[l、n]之後不可省略。複雜的規則變化是學習上的一大障礙。

　　另外，「ㄠ、ㄡ」兩音都是下降複元音，以[u]音結尾，但漢語拼音的是[ao]而「ㄡ」是[ou]，兩者結尾的音符不同。因此學生在發「ㄠ」音時常有發音不完整的現象。而「ㄡou」與介音「ㄧ」結合，漢語拼音做[iu]，省略了主要元音[e]。許多學習漢語拼音的外籍生，在發「秋」、「就」等音，也有發音不完全的情形。同樣的情況也發生在「ㄟei」複元音，當「ㄟ」與介音「ㄨ」結合，漢語拼音標為[ui]，也省略了主要元音[e]。「ㄣen」主要元音[ə]也在和介音「ㄨ」結合時，原型音「uen」的[e]省去。這些符號與音不合的缺失，造成許多華語學習者發音不正確的問題。

　　最後，「ㄥeng」在和「ㄨ」結合時，[u]是舌面後高元音，跟「ㄥ」的鼻音韻尾[nŋ]結合，將中元音[ə]吸收，而近於[ung]的音，但跟漢語拼音的[ong]不盡相同。

　　以上所提出的漢語拼音的問題，的確在實際教學上造成困擾，許

多學生發音不正確的原因，是由於標音符號的混亂、干擾所形成。

二、注音符號在語音教學上的缺點

　　符號作為表音工具，注音符號並不符合一音一符的音位字母原則（李存智，1998），如ㄞㄟㄠㄡㄢㄣㄤㄥ等雙韻母的音符，但只有一個表音符號，容易造成學生學習混淆以及記憶上的困難。

　　其次注音符號一個符號同時對應多音的現象也造成學習者的困惑，如結合韻發生「變讀音」的情況（嚴立謨，2009），如「ㄢ」：an，當和介音「ㄧ」結合時，「ㄢ」音則變音為en；又如「ㄣ」ən，和介音「ㄧ」結合時，變音為in。因此在對外籍學生的語音教學上，學習者很難掌握其中的規則與變化。

　　再者，注音符號是一群抽象符號的組合，學習不容易，尤其是以拼音文字為主的語族，學習者更為困難，更難記憶。

三、注音符號的優勢

　　注音符號為獨立之發音／標記系統，不易受學習者母語影響，較有益於掌握華語發音。根據Solman的研究指出，學習語言時同時呈現的輔助教材干擾學習是一種阻塞作用（blocking effect）。阻塞作用是指在連結學習中一個新刺激無法和預期反應建立連結關係，因為有一個和預期反應已有連結的刺激物一起呈現。所以舊的刺激物的出現可以有效迅速激起正確反應而使學習者無法將全部注意力集中在建立新刺激和預期反應的連結關係（吳慧敏，2000）。因此當學習者學習一種新語言時，接受新的刺激不要受舊反應的阻塞與干擾，漢語拼音的英文符號在初學時，可能藉由已有的知識可以較快地掌握相同的音，但也會產生錯誤習慣干擾長遠的學習。而注音符號是一套全新的系統，只要在老師正確的教學下，就可以不受舊有習慣的影響而建立準確的華語發音。

　　另外，使用注音符號較有助於對於聲調之記憶。漢語拼音是在羅馬字母上附加四個聲調，對已習慣於羅馬字的語系學生，常忽略附加

的聲調，而注音符號是另一體系，雖然四聲也是附加在外，但因爲是新系統，因此在視覺上有強制作用，不容易忽略。

　　同時，注音符號之拼音規則較爲簡單，書寫上不會出現「因音制宜」之情況，學習上較不易產生混淆與疑問。如上述提及的漢語拼音的規則上有諸多變化，部分符合音韻原則，部分不符合音韻原則，在記憶上容易混淆，再加上表音不準確的部分，更容易造成學生發音的錯誤。

　　從學習華語的教學程序而言，注音符號源自於漢字部件，學習注音符號可作爲初學者之筆順與筆畫練習，成爲學習漢字之基礎。注音符號本來具有形、音、義的關係，如「ㄉ」即「刀」字，「ㄖ」即「日」。字形上也與中文的部首偏旁配合，是漢字教學的基礎工作（李存智，1998）。

肆、研究方法

　　許多華語教學的老師也認爲注音符號有諸多優點，但敵不過國際趨勢，很多外國學生要求學漢語拼音，或嫌注音符號全新的系統，需要花較多時間學習、記憶。鑑於上述學理上的文獻說明漢語拼音所造成的學習障礙，本研究將藉由問卷調查[2]，訪查學生對兩種拼音系統的看法，分析不同國籍對這兩種拼音系統的學習困難、學習成效等。同時也對學過兩種拼音系統的學生和只學漢語拼音系統的學生進行認讀和聽寫的實驗，以觀察兩對照組在記錄聲音和發音兩方面的差異。

---

[2] 與臺灣師範大學華語教學系杜昭玫、孫懿芬老師共同製作調查（由於篇幅限制不附錄問卷樣本）。

一、研究對象

　　本研究受訪的對象為臺師大華語文教學系大學部一至四年級學生包括交換生共計一百零四名。分別來自世界各地，這次接受問卷調查的學生有日本籍二十九人，越南十八人，韓國十五人，美國八人，印尼七人，泰國六人，加拿大、土耳其、德國三人，瓜地馬拉二人，俄羅斯、墨西哥、瑞士、尼加拉瓜、義大利、西班牙、奧地利、英國、蒙古均為一人。

　　受訪者的學習背景，根據問卷調查結果，學過注音符號課程的有七十五人，學過漢語拼音課程的有九十三人，兩者都學過的有六十六人，兩者都沒學過的有五人，只學過注音符號的為八人，只學過漢語拼音有二十六人。按照學習順序，先學注音符號的二十人，先學漢語拼音的四十六人。

二、問卷調查結果

㈠對注音符號及漢語拼音了解程度對比

表1　對注音符號及漢語拼音的了解程度

	注音符號	漢語拼音
非常了解	32.6%	78.4%
不太了解	33.7%	21.6%
完全沒概念	33.7%	0%

㈡目前所使用的拼音符號及目前使用的電腦輸入法

表2　使用拼音符號及使用電腦輸入法對照表

	目前使用的拼音符號	目前使用的電腦輸入方法
漢語拼音	73.8%	85.4%
注音符號	7.8%	14.6%
兩者都用	18.4%	0%

(三)學習注音符號的原因

　　以下部分只有學習過注音符號的人才作答，學習注音符的原因38%是由於學校要求，本系部分課程要求學生必須熟悉兩種拼音系統，以配合有些選取的教材採用注音符號的拼音方式。35%是要練習發音，很多老師建議用注音符號全新的系統，重新掌握發音部位，避免受母語干擾，以此糾正舊有的發音習慣。有興趣的占29%。要在臺灣閱讀課外讀物的占23%。為了在臺灣的一般電腦系統便於輸入而學習注音符號的占11%。

(四)學習注音符號的困難

　　最大的困難在於「記憶」，不容易記住三十七個符號，不論是認識或是寫出都是學習上的障礙，這也是注音符號要克服的最大難關。要如何進行注音符號教學，幫助二語學習者易於記憶，這是注音符號教學在華語教學應加強的部分。

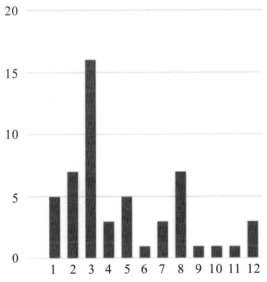

1.寫不出來
2.聽出音但拼不出來
3.記不住37個字母
4.記不住字母也寫不出來
5.認得字母但拼不出來
6.認得字母也聽出音，但拼不出來
7.認得字母但記不住也拼不出來
8.認得字母但讀不出來
9.認得字母但讀不出來也拼不出來
10.認得字母也聽得出音，但讀不出拼不出
11.認得字母但記不住讀不出也拼不出
12.認得字母聽得出音，但讀不出拼不出也記不住

圖1　使用注音符號困難的部分

㈤學習注音符號有助於改善發音

在前一題的問卷當中，有35%學習注音符號是為了練習發音，因此在本題「我發音因為學注音符號而進步了」，有62.5%的人認為注音符號是有助於改善發音。當然問卷調查是主觀認定，要如何證明注音符號的確有助於改善發音，必須要有實證研究，這次雖然做了錄音研究，但樣本數不夠齊全，還不敢證明。但透過訪談，受訪者提出自身經驗佐證，這留待下段說明。

㈥注音符號有助於學習漢字

有62.7%的受訪者不同意注音符有助於學習漢字，並不認為學習注音符號，可以讓書寫漢字更為容易或更好看。在尚未學習漢字之前，注音符號可以幫助非漢字系統的學生熟悉漢字的筆順，以及方塊字的概念。

㈦注音符號和拼音系統不同，較不易受母語干擾

有70.5%的受訪者同意，因為注音符號的拼音系統和母語的拼音系統不同，因此不會受母語干擾，與國籍交叉分析的結果，大部分羅馬字拼音系統的語言都同意。

表3　注音符號和拼音系統不同，不易受母語干擾的國籍交叉分析

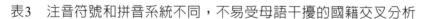
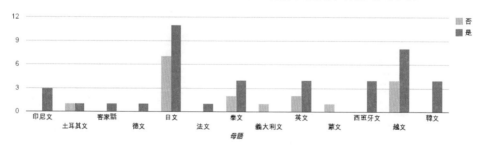

⑻注音符號比較不容易忽略聲調

　　有55%的受訪者同意注音符號比較不容易忽略聲調，與國籍交叉分析的結果，以越南籍、日本籍學生最認同。這也是主觀認定的問題，但是漢語拼音是羅馬字母，對羅馬字母拼音系統為母語的學生，習慣上較易丟失聲調，而影響聲調的正確，這留待實驗證明，學生是否在認讀注音符號時聲調較為正確。

表4　注音符號不易忽略聲調的國籍交叉分析

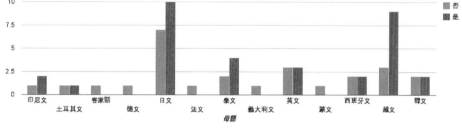

⑼注音符號的發音比較正確

　　有70.5%的人認為注音符號較為正確，與國籍交叉分析的結果，以日本、越南、韓國認為注音符號的發音較為正確，而印歐語系的受訪者不同意。經由訪談的結果，他們認為不論哪種符號就是標注「音」，沒有所謂正確與否的問題。

表5　認為注音符號發音較為正確的國籍交叉分析

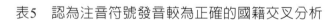
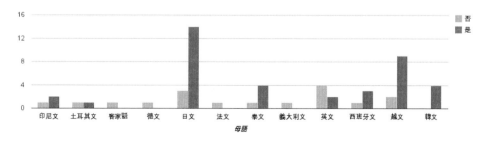

㈩會推薦朋友學習注音符號

有82%的學過注音符號的受訪者願意推薦朋友學習注音符號，所以大部分的學生雖然認爲學習注音符號有諸多難點，但還是肯定注音符號有學習的價值。

(十一)問卷調查結論

從以上問卷調查的結果顯示，標音符號在規則認知、日常使用上都是漢語拼音較占優勢，以現今客觀條件而言，在世界使用注音符號的地區畢竟占少數，學習的效率也不如漢語拼音，在較短時間內即可學會。雖然從問卷調查的結果中，看出學過注音符號的學生還是肯定注音符號有其值得學習的價值，要如何減少注音符號學習上的困難，是臺灣華語教學要努力的地方。

三、認讀聽寫實驗

爲了解學習漢語拼音和注音符號的學習者在實際辨音、讀音上的差異，因此對學過兩種拼音系統的學生，以及只學過漢語拼音的學生，進行測試。另外也觀察先學漢語拼音以及先學注音符號的學生在這兩方面是否有所不同。

研究對象爲臺師大華語文教學系二十四名外籍學生，接受注音符號和漢語拼音的聽寫測試，根據學習漢語拼音或注音符號的先後順序觀察對於聽寫的錯誤情形，藉以了解何種拼音系統對聲調及發音辨識的幫助比較大。

㈠測驗結果顯示

受試者聽寫注音符號的總錯誤率：14.58%。先學漢語拼音組的錯誤率：15.88%。

先學注音符號組的錯誤率：11.42%。受試者聽寫漢語拼音的總錯誤：11.25%。

先學漢語拼音組的錯誤率：11.77%。先學注音符號組的錯誤率：10%。

從這項實驗顯示，先學注音符號的學習者在辨識聲調及發音的正確度較高。這項研究的結果當然還不足以先學習注音符號對發音和聲調有明顯的影響，其中包括學習者本身的學習能力、辨識能力、程度差異等多項變數在內，筆者承認這項實驗的準確度有商榷的餘地，但是未來可以更精確地進行分組測試，根據我個人教學的經驗，確實有聲調符號包含在標音符號的系統中，是有助於學習者掌握聲調。

㈡對只會漢語拼音的二十名臺師大華語教學系外籍生進行聽寫測試和兩種拼音都會的受試者進行同樣的測試，觀察兩組在聲調及發音的辨識正確度。

測試結果顯示：只會漢語拼音的錯誤率爲：27.01%。

兩者都會的錯誤率爲：24.58%。

關於這兩項測試都有研究的缺失，第一樣本量太少，受試學生來源僅爲本系部的外籍生。第二變數太大，包括學習者本身的學習能力、學習區域、學習時數、學習者的教師教學方法等其他因素都可能影響學習者學習效果。

㈢但從這兩項解果也觀察出一些現象

1. 習慣漢語拼音的受試者，忽略聲調的教率較高，也就是在拼寫時只有羅馬字的符號，而沒有外加的任何聲調標記。
2. 所有拼寫注音符號的結果，都有錯誤書寫的現象，因爲注音符號是全新的符號系統，所以常有奇怪的符號出現如ㄩ上加了兩點，顯然是受漢語拼音影響。另外字形相近：ㄏㄟ、ㄘㄎ、ㄊㄙㄎ、ㄌㄞ也容易混淆。介音誤用的情形更是普遍，ㄩㄨ分辨不清，或是ㄩ拼寫成ㄧㄨ等。

雖然這項實驗有諸多不盡理想的缺失，但希望未來能持續進行更精細的實驗研究，分別不同對照因素，以確實了解標音符號是否確實

影響學習者的發音與聲調。

四、注音符號教學建議

　　注音符號雖然學習效率較差，但作為漢字教學的初步訓練，也可以強調一符代表一音的優點。雖然學習上有一些必須正視的困難，但可以利用教學方法來彌補其難點。

1. 因不容易記憶，教學時強調字形聯想。如能以圖片輔助或電腦動畫加刺激習者認知及記憶的策略，配合活動、遊戲、口訣教學，都可以彌補注音符號不容易記憶的缺點。

2. 相似符號，做對比練習。如：ㄅㄉ，利用口訣加強記憶，ㄅ是爸爸，ㄉ是弟弟，弟弟比爸爸多一筆。

3. 加強聲調與符號的緊密連結。注音符號的聲調雖然也算是外加符號，但是由於注音符號的聲調若以直式排列，與拼音系統截然不同，在記憶策略上是全新的記憶模式，在初級教學時，必須特別強調，產生發音與聲調符號密不可分的關聯性。

4. 變音務必等所有符號熟練後，再進行教學。變音，也是注音符號的主要問題，因此在教學順序上，要等所有符號熟練以後，再練習變音的部分。而老師更需要了解語音學，雖然不必說明變音的原理，但練習時，可以了解學習者發音錯誤的原因。

5. 若採用與原母語音符對比教學時，務必強調兩者不同的部分。採取與母語相同的音符做對比練習是教學策略之一，既省時又有效率，但務必強調兩者不同之處，以免造成誤用的情形。

　　另外對於標音符號的教學順序也有一些建議，為避免受母語拼音符號影響，建議先教注音符號。可選用與原母語拼音符號相同者做對比輔助教學。至於已經在其他地區學習了漢語拼音是否仍有必要再學

一套注音符號的拼音系統，根據問卷調查顯示，大部分的學生都認為學習注音符號確實有助於改善發音。

參考書目

李存智（1998）。從語言學理論與語言教學論音標符號的價值——兼論國語注意符號的存廢與外語學習，聲韻論叢，7，415-435。

李鍌（2004）。三種國語譯音析評——注音符號第二式、漢語拼音、通用拼音，聲韻論叢，12，13-56。

何萬順（2005）。全球化與在地化：從新經濟的角度看臺灣的拼音問題，人文及社會科學集刊，17（4），785-822。

嚴立模（2009）。注音符號與漢語拼音：文字還是音標，2009年亞太地區語言與文化教育國際學術研討會。

曹瑞泰（2009）。近代和語言文字改革與兩岸字音之比較，通識研究集刊，12，93-110。

歐德芬（2011）。論華語文教學標音工具——以注音符號與漢語拼音為例，清雲學報，31（3），101-116。

吳慧敏（2000）。中文表音符號對中文閱讀字彙習得影響，行政院國科會補助專題研究計畫成果報告。

黃心怡（2010）。外籍配偶注音符號之研究——以北縣一所小學為例（未出版之碩士論文）。中國文化大學華語教學研究所，臺北。

溫智華（2012）。新移民成人基本教育班的華語文教材設計與其教學知行動研究（未出版之碩士論文）。國立屏東教育大學華語文教學碩士學位學程，屏東。

中高齡母語學習者之發展注音符號課程規劃

孫錦梅

（臺北市力行國民小學）

孫紀真

（文化大學華語文教學碩士學位學程）

摘　要

　　本研究以臺北市立圖書館總館所開設「ㄅㄆㄇ正音班」的十二名中高齡母語學習者為研究對象，經過八週的先導研究，再以ADDIE的系統化教學設計模式，設計發展一套適合此族群的注音符號課程，以提升他們注音符號認讀、拼讀、聽寫以及注音符號輸入的能力。研究結果指出，十週的系統化設計教學結束時，本研究族群不僅在注音符號認讀、拼讀、聽寫以及注音符號輸入的能力各方面皆有大幅進步，同時這種學習成果也增強了此中高齡族群的學習信心。期望本研究能喚起政府對此類有關注音符號課程的需求，以及對中高齡者繼續教育之重視。

關鍵詞：注音符號、中高齡、注音輸入法、精緻教學法、系統化教學
　　　　設計

壹、前言

　　研究者因修習華語教學實習課程，被推薦擔任臺北市立圖書館總館與文化大學華語文教學碩士學程合作開辦的「ㄅㄆㄇ正音班」講師。原本此課程是為外籍人士所開設，期盼能讓更多新住民或外籍人士學習注音符號，但是報名的結果竟是本地的中高齡母語者居多。

　　早在1993年，我國六十五歲及以上人口已達7%，邁入高齡化社會。隨著網路科技的發達，使用網際網路的人口快速發展，許多中高齡者對學習電腦興趣高昂，但是上了電腦課程之後卻發現，中文輸入法竟成為阻礙他們使用電腦的門檻。

　　儘管中文輸入法有許多種類，例如非常方便的手寫板，但是這個族群最常利用的公共場所，如圖書館、政府行政機關、醫院等所提供的電腦設備多非手寫板。除非他們學會中文輸入法，否則無法進入資訊時代的大門。但是當他們參與一般的電腦課程時，電腦教師大都希望他們回家自己練習注音輸入法。雖然他們在學習電腦過程中遇到

難題，但是一直沒有相關單位或機構了解他們的痛苦，也未曾深思這個族群真正的需求。對不會注音符號的母語學習者而言，學習注音符號也如同是一種第二語言的學習，只是他們學習的是只用「注音符號」來拼寫他們熟知的母語。因此，本研究希望發展一套適合中高齡母語者的注音符號課程，先培養他們注音符號認讀、拼讀、聽寫的能力，最終培養他們注音符號輸入的能力。

貳、文獻探討

若要發展適合中高齡母語者注音符號課程，必須明瞭注音符號的沿革、功能與教學法，進而從語言習得與高齡學習理論探討，並透過一套具脈絡化、系統化的教學設計模式，使教學的流程與內容更臻完善。

一、注音符號之沿革、功能與教學法

注音符號採取以符號替單字「注音」的方法，匡補華文單字「表音條件薄弱」的短處。民國二年正式通過「注音字母」，大體上採用章炳麟「駁中國用萬國新語說」所創擬的字樣，審定國音六千五百多字，探定字母三十九個（張席珍，1980）。民國七年，教育部公布「注音字母」，計聲母二十四個、介母三個、韻母十二個，另外訂有濁音符號及四聲點法。民國十九年，教育部改稱「注音字母」為「注音符號」（張正男，2004）。學習注音符號之功能則是能協助讀出漢字的發音，或是查工具書（如字典），以及使用電腦的中文注音輸入法。

注音符號教學法可依年代出現之先後分別為隨機教學法、分析教學法、綜合教學法、折衷教學法、精緻教學法、圖像式注音符號教學法。

隨機教學法是邊教國字，邊教注音符號及拼音。但是現在已不再被應用了（陳正治，2003）。分析教學法是根據注音符號的順序教

學，教會聲符、韻符後，再教聲調，最後教拼音，優點就是教學進度快，分析字音，訂正字音時較爲合宜，但是較爲枯燥無趣。綜合教學法是國內目前小學最常使用的教學法，這種教學法是先從完整的語句教起，然後再分析語詞、單字、符號，最後再練習拼音。折衷教學法是半綜合半分析的方法，以教「字音」爲主，從有意義的單字或單詞教起，凡由一個或兩個注音符號拼成的單字或單音詞，都當作一個單位來教，不再分析。

　　精緻教學法爲常雅珍所創（常雅珍，2008），結合心理學、語言學、教育哲學及記憶策略，將無意義的注音符號與聲調，依照記憶術分爲視覺心像、發音特色、聽覺心像、關鍵字法，並爲每一個注音符號設計故事、動作及遊戲以加強記憶的教學法。圖像式注音符號教學法：由陳正治於2003年所創，是一種利用圖像及口訣，快速學會ㄅㄆㄇ的教學法。

　　因本研究的學習者爲中高齡母語者，在國內幾乎無法找到探討此族群學習注音符號的相關研究，但因透過八週先導課程中的觀察，學員們在記憶個別注音符號方面感到困難，而精緻教學法與圖像式注音符號教學法提出來的建議較適合這群學生，因此本研究採取這兩種教學法的內容來教導學生。以精緻教學法教授記憶個別的注音符號，並運用圖像式注音符號教學法，使學生看到注音符號能馬上唸出字音，藉由不斷透過變換注音符號的組合，使學員熟悉注音符號的拼音。

二、認知心理學與語言習得理論

　　中高齡母語者學習注音符號亦如同學習一種外語的符號。記憶和學習是一體兩面，學習過程中需要依賴記憶，但是個人所記憶的內容，卻不一定能長久不忘。

　　認知心理學中的訊息處理學習理論（Information Processing Theory）將人類的大腦比喻成電腦處理資訊流程的方式，並主張一開始即給予有效刺激，並透過理解與運用複習的策略，使短期記憶轉

化為長期記憶。對應性加工遷移（Transfer Appropriate Processing）認為我們學習某些知識時，我們的記憶也會同時記錄這些知識產生的背景。學習時如提供有意義的情境，學習者不但易於儲存，也有助於將來的提取（Morris, Bransford & Franks, 1977）。選擇教學方法時，如注意遷移的恰當性，學習遷移則能達到最大功效（Roediger, 1990；簡慶哲，2005）。雙重譯碼模式認為，人類對抽象符號的記憶保留時間最短，具體文字次之，圖像刺激最易記憶（Paivio, 1986）。

　　在各種注音符號教學法中，精緻教學法透過圖片、情境故事或動作，將抽象的注音符號變成有趣的故事並連結發音部位，符合雙重譯碼理論和對應性加工理論之觀點，對學習者未來在提取記憶時有很大的助益。本研究課程設計於一開始教授注音符號時，即透過活動刺激學員的感覺吸收，並經由學習單、回家作業、打電話唸給同學或老師複習所學的內容，加強練習，符合訊息處理學習理論中的加強練習，使學員的記憶能從短期記憶儲存至長期記憶，以促進學員學習的成效。

三、高齡學習理論

　　雖然雙重譯碼模式和對應性加工遷移理論都是精緻教學法和圖像式注音符號教學法課程設計的理論依據，但是本研究仍須顧及課程對象為中高齡學習者，其身心特性與心理認知和一般成人不同（Moody, 1985）。隨著年齡的增長，高齡者的生理功能及認知功能也隨之改變，包括：短期記憶、抽象思考能力、專注力的衰退，反應時間的延長等，這些改變對於學習和記憶在所難免都會造成影響。

　　儘管記憶衰退可能會造成高齡者學習部分影響，但是透過一些研究發現，成人的初期記憶直到晚年都能保持相當的能力。在閱讀電腦資料上，只要透過練習與要求，年長者的表現可以如年輕成人一樣地好（Czaja & Sharit, 1993）。但是研究也發現，高齡者對圖片的記憶優於對文字的理解，且操作的介面階層數以不超過三層為最佳（岳修

平、林維眞、李孟潔等，2012；張珈瑜，2008；黃凱郁，2005）。
對於未曾使用電腦經驗者，則較缺乏階層概念，容易在介面中迷失
（岳修平、林維眞、李孟潔等，2012）。林怡璇與林珊如（2009）
對國內老年科技學習者的調查研究指出，高齡者在學習電腦與通訊技
能常會遭遇挫折或阻力，包括對專用術語感到生疏、不習慣新的閱讀
介面、在輸入時容易出錯及常遭遇不知如何處理的電腦突發狀況。這
些皆說明高齡者在學習新事物時，需要更長的時間來學習。

　　有鑑於高齡學習者在生理、心理及社會特性中的改變，因此在高
齡教學上，應了解這些特性所造成的影響，以協助其順利進行學習
（黃富順，1997、2004）。

四、系統化教學設計

　　教學是有計畫、有意向的教與學之活動過程。在眾多教學的
設計模式中，最普遍簡易的爲ADDIE模式（Robert Maribe Branch,
2010）。此模式分爲五個面向，分別是：分析（Analysis）、設計
（Design）、發展（Development）、實施（Implement），和評
鑑（Evaluation），簡稱ADDIE。前四個面向呈現系統化依次循環
進行，在每個階段都有評估檢核，五個面向構成一個完整的設計模
式。

參、研究方法

　　本研究旨在探討如何爲中高齡母語者發展適合其學習需求的課程
規劃，以設計和教學實踐爲目標，藉由不斷的評鑑回饋過程，逐步探
討反思合理有效的課程設計，以產出滿足學員學習目標及要求的教學
設計。本研究是以質性研究爲主，量化爲輔，以下將依序說明本研究
的方法與實施內容。

一、研究範圍及研究目的與待答問題之研究工具彙整

　　研究之範圍則包含在臺灣所使用的注音符號，聲韻符合計，共三十七個，另一則是以教導學員Window XP裡的2003年版微軟新注音輸入法，使用的是標準鍵盤輸入。各階段研究工具將依照研究目的與待答問題詳細列出如表一，爲建立本研究之效度，研究者邀請六位專家評鑑本研究之各項研究工具。

表1　對應研究目的與待答問題之研究工具彙整

研究目的	待答問題	研究工具
發展適合中高齡母語學習者的注音符號課程，以提升注音符號認讀、拼讀與聽寫，以及注音符號輸入的能力	1.如何分析中高齡母語學習者注音符號課程的需求？ 2.如何設計中高齡母語學習者注音符號課程？ 3.如何發展中高齡母語學習者注音符號課程？ 4.如何實施中高齡母語學習者注音符號課程？ 5.如何評鑑中高齡母語學習者注音符號課程？	1.學員需求評估問卷 2.學員需求評估前訪談大綱 3.先導研究八週簡易教案 4.注音符號能力檢核表前測 5.注音符號輸入能力前測 6.正式課程十週教學目標 7.教學省思 8.學習單 9.作業 10.學員後訪談大綱 11.注音符號能力檢核表後測 12.注音符號輸入能力後測 13.學後滿意度調查

資料來源：研究者自行整理

二、研究對象、場域與週期

　　研究對象爲十二名中高齡母語學習者。研究場域第一階段在臺北市立圖書館九樓的多元文化資料中心綜合教室，第二階段課程移至中國文化大學建國分校大夏館進行課程。第一階段課程自2012年9月9日起至11月4日止，爲期八週，每週兩個小時，共十六小時。正式研究課程從2012年12月2日起至2013年2月3日止，爲期十週，每週兩個

小時，共二十小時。正式研究時，每次課程的前一個小時教授注音符號，第二個小時進電腦教室學習注音輸入法。

肆、研究結果

下面將依據ADDIE各面向報導研究結果。

一、分析

問卷結果顯示，學員的年齡分布大致中齡及高齡約各占一半。十二名學員多數在小學階段學過注音符號，但是不是忘記就是未能學好。由學員需求評估問卷及訪談得知學習者的先備知識及學習需求，學員們都希望能發音標準，並期望提高中文打字效率。透過彙整分析學員注音符號能力檢核之前測資料，發現學員認讀符號表現最佳，聽寫部分最須加強。分析其原因，在先導課程中，課程結束後並未給予學員任何回家作業，也並未要求學員回去複習或練習上課所學之內容。因此，在正式課程中，將交代作業與複習列入重要的指標之一。在設計課程時，對於學員較不熟悉及易混淆的注音符號，除須加強個別符號的記憶之外，也要加強相近音之辨音，讓學員分辨發音部位之不同，以及兩者之間的差異。

二、設計

根據分析結果，擬定課程目標，設計配合教學目標之評量，並運用媒體增加學習效果。課程目標包含能熟練注音符號形與音之結合、學會辨別相近音、熟悉各種拼音組合、熟悉電腦鍵盤上注音符號位置、學會操作電腦介面、學會運用學習網站鞏固新知、能與其他學員擁有良好之互動。十週課程分為三期：基礎鞏固期、實力增進期及學習成效評估期。每週一個單元，循序漸進，並按照單元教學目標，融合TPR教學策略設計每週單元內容與教學活動。

三、發展

　　此一階段分教學、評量以及媒體與教具三方面。根據設計階段訂定的教學目標，發展階段確定教學方法與教學內容，依照十週的單元教學目標，具體發展十週詳細的課程內容。評量在ADDIE模式中可分為形成性評量與總結性評量兩種。本研究課程使用的媒體包含電腦與網路，教具包含教師自製及坊間購買兩類。針對課程內容配合使用，提升學員的學習興趣，並可增加趣味性。在課堂中使用電腦授課，課後學員透過網路學習網站複習所學。電腦學習網站包含兩種：一是網路上免費的打字軟體，另外則是根據學員需求設計一個專屬網站，讓學員能登入網站進行課後複習。電腦網路使用包括：免費的學習網站、收發電子郵件與個別學習網站。

四、實施

　　每週上課的前一個小時，以精緻教學法及圖像式教學法教授注音符號，第二個小時移至電腦教室上中文注音輸入課程。

㈠精緻教學法之實施內容

　　因學員為中高齡者，雖採用常雅珍所創的精製教學法，但有些原本解釋給幼稚園學生的故事要加以轉化，並不能全盤模仿，只能取其教學記憶策略而加以改編故事。精緻教學法內容主要如下述。視覺心像依照符號的外在形狀透過人的視覺來設計情境，例如ㄊ像蹺蹺板、ㄇ像帽子；發音特色依照注音符號發音特色來設計故事情境，例如以龜兔賽跑的故事介紹氣呼呼的兔子發出「ㄈ」的的唇齒音；聽覺心像依照注音符號的聽覺感受來設計故事情境，例如「ㄅ」像打開汽水罐的聲音、「ㄉ」像刀子切東西的聲音；關鍵字法根據常用語詞作為故事的基礎，例如教「ㄍ」時，請學員將右手胳臂舉起在彎曲成「ㄍ」的樣子；動作表徵法針對每一個注音符號所運用的視覺心像、聽覺心像、發音特色、關鍵字法的特色，將每個注音符號設計成動作，不但加深印象，且增添趣味（常雅珍，1998）。

㈡圖像式注音符號教學法之實施內容

在學員的需求訪談及注音符號能力檢核前測中，皆發現注音符號的拼音是學員最弱及感到困擾的部分。因此，採用圖像式注音符號教學法中的「具體直拼法」教學拼音，並以「反拼法」幫助書寫，使學員在課堂上能以迅速的方式練習拼音，並讓學員在白板或筆記本上，反覆練習不同的拼音組合。

㈢注音符號輸入課程

在每週第二個小時的注音符號輸入課程分成三個階段進行，第一到四週為基礎鞏固期，主要任務為：學習操作電腦介面、進入電子信箱下載文件、運用學習網站；第五到七週為實力增進期，開始教授結合韻母的拼讀，並熟悉每個注音符號在電腦上的按鍵，練習拼音打字，從一個漢字到一個語詞，由短句到長句。只要求其正確性，並不要求速度；第八到十週的課程稱為學習成效評估期，開始提升學員打字的速度並檢視學員學習的成效。

伍、評鑑

ADDIE的「評鑑」面向可分為形成性評鑑及總結性評鑑（evaluation）兩種。以下將分別詳述「注音符號能力檢核」前後測、「注音符號輸入能力檢核」前後測、「學後滿意度調查」與學員後訪談共四項內容。

一、「注音符號能力檢核」前後測

表二、表三、表四的數據顯示，學員注音符號「認讀」、「拼讀」及「聽寫」三項進步幅度都很大，其中又以聽寫項目進步的幅度最大。三項前後測的標準差都大幅下降。此兩項結果顯示所有學員不僅成績進步，而且程度變得更為整齊。

表2　注音符號「認讀」檢測前、後測差距統計量表

組別	人數	平均數	標準差	最大值	最小值
認讀前測	12	71.5	11.4	86.5	51.4
認讀後測	12	98.2	3.5	100	89.2

表3　注音符號「拼讀」檢測前後測差距統計量表

組別	人數	平均數	標準差	最大值	最小值
拼讀前測	12	50	16.5	90	30
拼讀後測	12	91.7	8.3	100	80

表4　注音符號「聽寫」檢測前後測差距統計量表

組別	人數	平均數	標準差	最大值	最小值
聽寫前測	12	38.3	21.9	75	15
聽寫後測	12	94.6	8.6	100	70

二、注音符號輸入能力檢核之前後測分數比較與數據分析

　　表五及表六數據顯示，除了部分學員因出席率低，練習不夠，導致輸入字數標準差上升外，十二名學員注音輸入平均正確率及每分鐘輸入字數兩項均進步了。

表5　注音輸入檢測正確率前後測差距統計量表

組別	人數	平均數	標準差	最大值	最小值
注音輸入正確率前測	12	86.6	24.6	100	22.2
注音輸入正確率後測	12	97.4	4.3	100	88.8

表6　注音符號輸入速度（字／分鐘）檢測前、後測差距統計量表

組別	人數	平均數	標準差	最大值	最小值
注音符號輸入字數前測	12	5.2	4.6	13.8	0.5
注音符號輸入字數後測	12	12.2	7.1	26.3	2.8

三、學後滿意度調查結果與分析

　　學員認為自己在認讀、拼讀、聽寫與咬字發音都有進步，並對整體課程，無論在教師教學方式、教學內容與課程的實用性都感到十分滿意，也非常肯定此課程的價值。多數學員表示：發音進步了，咬字比較正確，因為熟悉鍵盤的位置後會多利用鍵盤打字，不再排斥注音符號與電腦打字，並對自己打字速度進步感到滿意。絕大多數學員表示感謝，希望以後再開類似的課程，也希望朋友能有機會參與這樣的課程。

四、學員學後訪談

　　幾乎全體學員皆肯定研究者教學的耐心與愛心，表示非常喜歡研究者因材施教方式，及能不厭其煩地解答疑問。學員學習態度認真，雖有一半左右的學員回家複習時間十分有限，但是另一半學員，回家後天天練習。訪談中也提及，透過設立班級幹部與建立通訊錄，彼此之間比以前更加熟悉，也有較多的互動；因熟悉鍵盤上注音符號的位置，已不再害怕透過電腦鍵盤寫e-mail，拼讀注音符號速度加快，也使得打字的速度加快許多。也因為學習了注音符號後，學員多數比以前有自信，並提及注音符號並不難，希望未來有機會學習其他外語。

陸、結論

　　本研究依據ADDIE模式的研究架構進行研究，經過分析階段了解學員之需求及先備知識，再透過設計階段訂定教學目標，並以教學目標為中心發展課程及實施課程，加上各階段的評鑑，可看出學員們經過學習此課程後，在所有檢核的項目都大幅度進步。現根據研究結果，討論總結如下：

一、高齡者需要即學即用的課程

　　透過分析階段的五項研究工具，可得知高齡學習者需要即學即用的實用課程。老化對心理的影響十分巨大，常使他們感受到時間的壓力，且常有時間不足的感覺，就電腦的學習而言，高齡者必須知道學了某件事對他們有立即性的用處才有學習動機，例如接收電子郵件（Bean, 2003；林珊如，2009）。在設計課程時，即須選擇最佳的教學方式，幫助中高齡學習者快速並有效記住注音符號的形與音，並設計學習收發電子郵件等實用課程，讓學員回到家後能立即使用。

二、精緻教學法與圖像式教學法確實適合中高齡母語者注音符號之學習

　　精緻教學法大量運用動作肢體、有趣的故事，運用模仿聲音與和注音符號語詞相關的圖像輔助記憶，所以一般人認為此種教學策略只適合年紀較小的學童，對於中高齡學習者恐不適宜。但是本研究發現，中高齡學習者雖然較不適合激烈的動作，但是他們非常喜歡TPR式的教學法。圖像式教學法藉由不斷透過變換注音符號的組合，使學員熟悉注音符號的拼音。透過這種教學法，經過正式課程的實施與觀察，以及各項注音符號能力檢核的後測數據，都可證實精緻教學法與圖像式教學法適用在中高齡母語學習者注音符號的學習上。

三、網路課程能提升學習動機並協助課後自學

　　許多學員常感嘆回到家中無法繼續學習注音符號，因為回家後無人可詢問。電腦網路課程的優點是，學員可按照自己的進度學習，在不熟悉之處，可不斷重複練習，不必擔心因為自己進度落後影響他人。網站上有趣的遊戲，使學員在學習過程中充滿笑聲，不再覺得學習注音符號只是抄抄寫寫才能學會。更重要的是，從操作電腦中學習，可使中高齡學員同時去除掉心中對「注音符號」及「電腦」的恐懼感或距離感。因此，電腦網路課程確實能提升中高齡學習者的學習

動機，以及協助他們課後的自學工作。

四、遊戲確實可提升中高齡學習者之學習興趣

　　本研究課程第一節課在普通教室教授注音符號，每教完一個段落後會帶入遊戲，讓學員透過遊戲競賽的方式，複習所學的內容，結果發現，學員們非常喜歡上課所安排的遊戲，即使原本看起來十分嚴肅的學員，玩起遊戲也十分投入。不過，遊戲的設計上仍必須考量學員的身體狀況及教室的布置、桌椅擺設與活動空間，選擇較不劇烈且無須耗費太多體力可完成之遊戲為佳。第二節課透過電腦網站學習注音符號時，網站中的遊戲也令學員興致高昂。學員們對遊戲輸贏與過關與否，感到濃厚的興趣，而且充滿好勝心。不論是在普通教室中進行的遊戲，或是在電腦教室免費網站中的電腦遊戲，確實可提升中高齡學習者之學習興趣。

五、學習頻率與技能之相關性

　　學習任何一項新的技能時，學習頻率十分重要，語言與電腦學習亦是如此。學習後是否練習，或是練習的頻率，都會影響習得之成果。最初規劃此研究課程，認為一週上一次課程較為適合，但是經過十八週的課程後發現，每週雖然規定許多課後練習與作業，但是仍有學員未能如預期完成，如果能夠每週上兩次課程，兩次課程間隔至少三天以上，應可使學員學習得更密集，而且也能使教學者更能掌握學員的進步情形。

　　因著教學實習課程而有緣結識這群努力學習的中高齡學員，看到在教育灰色地帶的這群長者，研究開始時常常沮喪地仰望盯著電腦螢幕而不知所措，在研究課程結束後卻能露出自信的笑容，並推開那扇阻擋他們進入資訊殿堂的玻璃門時，心中真有無比的感慨。期盼這個研究課程能拋磚引玉，並能激起政府與社會對此類注音符號相關課程，以及中高齡者繼續教育之重視。

參考書目

林怡璇與林珊如（2009）。從老年人獲取資訊與通訊科技（ICT）技能的歷程探討數位落差，圖書資訊學研究，3（2），75-102。

岳修平、林維真、李孟潔、林慧軍、羅悦綺（2012）。高齡使用者對於ipad閱讀操作之研究，教學科技與媒體，101，65-78。

常雅珍（2008）。注音符號教學新法「精緻化教學法」實施成效之研究，長庚科技學刊，9，89-118。

常雅珍（2008）。國語注音符號「精緻化教學法」與傳統「綜合教學法」之比較研究，嘉義師範學院國民教育研究所碩士論文，嘉義。

陳正治（2003）。注音符號教學探討及改進研究，應用語文學報，5，131-152。

黃富順（1997）。高齡學習者的心理特性，老人的社區經營與教育參與研討會手冊（頁119-132）。臺北：中華民國社區教育學會。

黃富順（2004）。高齡學習，臺北：五南。

黃富順（2007）。建構外籍配偶語文識字及生活基本知能指標之研究，成人及終身教育卷期，17，2-10。

黃凱郁（2005）。高齡使用者中文語音介面之階層研究，雲林科技大學工業設計研究所碩士論文，雲林。

張正男（2004）。國音及説話，臺北：三民。

張席珍（1980）。華文教學的注音問題，臺北：黎明文化。

張珈瑜（2008）。高齡者電子產品使用觀察與觸控式操作績效，朝陽科技大學設計研究所碩士論文，臺中。

魏吟珊（2009）。以ADDIE模式發展媒體素養融入國小社會領域課程之研究-以性別平等議題為例，國立臺北教育大學課程與教學研究所碩士論文，臺北。

簡慶哲（2005）。內隱記憶及其對教學上的啓示，高雄師範大學教育學系教育研究學會教育研究，13，149-158。

Bean, C. (2003). Meeting the Challenge: Training an Aging Population to

Use Computers. *The Southeastern Librarian , 51*, 17-26.

Czaja, S. J. & Sharit, J. (1993). Age differences in the performance of computer based work as a function of pacing and task complexity. *Psychology and Aging, 8*, 59-67.

Moody, H. R. (1985). Philosophy of education for older adult. In D.B. Lumsden (Eds.), *The old adult as learner : Aspect of educational gerontology.* New York: Hemisphere Publishing Corporation.

Morris, C. D.& Bransford, J. D., & Franks, J. J. (1977). Levels of processing versus transfer appropriate processing. *Journal of Verbal Learning and Verbal Behavior, 16*, 519-533.

Paivio, A. (1986). *Mental reoresentations:adual coding approach.* Oxford, England: Oxford University Press.

Robert Maribe Branch. (2010). Instructional Design: The ADDIE Approach. Springer US, Springer Science Business Media, LLC.

Rodiger, H. L. III (1990). Implicity memory: Retention without remembering. *The American Psychologist, 45*, 1043-1056.

運用Thinking Map
在注音符號拼音教學進行
擴寫練習研究

張憶如
（國立新竹教育大學附設實驗小學）
（國立新竹育大學中文系碩士班華語教學組）

摘 要

國語文是學齡兒童一切學科的基礎，要奠定良好的國語文根基，必須先學好拼音課程──注音符號。本研究旨在運用1988年David Hyerle所發表的視覺化教學工具，八種固定化格式地圖：circle map、bubble map、flower map、brace map、tree map、double bubble map、Multi-flower map、bridge map，將其不同功能的圖形與注音符號教學中符號拼音練習以及拼音語詞擴寫結合。

注音符號課程目前在臺灣小學國語課程規劃中，設定於前十週的教學，這十週國語科全部時間透過說話教學進而認識具中文語音及中文文字雛形的注音符號。因此，注音符號不但可以用來標示國字讀音，幫助學習國語、矯正發音，也是認識國字重要的前導學習。

注音符號的教學每單元分為五節：第一節說話，第二節認語句、語詞、單字、分析符號、書寫符號，第三節拼音練習，第四節第五節綜合活動。本研究在教學課程第五節的綜合活動中讓學童在透過八種功能圖做字詞連結創意練習，進而增強學童學習注音符號的趣味以及運用注音符號的語句創意發揮，也提升國小低年級學童提早寫作之能力。

關鍵詞：說話教學、思考地圖、視覺化教學工具、語詞擴寫、詞類連結

壹、研究背景與動機

筆者在國內第一線語言教學二十五年[1]中，低年級教學十二年，

---

[1] 筆者目前任教於國立新竹教育大學附設實驗小學，教學年資二十五年，任該校語文教師專業社群 組長。

有六次的國語注音符號教學循環經驗，在筆者教學的一年級學童中，入學前已上正音班有97.7%（竹大附小90年至102年入學新生），這樣高的比例，對於一年級前十週國語首冊注音符號學習應該學習不成問題。依據教育部「國民小學九年一貫課程綱」採「綜合教學法」流程以及「直接教學法」練習，對於一年級學童對注音符號的學習的確成效頗大。然而，學童在這十週的學習中出現許許多多拼音差異及拼寫錯誤問題確實讓家長們非常憂心。每每詢問導師，一年級老師的制式回答多為：「媽媽別擔心，孩子到一年級下學期就會了！」事實是如此。但是，依據筆者觀察，學童多數是因為之後進入國字學習中不斷重複記憶進而熟悉注音符號拼音而減少錯誤。因此，思考到是否能透過其他有效策略在十週中強化學生注音符號學習，讓學童能達到認知理解以及生活運用功效？

　　臺灣省政府教育廳國民推行委員會贈書民國六十二年推行的《國語直接教學法研究》一書中，比對新教材「國語首冊」和舊教材「注音符號課本」兩教材出現的問題提到四點：

　　　1.國字過早出現，加重學習難度。

　　　2.分析符號和拼音練習難度較重。

　　　3.聲介合符練習不夠。

　　　4.教材份量增加，教學時間不夠。

　　相對地，這四點對於從前一年級上學期約二十週注音符號教學到現行十週教學出現的問題，有著相同的問題。一年級國語教學的教師是否能加強學生分析符號以及強化拼音穩定性？

　　另外，依「國民中小學九年一貫課程第一階段綱要」中，注音符號應用能力指標：

表1　國民中小學九年一貫課程第一階段綱要

A-1-1	能正確認唸、拼讀及書寫注音符號。
A-1-2	能應用注音符號表情達意，分享經驗。
A-1-3	能應用注音符號，欣賞語文的優美。

A-1-4	能應用注音符號輔助識字，擴充閱讀。
A-1-5	能應用注音符號，記錄訊息，表達意見。
A-1-6	能應用注音符號，擴充語文學習的空間，增進語文學習興趣。

　　以上指標，除A-1-1為認知學習能力指標外，其他能力指標明顯著重在應用中，但是，就注音符號教學學習的十週中，學生在重複的錯誤中累積挫折，對於拼音應用目標取向僅成為少數，有什麼方式可以讓學生擴充生活學習於注音符號的應用？

　　目前國內國民小學三大教科書出版社：康軒、翰林、南一，在國語首冊備課教師手冊中教材編寫也依據教育部「國民中小學九年一貫課程綱要」著重在實際應用學習，突破傳統編譯館跳脫生活化的拼音太多問題（康軒國語備課用書乙版，101，頁11；翰林國語備課教師手冊，101，頁8；南一國語教師手冊，101，頁10）。

表2　三大教科書出版社能力指標

康軒出版社	1.以培養兒童正確注音，熟悉拼讀為重點。
翰林出版社	2.以兒童日常生活經驗為中心，引導學生由說話進入符號學習。 3.由易入難，循序漸進，由下而上練習拼音。
南一出版社	1.幫助學生發音正確，說話語調和諧。 2.幫助兒童認識國字。 3.培養兒童提早寫作能力。

　　從上述三教科書出版社教材編寫目標取向中，筆者認為國語注音符號教師在教學中除了以教材為核心，還要突破注音符號教材框架，讓學生有個別化的適性發展，對於一年級學童未來提早寫作教學幫助大。

　　因應以上關於學術研究和教學實務目標兩方面的發展以及解決問題的需求，本文旨在研究教師於一年級國語注音符號的拼音教學

中，如何運用有效的視覺化教學工具增強學生從生活中強化拼音。筆者進行注音符號教學以1988年David Hyerle所發表的視覺化教學工具「思考地圖」，在六年三次循環教學中產生實際成效的研究。

貳、本研究相關文獻

一、認知符號學習理論

　　注音符號的學習有必要嗎？注音符號的學習縮短為十週，馬上進入國字教學，然而國字在開放教科書的競爭之下，各版本國字量一年比一年增多。學童在經歷注音符號的學習挫折，與現代高知識背景家長產生許多誤解，成為反對注音符號的理由，有若干家長斷論為：「既然國字和注音符號在教科書出現時間差不多，且國語又是兒童熟悉第一的語言，又何必增加麻煩，讓小學生學注音符號呢？何不直接學習國字，以減輕學生的負擔？」語言學習對於語言學家索緒爾（Ferdinand de Saussure）的「符號系統論」原理、喬姆斯基（Noam Chomsky）為代表的「轉換生成語法」（Transformational Generative grammar）理論，都認為語言是受規律支配的符號體系。人類學習語言，絕不是單純模仿和記憶的過程，而是創造性活用的過程。強調要通過學習和掌握語法規律來學習語言。索緒爾認為人類可借助有限的規律指導、轉換，生成無限句子。於是認知心理學家卡魯爾（J.B.Carroll）在這基礎上，提出了「認知教學法」（Cognitice Approach），把認知心理學的理論應用在語言教學上，重視人的思維能力，重視發揮學生的智力因素，重視對語言規則的理解，主要著眼於培養實際應用語言的能力，所以這種概念形成「認知符號學習理論」（1990，Gordon H. Bower & Ernest R. Hilgard著，邵瑞珍、皮連生、吳慶麟譯）。

二、注音符號教學

　　《國音及說話》一書中在民國成推行國音大事對於注音符號教學

相關提到：「民國四十三年六月九日省教育廳以（四三）教字第〇
一六四二號文，規定自四十三學年度起，小學一年級國語常識教學
前十二週以直接教學法先教說話及注音符號。」（張正南，2004：
15）直接教學法一直沿用至今。《國語直接教學法研究‧緒論》：
「民國五十一年教育部頒訂的國民學校課程標準中，更改爲國民學
校一年級第一學期，要用前十週的國語科時間先教說話及注音符
號。」（靈小光，1973:1）並詳述直接教學法教學活動：㈠說話練
習㈡認識語句㈢分析單字㈣分析符號㈤綜合練習㈥寫字練習㈦整理
（靈小光，1973:68-77）。教育部國教司民國七十八年五月發行《注
音符號教學手冊》一書，說明國語教學前十週國語科全部用來教說
話及注音符號。每單元教學分爲五節：第一節教說話，第二節認語
句、語詞、單字、分析符號、書寫符號，第三節拼音練習，第四節
第五節綜合活動。近年來三大教科書（康軒、翰林、南一）大都採
「綜合教學法」，大同小異：㈠準備活動：1.說話教學2.課文問答
法。㈡發展活動：1.認識語句2.分析詞語3.分析單字4.分析符號5.習
寫符號6.練習拼音。㈢綜合活動：1.複習單元符號、拼音、詞語、語
句2.比對符號3.延伸兒歌4.習作指導5.遊戲教學6.聽寫語評量（康軒
《國語備課用書乙版》，101:14；翰林國語備課教師手冊，101:9-
10；南一《國語教師手冊》，101:29-31）。另外，從以上三家教科
書的教學指導教師用書中提及對於學童學習注音符號的錯誤問題多來
自近音比對與二拼三拼結合韻拼音，例如：

表3　注音符號學習容易混淆近音

聲符	ㄅㄆ	ㄉㄊ	ㄋㄌ	ㄈㄏ	ㄑㄒ	ㄓㄗ	ㄕㄙ
	ㄔㄘ						
韻符	ㄛㄜ	ㄝㄟ	ㄢㄤ	ㄣㄥ			
結合韻	ㄨㄢ	ㄡ	ㄩㄢ	一ㄣ	ㄦ韻		
	ㄨㄤ	ㄨㄛ	ㄩㄥ	一ㄥ			

　　綜觀教學流程以及學習問題，本研究以國民小學注音符號教學活動中綜合活動課程的延伸學習進行Thinking Map引導學習，期有效解決學童對於注音符號的比對混淆以及拼音錯誤等問題。

三、八種思考地圖

　　心智圖（mind mapping）是1970年，英國人Tony Buzan所提出的全腦式學習策略，他是運用線條以及圖案以及關鍵字符號等連結左右腦全方位思維方式，將知識以自我概念綱要視覺化圖像習得。1988年David Hyerle博士發表的思考圖（thinking map）也是一種視覺化的教學工具，一共有八種圖形：Circle map、Bubble map、Double bubble map、Tree map、Brace map、Flow map、Multi-flow map、Bridge map。他認為：當你運用每一個地圖，可以把具體的對象或目的作為思考了解關係連結。

表4　八種思考地圖教學用途

Thinking Map	Thinking Process	用途
Circle map	Defining in Context	腦力激盪
Bubble map	Describe Qualities	描述特性
Double bubble map	Comparing and Contrasting	比較兩件事
Tree map	Classifying and Grouping	分類
Brace map	Part-whole Relationship	指出整體和部分關係
Flow map	Sequencing and Ordering	表示連續性、順序、循環、步驟、方向
Multi-flow map	Causes and Effects	表示事件原因和影響
Bridge map	Analogies	創造、解釋類推

　　David Hyerle在《Expand Your Thinking》一書中的結論大綱中提到，拓展你的思考是一種活動，主要用來教導學生如何應用思考技

巧去做內容學習。第一長期目標是確保學生能夠在當他們有自覺地去套用思考地圖到去學習整合工作，第二長期目標是透過這些策略活動，老師和學生能夠了解如何去連結和表達他們的思考，老師能夠有機會轉換老師所需要教導給學生的How和What。

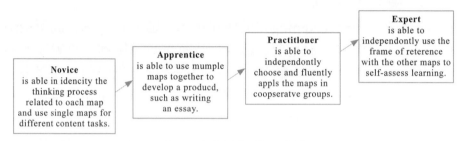

圖1　思考地圖運用階梯

　　對於使用者如何去取樣運用？David Hyerle博士和Kimberly Williams博士就圖2來說明初學者用單一地圖去思考；中階者用多樣性思考地圖去產出作品；實踐者取樣運用，可以打破規則；到達專家則獨立運用作為自我評估（Figure 7.1，2010）。對於適用於一年級學童的使用起步方針，宜有階段性以及漸進式方式去進行。

參、研究目的

　　學童學習注音符號的期程僅兩週，因此在進入國字教學後，學童就產生許多注音的說話以及書寫拼音偏誤問題，例如：學習記憶不足、近音不清、近形混淆、習慣誤用……等問題，一般學童對注音符號學習挫折的持續度長，大部分學童到了二年級上學期才趨向穩定狀況，但還不是全面性的。另一方面的問題更為嚴重的是，學童注音符號的不穩定也影響到學童本身其他科目的基礎學習，尤其一年級為各學科學習的起步，國語科能力不佳的學童對閱讀理解也明顯薄弱，對他科學習是有所影響的，例如數學應用問題無法理解、生活科（自然、社會、藝術與人文）邏輯不佳，造成家長相當的焦慮。相反

地，注音符號學習表現優的孩子，閱讀成就感越來越高，因此除了對於教科書知識的理解常常呈現超越教科書內容，也在孩童學習表現上超越其他同儕。因此，教師對於注音符號的教學專業相當重要。是否有一些策略能幫助學生對注音符號學習的適應及運用能力？因此，研究的目的有四：

　　1.釐清注音符號教學中，容易造成學童學習遲緩的部分。
　　2.深入淺出將Thinking Map八種圖形的使用方式教導一年級學童在注音符號學習中學習理解。
　　3.引導學童透過理解獨立運用Thinking Map運用注音符號表達自我。
　　4.透過學習與運用，學童對於寫作能做個別化構思，形成提早寫作優勢。

肆、研究方法與學習設計

一、研究方法

　　筆者以國立新竹教育大學附設實驗小學一年級學童為實施對象，以民國九十七年、九十九年、一百零一年三循環階段各兩年（低年級階段）計六年為實驗，從課文文本出發，在一年級注音符號教材中每一課的綜合練習做整合性的學習，在綜合課程中做延伸學習，以單音聲母或韻母學習中從課文練習單元的第三部分——拼音練習為思考地圖進行擴寫練習。

　　實驗分為三階段，兩階段在運用部分，第三階段在成果方面呈現。

二、學習設計

㈠運用Thinking Map階段呈現

表5　第一階段：注音符號拼音到擴寫運用

Thinking Map	注音符號應用方式	學童運用思考地圖
Circle map FIGURE 1 Circle Map for Thinking-Making	1.二十一個聲符結合練習應用（ㄅ、ㄆ、ㄇ……等） 2.十六個韻符結合練習應用（一、ㄨ、ㄩ……等）	The Circle Map
Bubble map FIGURE 2 Bubble Map for Qualification	1.聲符或韻符的拼音語詞彙連結，中間注音符號，連結Bubble拼音，最外面以拼音造詞。 2.物件屬性連接。 3.事件描述：人、事、時、地、物。	The Bubble Map
Double bubble map FIGURE 3 Double-Bubble Map for Comparing and Contrasting	1.近音比對方式呈現，兩個容易混淆的注音符號做拼音比對。中間部分是相同處，另外兩邊是兩符號的相異處。 2.兩物件或人物相異處比較。	The Double Bubble Map
Tree map FIGURE 4 Tree Map for Classification General Group Specific Group　Specimens	1.屬性分類，以注音符號拼音來表達學生生活經驗的事和物的分類。 2.大事件、大物件、系統分類。	The Tree Map 分類

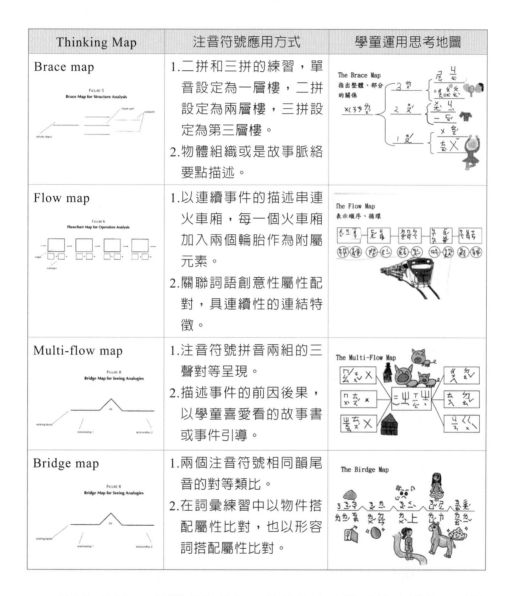

Thinking Map	注音符號應用方式	學童運用思考地圖
Brace map FIGURE 5 Brace Map for Structure Analysis	1.二拼和三拼的練習，單音設定為一層樓，二拼設定為兩層樓，三拼設定為第三層樓。 2.物體組織或是故事脈絡要點描述。	
Flow map FIGURE 6 Flowchart Map for Operation Analysis	1.以連續事件的描述串連火車廂，每一個火車廂加入兩個輪胎作為附屬元素。 2.關聯詞語創意性屬性配對，具連續性的連結特徵。	
Multi-flow map FIGURE 8 Bridge Map for Seeing Analogies	1.注音符號拼音兩組的三聲對等呈現。 2.描述事件的前因後果，以學童喜愛看的故事書或事件引導。	
Bridge map FIGURE 8 Bridge Map for Seeing Analogies	1.兩個注音符號相同韻尾音的對等類比。 2.在詞彙練習中以物件搭配屬性比對，也以形容詞搭配屬性比對。	

　　教師可以依八種圖形設計無以數計的注音符號擴寫變化，這樣有計畫的趣味書寫也以遞增方式困難度在其中。例如在近音辨析部分的擴寫，這樣的學習挑戰對學童而言相當具困難度與挑戰性，然而學童對於成功度具困難的挑戰也非常有興趣。例如下圖，學童以

塞擦聲不送氣「ㄓ」和「ㄗ」拼音的異同辨析為挑戰中，佐以Double bubble map思考地圖的特性辨析出兩符號常用性和「ㄜ」、「ㄤ」、「ㄠ」、「ㄨㄟ」、「ㄞ」做拼音結合，比較困難的是不常用的統整，左邊「ㄓ」聲符可以和「ㄨㄤ」、「ㄣˋ」、「ㄨˋ」拼成結合韻，但是這部分「ㄗ」卻少以取代「ㄓ」；而右邊「ㄗ」聲符可以和「ㄟˊ」、「ㄨㄣ」、「ㄨㄟˇ」拼成結合韻，同樣這部分「ㄓ」也少用。學童運用這樣交錯辨析方式，更深入去分辨近音異同以及使用，對注音符號近音的拼寫錯誤的確減少許多。例如未來在語詞書寫運用時：尊敬的尊，因為清楚異同，較不易寫成「ㄓㄨㄣ」。

表6　第二階段：注音符號連結詞彙擴寫運用

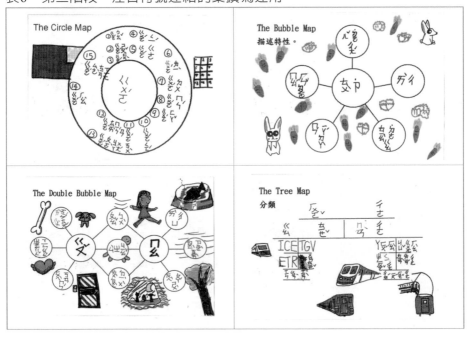

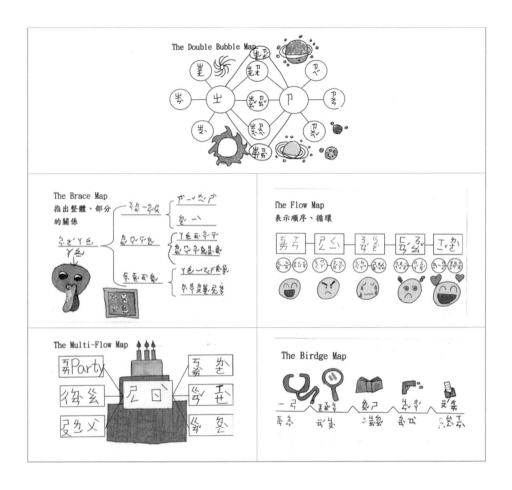

伍、研究歷程與成果

一、研究歷程

　　一年級學童從Circle map開始做注音符號拼寫到詞彙擴寫，李麗霞在〈看圖作文與創造性主動作文教學法對國小學童早期作文能力之影響〉一文中提到：「較小的學童不應因為種種客觀能力不如成人，而失去獨立思考、向社會表達自我及享受寫作樂趣的機會。相反地，在剛起步的國小一年級階段，他更需要在自由活潑的情境中充分

發展其熱烈寫作的動機，俾使促使「發表與吸收」產生互動之良性循環。」（李麗霞，1998:15）因此，本研究以學童學習注音符號開始給予自我發揮的思考地圖，並依據學童自己設定的思考地圖架構延展到短文完成。其中可以發現，學童自行透過Thinking Map去架構要表達的內容，敘寫文本組織相當穩定，加上地圖格式有詞彙美化的功能，因此文本合理順暢且具童趣。

表7　運用Thinking Map進行提早寫作

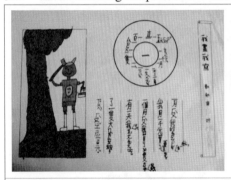

字的Circle map展開詞彙創意寫作

作文〈張開嘴〉以Bubble map詮釋功能

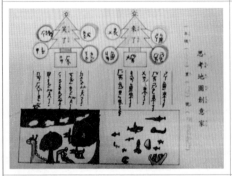

創意Bubble map完成短句詩

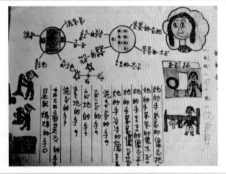

以Bubble map母親節創意作文

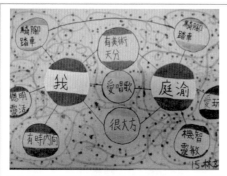	
作文〈我的好朋友〉構思以Double bubble map 比對。	作文〈顏色狂想曲〉以Tree map做分類

遊記以Flow map將流程串起	作文構思以Bridge map〈橋〉的譬喻類比

二、研究成果

㈠注音符號教學運用Thinking Map的圖形設計去完成拼音擴寫，增強學生趣味性以及聯想空間，對照從前一張張單一式學習單呈現無意義抄寫，六年實驗操作中，學生樂於學習並完成挑戰。

㈡完成David Hyerle對於Thinking Map的第一長期目標：「確保學生能夠在當他們有自覺地去套用思考地圖去學習整合工作。」因此不是以課本詞彙為主，能以學生生活經驗為主去運用注音符號的詞語創意發揮。

㈢學生透過Thinking Map的創意擴寫，增強作文詞彙根基，並以Thinking Map作爲寫作架構設計，投稿「學校與家庭」（竹大附小學生作文園地）增多，提升低年級學童提早寫作成果。

表8　使用Thinking Map注音符號擴寫提升提早寫作能力統計

96年 投稿件	97年 投稿件	98年 投稿件	99年 投稿件	100年 投稿件	101年 投稿件	102年 投稿件
圖畫12件	圖畫8件	圖畫12件	圖畫9件	圖畫12件	圖畫11件	圖畫15件
作文0件	作文0件	作文7件	作文7件	作文9件	作文10件	作文14件

從表格中，在民國九十六年之前，低年級一班學童僅以投稿塗鴉繪畫作品爲限，民國九十七年開始使用Thinking Map視覺化工具策略，學童從二年級開始已能在校獨力完成小篇圖文作文，然而，民國九十九年的一年級學童已經熟練使用思考地圖完成小作文。學童到二年級更是習慣以思考地圖構思後清楚表達提早寫作。

陸、結語

注音符號教學是國民小學課程以說話和識字爲基本目標，本實驗方案歷時六年，成功讓一年級新生學童自覺性地使用思考地圖的視覺化工具去做注音符號的擴寫，由於是學童自主性創意發揮，因此在說話精進的教學以及識字量提升的策略上也都能呈現優質發展。尤其對於注音符號學習困難的學童，以此工具採個別化進行補救教學中也發揮相當的成效。一年級家長們從正音班開始就憂心的孩童注音符號拼音錯誤延宕的問題，也在學童使用此方案設計實驗中漸漸縮短錯誤期程，能從Thinking Map圖形使用的擴展及辨析中，更清楚注音符號的比對與應用，增強拼音信心。尤其運用Thinking Map讓抽象的注音符號更具意義化，教師將教學本位的主導權釋放出來讓學生自主學習產

生發揮功效，本實驗的低年級學童從實驗課程的多元學習以及生活連結增強，對思考地圖工具使用相當熟練，更勤於書寫，相對地，也帶動起一年級學童提早寫作之功效，一舉兩得。

參考書目

李光福（2004）。識字兒歌，臺北：小魯文化。

李麗霞（1998）。看圖作文與創造性主動作文教學法對國小學童早期作文能力之影響，臺南：久洋出版社。

林來發（1992）。注音符號教學手冊，臺北：教育部國教司、臺北國語實驗小學。

林建平（1984）。創意的寫作教室，臺北：心理。

吳莉玲（2010）。國語首冊備課用書，臺北：康軒文教事業。

張博宇（1955）。國語注音符號講義，臺中：臺灣宇宙。

劉秉南（1965）。國語正音，臺中：國語日報。

靈小光（1959）。國語直接教學法研究，教育廳：國語推行委員會。

陳炳亨（2011）。國語備課教師手冊首冊，臺南：翰林出版。

羅秋昭（2010）。國民小學國語首冊教師手冊，臺南：南一。

張正男（2004）。國音及說話，臺北：三民。

張新仁（1992）。寫作教學研究：認知心理學取向，高雄：復文。

彭曉瑩（2009）。資訊融入英語教育：以mind42軟體繪製心智圖應用在英詩寫作，專業發展電子報，7。取自全國在職教師進修網。

黃永和、莊淑琴（2004）。圖形組織——視覺化教學工具的探討與應用，國立臺北師範學院（主編），深耕與創新：九年一貫課程之有效教學策略。

David Hyerle, Ed. & Kimberly Williams, Ph.D. (2010) Bifocal assessment in the cognitive age: Thinking maps. 2010 Annual Conference & Exhibit Show . San Antonio. Texas.

David Hyerle, Sara Goodman, John J. Glade (1989). Expand your think-ing: A student resource book: Teacher's guide. CT, USA: Innovative Sciences.

以美籍學生為例之華語語音學習困境行動研究

林品馨

（國立新竹教育大學中國語文學系碩士班

華語教學組）

摘 要

　　本文以行動研究為主，針對研究個案，試圖找出華語零起點的美籍學生在學習華語語音時所可能遭遇的學習困境，並使用注音符號教學幫助學習者改善發音難點。研究結果顯示，造成輔音和元音發音難點主要有「送氣」及「唇形展圓」。受試者在「送氣」上最大語音問題出現在[ts]、[tsh]；「唇形展圓」的元音問題則來自[y]、[ou]和[o]。其次，筆者發現介音的發音困難皆來自於輔音和元音的學習問題延伸，如元音[y]有發音問題，則介音延伸的學習問題主要是[y]系列的音節拼合，如[yəng]、[yan]等。最後透過實驗比較，發現以「注音符號」作為標音工具能減少美籍學生的語音出錯率。

關鍵字：語音、華語、零起點、注音符號

壹、緒論

　　近年來由於中國大陸經濟崛起，世界潮流、社會各層面脈動對於華人文化相對趨於重視，華語的學習也同樣引起熱潮。「華語」身為世界三大語言之一，除了政治社會、藝術人文、視聽媒體等皆展現華人社會特色之外，各國教育對於華語的學習更可由課綱變化與學者觀點中窺視其重要性與日俱增，如在2003年美國民間教育服務機構──美國大學理事會（College Board）宣布增設華語（中文）進階課程（Advanced Placement）項目時，當時該課程綱要制定籌備委員會就曾表示，2007年5月首度舉行的中文AP考試將成為美國教育界五十年來最重要的政策之一（韋樞，2007）；而根據2007年韓國政府發表的統計資料顯示，在三百七十二所高等院校中，設有中文學系的學校為二百零七所，學生計有二萬九千零十三名（金鉉哲，2009）；美國語言學家Copper, John F.（轉引自孟慶明，2007）認為中文將成為美國首選「外語」等。諸如此類的現象，在在顯示

了「華語」地位的提升、學習的必要性與重要性不可小覷。由是觀之，筆者欲藉此機會，以行動研究的方式探究學習者在初學華語時所面臨的語音習得困境，並期望由研究當中得知語音習得的關鍵，以提升教學與學習成效。

語音是每一位外語初學者面臨他種語言的學習首要課題。發音的正確與否及學習成效將會影響學習者往後的口說表達與溝通。華語學習人數與日俱增，華語教師必須面對的是初學華語學生多變多樣的發音問題，並協助糾錯導正。除了累積自身教學經驗之外，積極汲取前人研究結果並具體探求語音的學習與變化相形之下更顯重要。基於此，除了學生的學習態度以外，教師教學力求對症下藥有其必要性。

一對多的班級教學是目前華語教學形態主流，對於華教師而言，要在一堂課中同時找出每一位學生的發音問題是困難的，而教師也往往因教學進度與時間限制等外在環境因素，無暇顧及並一一深入了解語言差異所造成的歧異性。歐美國家比起其他國家而言，族群的移入與分布較廣且雜。以美國大學為例，其學華語的學生人種便有美籍、美籍華裔、美籍韓裔、美籍日裔、美籍義大利裔等，多族群融於一室的結果，使得華語教師在教學時面臨更複雜的教學現場，各種學生的族群語系背景、語言感知、教育社會層面等皆有所不同，教師在班級教學上的單打獨鬥顯然更加吃力且具挑戰性。如何廣義地讓「一個班級的所有學生」在現階段的學習過程中習得「最基本」且「應該會」的語音，成為華語教師在初階華語教學時的最終目標。

第二語言初學者習得華語時，主要仰賴標音工具認讀華語語音，也因此標音系統於第二語言語音習得教學中占有重要角色。作為漢語的標音工具主要有注音符號、漢語拼音、國際音標、威妥瑪拼音等等。林慶勳（1989）在回顧注音符號發展時提到民國十九年國語運動前輩學者吳敬恒先生建議不宜稱「注音字母」，應改稱為「注音符號」，才採納定案以後者稱之。注音符號大部分「取古文篆籀遒省之形」所制定，由於部分注音符號取漢字結構變化而來，章炳麟

（1982）以記音字母爲基礎，再改造部分漢字而得二十三個字母，如「ㄅ」取「包」字、「ㄉ」取「刀」字、「ㄌ」取「力」字等簡筆漢字。因此學習者能夠藉由學習注音符號先行對漢字結構有基礎認知，漢字空間概念能夠藉此建立，對於奠基往後學習漢字基礎有所助益。漢語拼音爲大陸目前所使用的華語拼音系統，張光宇（1989）討論拼音方案時指出，漢語拼音於1958年2月11日在中國第一屆全國人民代表大會第五次會議時通過，是長期由群眾和專家集思廣益醞釀，爾後定案而成。漢語拼音以使用廣泛的拉丁字母做爲華語標音基底，有助於華語推行，促進語言國際交流。多種標音系統各有其優劣與特色，單從標音系統判定何者爲佳實爲一廂情願，無論是注音符號或漢語拼音，以客觀角度探討此標音系統在各層面上的符號表現及語音呈現差異後，針對學習者的不同需求、語言背景、學習角度等挑選適合的標音工具，對教師和學習者而言才能眞正產生實質助益。

　　在臺旅居的外籍人士不在少數。雖有地域性及性質之分，但外籍人士在臺居住時或多或少必須使用華語，加以爲求針對性，故在受試者國籍部分選擇英語爲母語的外籍人士作爲本次研究討論主題，期望藉由聚焦母語背景範圍的限制而更深入探討、了解語音學習難點。

　　藉本次行動研究，筆者以美籍學生作爲實驗對象，試圖找出發音困難的關鍵點，以作爲提供華語教師在教學場域中對於美籍學生學習語音問題之參考資料以外，也想在語音教學基礎之下嘗試比較現今華人使用的注音符號、漢語拼音二種標音系統，對於美籍受試者所產生的學習效果爲何。

　　針對美籍學生的語音教學進行設計，結合本行動研究計畫欲探尋的語音學習困境，筆者擬定四點研究問題如下。

　　1.美籍學生在初學華語時的聲母、韻母發音問題有哪些？

　　2.介音對美籍學生形成哪些學習問題？

　　3.如何解決聲母、韻母與介音對美籍學生造成的語音困境？

　　4.注音符號及漢語拼音，何者能降低母語負遷移後產生的語音學習問題？

　　為求華語教學者能更直接而準確地掌握學習者於語音層面的學習問題，並因其華語學習者日漸增多，不同國籍華語學習者的語言、環境、年齡等各種內外在因素都會直接或間接地成為各式語音困境來源。基於上述原因而形成之研究問題成為筆者欲探求的語音問題核心。

　　根據本次行動研究計畫，筆者主要針對學習者習得華語時產生的語音問題做資料蒐集分析，即聲母、韻母及介音三者發音問題探究，並協助學習者解決其發音困境，以習得正確華語語音，聲調本身及其對語音造成的變調現象、發音影響等不在本次研究範圍之內。

　　其次，研究對於注音符號及漢語拼音二種標音系統的使用做討論，教學計畫最後進行一施測項目，主要針對研究問題第四點設計語音測驗，觀察兩種標音系統對學習者造成的語音影響。其標音系統的討論範疇主要為注音符號及漢語拼音，測驗設計也以上述二者標音系統為主，其他如國際音標、威妥瑪拼音等不在本次研究討論範圍之內。

貳、文獻探討

　　在華語教學領域上，不同語系的學習者在華語語音學習上的問題是研究者常探討的面向。藉由相關文獻資料的探究，本章主要關注華語基礎語音及美籍人士的語音問題。

一、基礎語音

　　本節針對「輔音」、「元音」三類華語基礎語音。由於「介音」隸屬於「元音」，在語音學習時主要作為搭配元音，或者與輔音、元音一起使用而形成音節，因此將「介音」和「元音」合併，綜合敘述。

二、輔音

　　華語中可以出現在聲母位置的輔音共計有二十一個。輔音又可細分爲清音和濁音二種，即聲帶有無振動的差別。華語中的輔音大部分以清音爲主，只有少數如[m]、[n]、[l]、[z]等四個音爲濁音。鍾榮富（2011）提到語音因本質不同而加以區別，一般均從「發音部位」與「發音方式」等兩個層次作爲歸類或描述的基礎。

	BILABIAL	LABIL-DENTAL	ALVEOLAR-DENTAL	ALVEOLAR	POST-ALVEOLAR	PALATAL	VELAR	GLOTTAL
PLOSIVE	p pʰ		t tʰ				k kʰ	
FRICATIVE		f		s	ʂ ʐ	ɕ		h
AFFRICATES				ts tsʰ	tʂ tʂʰ	tɕ tɕʰ		
NASAL	m		n				ŋ	
LATERAL			l					
GLIDE	v					j ɥ		

圖1　consonant chart

　　人類可以透過不同部位的發音器官調節氣流，形成不同的語音。吳謹瑋（2009）討論發音器官時指出除了在氣管上方的聲帶（vocal cords）是語音發生的主要振動體之外，以咽頭作爲樞紐分別爲鼻腔（nasality）、口腔（orality）和喉頭（larynx）三個部分。以口腔爲主的發音器官有唇（lips）、齒（teeth）、齒齦（dental）、硬顎（alveolar）、小舌（uvular）、舌頭（tongue）、咽頭（pharynx）等。而在發音方式的區別說明之中，謝國平（2008）根據氣流和發聲器官的調節變化，將其要點和發音要素列舉如下：

1. 塞音（stop）：又稱塞爆音（plosive），發音要素是氣流必須完全阻塞，軟顎提升，阻隔口腔與鼻腔之間的通道，因此口腔內的氣壓增加，然後突然及急速地釋放口中空氣，使產生一種「爆裂」聲效的語音。
2. 鼻音（nasal）：發音方式與塞音相似之點是發音氣流在口腔中也是完全阻塞，不同之點是氣壓不會在口腔中增加，因爲軟顎垂下，氣流從鼻腔溢出，產生鼻腔共鳴的鼻音特性。

3. 擦音（fricative）：發音要素是將發音器官中兩部分互相接近，但不完全阻塞，留下窄縫，軟顎提升，讓氣流從縫中擠出口腔外，產生「嘶嘶」的摩擦聲。

4. 塞擦音（affricate）：發音方式是塞音與擦音的組合，先是氣流完全阻塞，軟顎提升，再以擦音的發音方式釋放氣流。

5. 邊音（lateral）：發音方式的主要特性是發音器官中兩部分互相接近，接近程度要比母音[i]窄一些，比發擦音時張開一些，而不致產生摩擦聲效。

　　一個輔音的發音結合多種發音形態，如華語的[b]在發音時有雙唇、不送氣、塞音、聲帶不振動等四個面向，形成雙唇不送氣清塞音（unaspirated bilabial voiceless stop）。華語初學者學習輔音時，結合發音器官和發音方式，綜合交錯而產生語音，一個輔音包含不同面向，因此發音過程相對重要，教學者須隨時注意學習者的發音學習過程，以期達成學習者能夠發出正確語音的教學目標。

三、元音

　　元音和輔音可從「音韻」和「發音方式」二層面見其差異。在漢語音節當中，元音可單獨存在構成音節，如[y]有「淤」、「迂」等，[u]有「烏」、「巫」等，皆可獨立且具有語意，輔音則無法單獨存在，須搭配元音才能組合成一完整音節。其次，鍾榮富（2011）指出元音在發聲時，氣流在口腔內沒有明顯摩擦，相對於輔音則是氣流或多或少在口腔中有些許摩擦，兩者發音方法有所差別。

　　華語單元音共計八個，主要為[i]、[u]、[y]、[a]、[o]、[r]、[e]以及空韻[i]。

【Vowels】

	FRONT	CENTRAL	BACK
HIGH	i　　y	ɨ	ɯ　　u
MID	e ɛ	ɘ　　ɚ	o ɔ
LOW	a		ɑ

圖2　舌面元音圖

　　除了可以單獨使用的單元音之外，還有由兩個或兩個以上的單元音組合而成的「複元音」。張正男（2009）根據音群的大小及響度順序，將複元音區分為「下降雙元音」、「上升雙元音」與「三合元音」三種，其中「上升雙元音」及「三合元音」為早期分類「結合韻」的一部分，即[ia]、[ie]、[o]、[uai]、[iao]等，而前者的下降雙元音指的則是[ai]、[ei]、[ao]、[ou]。此外，帶有鼻音尾的元音主要為[an]、[en]、[ang]、[eng]及其結合韻組合[in]、[ong]、[ing]等。[er]在元音當中是唯一的捲舌尾舌尖元音。

　　元音的發音方式主要為舌面前後、舌面高低及唇形展圓三者，並以此作為元音區辨。蔡淑芬（2010）在語音教學的深度中提到幾乎所有的教材都忽略了漢語音節內組合與音節間組合的難點。換句話說，複元音的發音教學常是華語教師忽略的。以教學而言，教師絕大部分認為輔音和元音的學習只要熟悉，那麼音節組合發音的問題自然能學會，但是在發音的學習過程當中，學習者雖然已經熟稔華語個別輔音及元音，複元音的發音卻仍舊需要華語教師花心力引導。因此輔音、元音等甚至是相互組合的音節發音問題是不容忽視的。

四、美籍人士語音問題

　　英語的輔音多數是清濁成對，漢語的輔音則大部分以送氣和不送

氣區分。和英語比起來，華語雖然缺乏了英語中的濁塞音，但卻多了英語沒有的送氣清塞音。鍾榮富（2009）以音位角度探討，認為主要是英語將送氣與不送氣的清塞音看作是同位音（allophones）的緣故，因此英語為母語的學習者在華語語音初學時，會使用濁音來唸華語的不送氣清輔音，如用[b]、[d]、[g]來唸華語的[p]、[t]、[k]，這樣的現象雖然在漢語拼音改用[b]、[d]、[g]的音標表示原本的[p]、[t]、[k]後獲得改善，但仍顯示標音對學習者造成的具體語音干擾。

　　鍾榮富與司秋雪（2009）以對比分析探討美籍學生的華語擦音時發現，英語為母語者會以直接遷移（transfer）或誇張（hypercor-rection）的方式，運用美語的擦音[ʃ]來發華語的[tɕ]、[tɕh]、[ɕ]，[tʂ]、[tʂh]、[ʂ]和[ts]、[tsh]、[s]三組（塞）擦音，即美籍學生在發華語擦音[tɕ]、[tɕh]、[s]時舌位與華語為母語者比起來較前；而發華語塞擦音[tɕ]、[tɕh]、[tʂ]、[tʂh]、[ts]、[tsh]等時舌位與華語為母語者比起來較低，接近英語的塞擦音[tʃ]。究其前人研究，針對美籍華語初學者的語音問題須特別注意塞擦音及擦音問題，而送氣與否的輔音表現雖然在漢語拼音標音系統改善之後同樣在華語學習者語音習得過程中看見進步的學習成效，然教學者仍舊須持續關注其他語音學習問題，或送氣與否的發音方式和塞擦音結合時所可能產生的新發音難點。

參、研究方法

　　本研究教學設計以個案為主，並以行動研究方式作為主要研究手法。依循行動研究的準則，觀察並配合個案在學習歷程中的學習效率、吸收度、時間、表現反應等而適度調整教學策略。

一、研究架構

　　筆者將行動研究計畫配合研究教學設計，構成一研究架構如下。

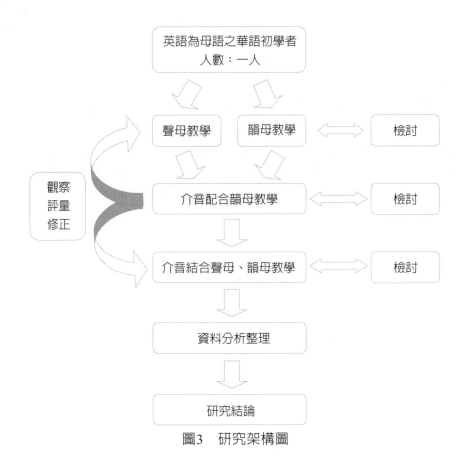

圖3　研究架構圖

二、研究方法

　　根據行動研究的基礎，Lewin（1946）發展了一種螺旋式的行動研究理論，當中包含計畫（planning）、發現事實（fact-finding）、實行（execution）等三個步驟，稱之為反思循環。如下圖：

圖4　反思循環圖

　　行動研究的中心思想是「教師就是研究者」，教學與研究應該緊緊相扣而非各司其職，「研究」若無法與「實務」相結合，則教學歷程便無法完善。李祖壽（1974）引述美國佛羅里達州布萊伐縣教育局（Brevarb conunty Boord of Public Instruction Florida）研究部主任麥克所西班（H.H.Wcasban）的話，指出行動研究法是一種在實際工作中解決問題的方法。故教師透過教學現場的覺察、發現問題與進行研究，並經由反思與改善不停修正教學策略與方式，才能有效提升教學成效，學生的學習也才能充實有效率。在如上的行動研究理論基礎之下，筆者選用自然觀察法、訪談法、問卷調查法、軼事記錄與測驗法等五種方式作為此計畫中輔助之研究策略。

㈠自然觀察法

　　自然觀察旨在隨著行為的自然發展，予以記錄和研究（王文科、王智弘，2010）。筆者於每一堂課中進行各項語音訓練教學並從旁觀察，除了語音教學之外，其餘的語音訓練都讓學習者進行自我嘗試，教師最後才會進行糾錯和修正的語音導正。

㈡訪談法

　　於研究計畫中，筆者針對研究問題第四點設計訪談，主要詢問學習者在課程期間與使用後，自身對於「注音符號」、「漢語拼音」二種標音系統的使用看法，希望除了在研究最後呈現施測分析性研究結果之餘，也能融入學習者本身對於語音學習之適用性、效果性等看法，達成更客觀的研究分析。

㈢問卷調查法

　　教學研究在八堂課期間共實施了兩次的問卷調查，問卷設計採用五點量表，用以獲知學習者對於自身學習成效的評價。研究者也藉此機會比較學習者在學習歷程中自我認知的變化程度。

㈣軼事記錄

筆者在每一堂語音教學課程結束之後，會針對每次的上課內容做記錄，並整理學習者在課堂當中產生錯誤的語音、由錯誤語音導正至正確語音的歷程、發音錯誤的原因等。軼事記錄也將透過分析比對，呈現學習者語音錯誤的關鍵。

㈤測驗法

筆者要求學習者在每一堂語音課程結束之後必須達到至少半個小時的複習工作。下一堂語音課程開始之前，筆者會先針對上一節課所教授的語音內容做小測驗，以檢測複習成效。透過測驗的立即糾正和回饋，抓出學習者遺忘或不清楚的部分，並給予記憶的增強與補充。

三、研究歷程

本節介紹研究對象及八堂課之教學設計。

此行動研究計畫之施行對象為三十三歲美國籍男士，在臺灣居住約九個多月，其最高學歷為教育學碩士。研究對象基本資料經過當事人同意公開，鑑於研究對象之意願，故姓名以匿名方式（以下簡稱T）處理，部分資料如錄音檔案等也將不公開。

教學設計共八節課。筆者將八節課粗略分成四部分，介紹如下。

課程第一部分主要是第一節至第三節課。課程內容為華語基礎語音教學，其中也包含聲調。第一節至第二節課的語音練習方式皆以單字為主，第三節課則以單字為主、詞彙為輔的進階變化來銜接第四節課的進階練習。教學工具絕大部分使用字卡，先讓T在學習時感到輕鬆，並且使其容易產生習得成就感，加強學習動機。

第二部分主要為第四節至第五節課。課程內容為語音複習搭配詞彙為主、句子為輔的語音練習。教學開始以不同的策略和工具呈現方式讓學習者有新的刺激，如投影片練習、語音閃示練習等，同時也幫助學習者熟練、加深語音和標音字母的連結。語音訓練由詞彙延伸到

句子，對於T而言產生一語音唸讀階段性關卡，筆者此時重新放慢練習速度，T也花費半節課（約一小時）的時間才適應較長的語音唸讀練習，並恢復正常的語音流暢唸讀速度。

　　此部分主要爲第六節至第七節課。課程雖依舊爲語音複習，然練習方式進階以句子和段落作爲語音唸讀的擴展訓練。此時T已經熟記標音字母及與其相對之語音，然而即便如此，對於句子延伸成段落語音唸讀的練習方式仍然如同第二部分的階段性關卡一樣需要突破。筆者在此階段除了放慢速度之外，另外以循序漸進的語音呈現方式，幫助T減輕視覺上造成的心理壓力，如段落唸讀先以多個句子分開呈現，避免讓學習者第一次就接收一大段語音的視覺衝擊。

　　最後第四部分即第八堂課。筆者以總複習作爲最後一堂課的課程內容並進行施測，施測內容主要針對二種標音系統在使用上形成的語音唸讀出錯率，以實驗性質爲基礎做比較；最後以訪談方式詢問學習者對於二種標音系統的看法做結。

　　八堂課程皆以語音訓練爲主，爲增加學習者學習興趣，筆者盡量嘗試變換不同的語音教學方式及工具讓學習者感到有趣，如語音字卡輔助、投影片、遊戲等，期望提升、活絡教學氛圍，並維持學習者的學習動力。

　　在研究及課程進行過程當中，T的華語語音學習上有階段性的學習問題，以下分爲學習初始階段（前四節課）、學習後階段（後四節課）等二階段介紹。學習剛開始時，T對於英語沒有的捲舌音[tʂ]、[tʂh]、[ʂ]、[ʐ]，[ts]、[tsh]的舌尖前塞擦音，韻母[y]、[ou]，複韻母[ei]、[ai]等有發音問題。學習至後階段以後，初始階段會產生問題的捲舌音及複韻母已經獲得改善，不會出錯，但舌尖前塞擦音及韻母/y/、/ou/的問題仍存在，另外，本來初始階段沒有問題的[o]也產生和[ou]搞混的發音問題。

肆、研究結果與討論

　　經上述的研究方法和研究歷程，本章研究結果與討論主要以質性分析爲主，將聲母、韻母、介音等區分並加以討論，並將自然觀察法、軼事記錄、測驗卷、問卷調查等四種所得資料統計、綜合整理，作爲研究分析基礎，探討學習者與其共四點之研究問題相對應的研究結果。

一、聲母

　　聲母語音錯誤點主要在於「ㄗ、ㄘ」與「ㄎ、ㄋ」，分析問題點出現在「舌尖前」的發音方式及「字形混淆」。

㈠發音方式

　　「ㄗ」、「ㄘ」的發音部位主要是「舌尖前」，且其發音方式前者爲不送氣塞擦音，後者爲送氣塞擦音。英語語音中也有塞擦音的發音方式，但卻沒有「ㄗ」、「ㄘ」的「舌尖前」發音部位，學習者在「舌尖前」發音方式能夠達到發出正確語音的學習目標，但在「送氣」、「不送氣」的變化上卻顯得不足，有明顯的發音問題，因此形成的語音錯誤如「草莓」說成「早莓」、「小茶」說成「小在」等送氣及不送氣出錯情況屢見不鮮。

㈡字形混淆

　　「ㄎ」、「ㄋ」二語音其發音部位、發音方式等完全不同，前者爲舌根送氣清塞音，後者爲舌尖濁鼻音。學習者的語音錯誤主要在於字形相似導致混淆，即見「ㄎ」發「ㄋ」音，見「ㄋ」發「ㄎ」音。

二、韻母

　　韻母語音錯誤點主要在於「ㄩ」、「ㄛ」和「ㄡ」，分析其在於「唇形展圓」與「收尾音有無」的問題。「ㄩ」爲前高圓唇元音，學

習者對於此語音不熟悉，需要經過提醒才會記得，若教師未提示則會自行發成「ㄧ」音，有時對於語音錯誤並不自覺。另外，「ㄡ」和「ㄛ」主要以「收尾音有無」作為語音區分關鍵。韻母「ㄡ」音最後收在「ㄨ」；「ㄛ」則無收尾音，學習者常忘記收合、搞混或習慣性發收尾音使然，以至於形成錯誤語音，如發「ㄛ」音時加入收尾發成「ㄡ」，或發「ㄡ」時忘記最後必須收合而變成「ㄛ」，造成語音出錯的現象。

三、介音

　　介音屬於韻母的一部分，介音類進一步形成結合韻的語音類型。介音類的語音出錯是韻母問題的延伸。因此在前述韻母錯誤點「ㄩ」、「ㄡ」、「ㄛ」的前提之下，結合韻在「ㄩ」系列語音當中產生很大問題，其次是「ㄡ」、「ㄛ」與其他聲母的拼合產生的進階語音難點。如「ㄩㄢ」一音將「ㄢ」的前音「ㄚ」發得完整而形成「ㄩㄚㄣ」的音；「ㄩㄣ」一音的拼合沒有將「ㄣ」的前音「ㄜ」弱化，導致形成「ㄩㄜㄣ」的音；「ㄩㄥ」的發音錯誤狀況與「ㄩㄣ」類似，將「ㄩㄥ」發成「ㄩㄜㄥ」。

　　其次，「ㄡ」和「ㄛ」的發音困境如上述韻母的問題延伸，因此如「ㄇㄛ」說成「ㄇㄡ」、「ㄕㄡ」說成「ㄕㄛ」等。

四、標音系統

　　語音課程教學過程當中，所有自編教學材料及語音唸讀材料會以注音符號和漢語拼音二種標音系統輪流呈現，並且利用不同標音的詞彙、句子、段落等讓學習者練習語音。在這樣的語音課程之下，筆者於第八堂課的標音系統施測時，以兩種不同內容、不同標音系統的文本讓學習者做語音測驗。為求準確性，筆者將兩種不同文本的內容限制在同樣的字數。另外，兩種不同標音系統的文本施測時間並不連續，中間間隔二十分鐘，期望能減少干擾，如連續測驗可能使學習者

在前一施測文本的語音唸讀之下形成前導練習、連續測驗可能使學習者專注力較不集中等。以下將發音錯誤的數量以表格統計：

表1　施測基本資料與發音錯誤統計

文本名稱	使用的標音系統	内容字數	語音錯誤數量
《像新的一樣好》	注音符號	70	3
《我們是好朋友》	漢語拼音	70	7

　　根據上表資料統計結果顯示，「注音符號」的標音系統文本降低了學習者在語音唸讀時的出錯率。以注音符號作爲標音的文本當中，學習者語音錯誤點主要依舊爲「ㄗ、ㄘ」及「ㄌ、ㄋ」兩組；用漢語拼音作爲標音工具的文本則爲「ㄑ」、「ㄓ」、「ㄘ」、結合韻「ㄨㄟ」及「ㄩㄢ」。

　　以測驗的語音錯誤點分析來看，注音符號標音的語音錯誤點符合其前研究結果顯示的聲母出錯問題，但以漢語拼音作爲標音工具所形成的語音錯誤在注音符號系統中並未出現。細究學習者出錯原因，其可判斷漢語拼音給予學習者造成的母語連結視覺誤導是很大的主因，另外則是漢語拼音規則問題使得學習者在看著標音拼合時因此造成語音錯誤。如「ㄑ」、「ㄓ」二個聲母的漢語拼音標記分別爲[q]、[zh]，學習者唸讀時將「ㄑ」音發成英語[q]的音，將「ㄓ」音發成類似英語[z]的音，致使語音唸讀時聽起來非「ㄓ」而是「ㄗ」；「ㄘ」音的語音錯誤雖然在注音符號系統標音時也會出現，但學習者在漢語拼音文本中的唸讀將「ㄘ」唸成英語[k]的發音，明顯受到羅馬拼音符號影響而連結母語，形成母語負遷移。此外學習者將結合韻「ㄨㄟ」讀成「ㄨㄧ」，「ㄩㄢ」的唸讀將「ㄢ」的前音[a]發得完全而形成「ㄩㄚㄣ」的音，推論其同樣受到漢語拼音拼合規則寫法的影響。

　　除了上述依據測驗結果分析的語音錯誤點之外，筆者也透過訪談詢問學習者本身對於透過兩種標音系統唸讀的看法如下：

"When I read the paragraph with Zhùyīn, it helped me to memorize the "right" spelling, but it wasn't worked with Pinyin, well, not that kind of easier at least. So in my opinion, I prefer Zhùyīn."

英語為母語的學習者在初學華語時對於語音的認識，「漢語拼音」的確是比較容易上手且輔助記憶功能性較強，其以羅馬拼音為基礎的漢語拼音比起注音符號而言更容易背誦是無庸置疑的。但是在學習過程中，學習者的發音常會因為羅馬拼音符號產生母語負遷移，或者因為拼音書寫規則形成誤導而發出錯誤語音，這樣的現象尤其對華語初學者的角色而言，尚未建構非常穩固的語音基礎之下，學習者將漢語拼音與英語混合的情況更容易發生。注音符號雖然一開始對學習者來說是全新的語音標示工具，加以符號呈現與母語迥異，記憶和背誦都不如漢語拼音來得快，在本課程當中學習者更是到第五節課才真正將注音符號字型與語音完全連結熟記，但是最後注音符號卻成為能使學習者正確連結語音的標音工具，其中蘊含的文化價值及特色也深受學習者喜愛。由是觀之，困難與否並不會阻礙第二語言的學習，講求能達到正確、標準的語言學習才是成為影響學習者學習關鍵的主因。

伍、結論

筆者透過此行動研究計畫從中探尋華語聲母、韻母、介音對於英語學習者的語音學習困境，也藉此機會對於二種標音系統做粗淺的實驗性比較。除了從研究個案身上發現語音學習問題之外，筆者認為學習者「語音學習成效」不能與「語音唸讀流暢度」相提並論，獨立語音的習得優良，並不代表就有能力直接進入「語音拼合」階段。因此在基礎語音個別訓練情況臻至成熟之後，擴展至單字、詞彙、句

子甚至段落的階段銜接過程，是華語教師在教學時更須特別注重的環
節，否則容易造成學習者因唸讀速度變慢、常常唸錯而產生習得無
助。

　　此次行動研究計畫雖然順利完成，然其中仍有稍嫌不足之處與限
制，如受試者人數僅一人，無論在施測實驗或語音學習困境討論上都
顯得狹隘而不夠全面；再者，受試者個人學習能力、學習動機等也都
可能對教學過程、實驗結果產生影響。基於上述待改進之處，未來筆
者期許仍有機會能對此做進一步探究。

參考書目

鍾榮富（2011）。華語語音及教學，新北市：正中。

吳謹瑋（2009）。華語的聲，陳秋燕（主編），華語語音學（頁37-
　　47）。新北市：正中。

張正男（2009）。華語的韻，陳秋燕（主編），華語語音學（頁49-
　　87）。新北市：正中。

謝國平（2008）。語言學概論（第九版）。臺北：三民。

趙元任（1992）。語言問題（第三版）。臺北：臺灣商務。

鍾榮富（2009）。對比分析與華語教學，新北市：正中。

金曉達、劉廠徽等（2009）。漢語普通話語音圖解（第二版）。中國：
　　北京語言大學。

王文科與王智弘（2010）。教育研究法（第十四版）。臺北市：五南。

章炳麟（1982）。章氏叢書（再版）。臺北市：世界書局。

孟慶明（2007）。在美國非華語環境下中文教學策略之行動研究。國立
　　臺灣師範大學華語文教學研究所碩士論文，臺北。

蔡淑芬（2010）。影響外籍學生華語語流自然度表現因素之研究。國立
　　高雄師範大學碩士論文，高雄。

金鉉哲（2009年12月）。關於韓國大學校院華語文教學的現況與發展。
　　蔡雅薰（主持人），對外漢語教學國際研討會，崇右技術學院。

歐德芬（2011）。論華語文教學標音工具。清雲學報，3，101-116。

李祖壽（1974）。怎樣實施行動研究法。教育與文化，417，17-22。

林慶勳（1989）。注音符號的回顧——漢字標音方式的發展。國文天地，5，21-25。

張光宇（1989）。注音符號與拼音方案。國文天地，5，31-35。

韋樞（2007）。美國首創中文AP考試影響深遠。取自http://www.epoch-times.com/b5/7/2/23/n1628467.htm

Chen-Huei Wu. (2011). *The Evaluation of Second Language Fluency And Foreign Accent*. University of Illinois, Urbana, Illinois.

Kurt Lewin. (1946). *Resolving social conflict: Selected papers on group-dynamics*. New York: Harper & Row.

華語教學篇

華語教學中「拼音教學法」探究

江惜美

（銘傳大學華語文教學系）

摘　要

　　本文旨在探究華語教學中，兩種主要不同拼音方法的教學方式，作為師資培訓的入門。華語教學的對象，可分華裔與外籍生，華裔子弟又分為有中文環境與無中文環境者。他們分別是：華裔生有中文環境者，可與國內教學同步，則施以注音符號，便於與國內課程銜接；無中文環境的華裔生等同外籍生，以漢語拼音入學，較容易上手。又中國大陸子弟，雖為華裔生，但採取漢語拼音為常態，則歸於後者。換言之，華語教學中的拼音教學，可分為注音符號與漢語拼音兩大類。兩者在教學上有何差異？如何轉換教學方法？獲致的效果如何？這些都是本文想探究的重點。筆者將以多年來海外教學的經驗為例，說明施以這兩種教學法的優、缺點，供今後培訓華語師資者參考。本文同時也是欲從事華語教學者，想了解「拼音教學」的內容則必須參看的一篇文章。

關鍵字：華教教學、注音符號、漢語拼音、師資培訓

壹、前言

　　在華語教學中，究竟該採用「注音符號」或「漢語拼音」來教學？這個問題莫衷一是，各有支持者。華語的教學法是否有效，端看在使用此一教學法後，學習者是否能很快地學會說華語、寫漢字，因此，我們有必要釐清教學對象是誰，他們是否有中文的學習環境，然後再決定採取哪一種拼音的方式。

　　目前在世界上學習華語者，除了臺灣使用注音符號，實施良有成效外，其餘各國若非華裔，就是外籍生，大抵會採用漢語拼音。華裔子弟又分為有中文環境與無中文環境者，大部分會採用漢拼。筆者認為：華裔生有中文環境者，可與國內教學同步，施以注音符號，便於與國內課程銜接；無中文環境的華裔生等同外籍生，以漢語拼音入學，較容易上手。

　　此一想法，源於筆者曾在國內任教小學、國中、高中，又曾在培育國小師資的「臺北市立師院」[1]擔任「國音學」課程，對於注音符號教學有理論與實務的經驗。今年（2013）暑期甫帶隊到銘傳大學美國分校（Ming Chuan University Michigan Location, U.S.A.）舉辦華語夏令營，其中有一半是中文零基礎的外籍生，年齡從六到六十三歲不等，我們施以漢語拼音教學，獲致良好的效果，因此，興起了探究本文的想法。

　　無論是注音符號或漢語拼音，都是輔助學生學會華語的工具，兩者並無優劣之分；只是對象不同，採取的方式若能有所差異，可以減少學生摸索的時間，很快進入說華語、寫漢字的階段。以下讓我們探討注音符號與漢語拼音的相異處，以作爲學習漢字的張本。

貳、注音符號與漢語拼音

　　注音符號的由來，歷經一段歷史。民國元年學界主張採用「注音字母」，旋即在民國二年召開「讀音統一會」，與會學者包括全國二十二省及蒙古、華僑代表。民國三年，採用章太炎先生記音字母爲注音字母，經過多年的反覆討論，才使三十九個注音字母系統化、標準化，成爲方便實用的三十七個注音符號[2]。

　　民國七年，教育部公布「注音字母令」，可說全面的統一了國語讀音，使注音符號成爲推動國語運動的主要工具。這三十七個字母，其來有自，都是國字偏旁，這使得孩童在未學得漢字寫法之前，即已學會漢字的偏旁，爾後教學漢字習寫，自然可以銜接，此其

---

[1]　臺北市立師院前身為臺北女師專，後改制為臺北市立教育大學，於今年2013年8月與臺北市立體育學院合併，稱為市立臺北大學。

[2]　參見「世界華文教育會」主編的《國語運動百年史略・緒言》頁8。期間，在民國七年公布二十四個聲母、十二個韻母，民國九年增加ㄜ韻，方成為三十七個注音符號。

一。其次，這些注音字母，往往是辭典部首，孩童先學會部首，有利於字義的聯想與分類，對於查考字典，也有莫大助益。如表1：

表1　注音字母表

注音字母	反切	說明	備註／偏旁
ㄅ	布交切	義同包，讀若薄	ㄅ
ㄆ	普木切	小擊也，讀若潑	攴
ㄇ	莫狄切	覆也，讀若墨	冖
ㄈ	府良切	受物之器，讀若弗	ㄈ
ㄉ	都勞切	即刀字，讀若德	刀
ㄊ	他骨切	義同突，讀若特	ㄊ
ㄋ	奴亥切	即乃字，讀若訥	乃
ㄌ	林直切	即力字，讀若勒	力
ㄍ	古外切	與澮同，今讀若格，發音務促，下同	ㄍ
ㄎ	苦浩切	氣欲舒出有所礙也，讀若克	ㄎ
ㄏ	呼旰切	山側之可居者，讀若黑	ㄏ
ㄐ	居尤切	延蔓也，讀若基	ㄐ
ㄑ	苦泫切	古畎字，讀若欺	ㄑ
ㄒ	胡雅切	古下字，讀若希	下
ㄓ	真而切	即之字，讀之	ㄓ
ㄔ	丑亦切	小步也，讀若癡	ㄔ
ㄕ	式之切	讀ㄕ	ㄕ
ㄖ	人質切	讀若入	日
ㄗ	子結切	古節字，讀若資	卩
ㄘ	親吉切	即七字，讀若疵	七
ㄙ	相姿切	古私字，讀私	ㄙ
ㄧ	於悉切	數之始也，讀若衣	一

注音字母	反切	說明	備註／偏旁
ㄨ	疑古切	古五字，讀若烏	ㄨ
ㄩ	丘魚切	飯器也，讀若迂	ㄩ
ㄚ	於加切	物之歧頭，讀若阿	ㄚ
ㄛ	虎何切	呵本字，讀若痾	**呵**
ㄜ			於民國十一年方公布為字母
ㄝ	羊者切	即也字，讀若也	也
ㄞ	胡改切	古亥字，讀若哀	亥
ㄟ	余支切	流也，讀若危	ㄟ
ㄠ	於堯切	小也，讀若傲平聲	ㄠ
ㄡ	于救切	讀若謳	ㄡ
ㄢ	乎感切	嘾也，讀若安	嘾
ㄣ	於謹切	古隱字，讀若恩	ㄣ
ㄤ	烏光切	跛曲脛也，讀若昂	**尢**
ㄥ	古薨切	古肱字，讀若哼	肱
ㄦ	而鄰切	同人，讀若兒	ㄦ

註：本表由筆者自行整理

　　由上表可以看出三十七個注音字母，乃前有所承，皆源自中國古代的讀若法和反切法。又根據羅常培在《國音字母演進史》的說法是：「制定注音字母之基本原則如下：母韻符號，取有聲有韻有義之偏旁（即最單純之獨體漢字），作母用取其雙聲，作韻用取其疊韻（用古雙聲、疊韻假借法，不必讀如本字）。」[3]換言之，每一個注音字母都有一個可以對應的漢字偏旁，透過三十七個字母的學習，孩

---

[3]　同註2。第一章〈讀音統一會〉，頁24。

童自可進入讀漢字、寫漢字[4]。

　　筆者在師院教授「國音學」課程時，即以三十七個字母教師院生，特注重在發音部位、發音方法的正確性，且每一個注音符號寫法不出四筆，也令學生寫標準的注音符號，並指導學生製作三十七個注音符號的插袋，讓學生上臺示範教學。筆者每巡迴到海外培訓華語師資，也會將此三十七個符號之由來，加以說明，讓僑校教師明白其實注音符號都是漢字的偏旁，並不是憑空而降，如果能先教注音符號，再教國字的寫法，可收循序漸進之效。經過解說，海外華語教師也都能接受注音成為學習漢字的工具。

　　自國民政府在民國二年頒布注音字母以來，考慮到「外籍人士及華裔子弟」的華語教學，早有「國語注音符號第二式」。臺灣是在民國七十九年，經過專家學者的與會討論，以民國十七年的「國語羅馬字拼音法式（譯音符號）」為藍本的國音第二式標注法。可惜第二式的標注方式，到了八十六年才成為各地政、教育、外交、新聞、標誌、郵政、觀光等有關機關的統一標注[5]，民國九十七年開始，臺灣的道路名稱和地名音譯，都採用漢語拼音，國語注音符號第二式也就乏人問津了。

　　大陸早在民國四十六年，通過《漢語拼音方案（草案）》，於四十七年即開始採用「漢語拼音」，直到民國七十一年，國際標準化組織承認它是拼寫漢語的國際標準。「漢語拼音」儼然是目前世界各國普遍使用的國語（華語）拼音系統[6]。

　　將注音符號和漢語拼音做一個對照，會發現它們並無不同。對於熟悉注音符號的國人來說，只要透過兩者的對照表，就能進行拼音教

---

[4]　上表是根據民國八年《教育部公布注音字母類次序令》排序，輔以ㄛ音。

[5]　國語注音符號的第二式，在推行上遇到困難。當時人名、地名、街道名的譯音，得不到行政院長的支持，暫時擱置。直到民國八十六年，交通號誌等才採用第二式。

[6]　同註2，第三章〈國語標音符號〉，頁110。

學。外籍人士因為對二十六個英文字母的讀音已很熟練，我們採用漢語拼音讓他們認讀，他們很快就能自己拼、自己讀，的確是學習讀漢字最便捷的方式。若我國的學生要教外籍人士讀漢字，採用漢語拼音也可能是最快的方法[7]。茲表2，以供參考：

表2　注音符號與漢語拼音對照表

注音符號	漢語拼音	說明
ㄅ	b	
ㄆ	p	
ㄇ	m	
ㄈ	f	
ㄉ	d	
ㄊ	t	
ㄋ	n	
ㄌ	l	
ㄍ	g	
ㄎ	k	
ㄏ	h	
ㄐ	j	
ㄑ	q	
ㄒ	x	
ㄓ	zh	「知」標作zhi
ㄔ	ch	「蚩」標作chi

---

[7] 我國教育部有「漢語拼音學習網」，對於各式拼音皆有說明，且詳列注音符號與漢語拼音之對照、使用原則，參見網址https://hanpin.moe.gov.tw/ch/base/intro.aspx，搜尋日期：2013年9月21日。

注音符號	漢語拼音	說明
ㄕ	sh	「詩」標作shi
ㄖ	r	「日」標作ri
ㄗ	z	「資」標作Zi
ㄘ	c	「雌」標作ci
ㄙ	s	「思」標作si
ㄧ	i	「i」行的韻母，前面沒有聲母的時候，要在前面加上「y」
ㄨ	u	「u」行的韻母，前面沒有聲母的時候，要在前面加上「w」
ㄩ	ü	「ü」行的韻母，前面沒有聲母的時候，要在前面加上「y」
ㄚ	a	
ㄛ	o	
ㄜ	e	
ㄝ	e	韻母ㄝ單用時寫成ê
ㄞ	ai	
ㄟ	ei	
ㄠ	ao	
ㄡ	ou	
ㄢ	an	
ㄣ	en	
ㄤ	ang	
ㄥ	eng	
ㄦ	er	韻母ㄦ漢語拼音寫成er，用作韻尾的時候寫成r。例如：「兒童」拼作értóng，「花兒」拼作huār。

註：本表由筆者自行整理

除了上表的說明，還有幾點應注意之處：一是「ü」行的韻母跟聲母j、q、x拼讀的時候，寫成ju、qu、xu，上兩點也要省略；但是，跟聲母n、l拼讀的時候，仍然寫成nü、lü。二是iou、uei、uen前面加聲母時，寫成iu、ui、un即可。三是聲調符號標在音節的主要母音上，輕聲不必標注[8]。能活用對照表，進行拼讀，就算面對外籍人士，也可以很快教會他們說華語、讀漢字。

學會了漢語拼音和注音符號兩種標音方式，要如何用它們來教外籍人士呢？這又牽涉到教學法的良窳，以下就兩者的教學法進行比較。

參、注音和漢拼教學法的運用

大抵上，這兩類拼音教學法是一樣的，都要注意到如何讓學生很快的學會拼讀，只是學習對象有年齡大小的區別。年紀越小的孩子，越需要用圖畫、動作、遊戲等方式，引發他們學習的興趣。這並不表示年紀大的學生，就不需要遊戲的帶動。因此，當我們在設計練習活動時，要考慮到學習對象可以接受的教學方式。

學習注音符號時，我們會從容易發音的聲、韻開始，先練習兩音拼讀，再練習三個音拼讀。例如：ㄅ、ㄆ、ㄇ、ㄈ輔以ㄚ、ㄨ的拼讀，然後再學ㄐ、ㄑ、ㄒ與ㄧ、ㄩ的拼讀，這些都是單拼法，等到學好ㄅㄧ、ㄅㄨ之後，再學ㄐㄧㄚ、ㄑㄧㄚ、ㄒㄧㄚ這些音的拼讀，最後再加上聲調。通常，我們在進行個別教學時，會以注音符號卡先進行二拼，再進行三拼，最後加上聲調[9]。

---

[8] 有關聲調標注法，坊間編了一個簡單口訣，便於運用。那就是：有a找a，沒a找o、e，i、u一起找後面的那一個，單獨出現就是它。參見盧麗雲製作的漢語拼音／注音符號——圖解拼音規則，網址：http://home.comcast.net/~liyun_lu/HanYunPinYin.htm，搜尋日期：2013年9月21日。

[9] 拼讀練習也可以採「注音拼讀本」，將筆記本內頁分成三格，兩拼法寫在一、二格，三拼法分別寫在一、二、三格裡，翻到哪一頁就唸哪個音，反覆練習，直到熟練為止。

　　學生若已熟練拼讀方式了，教師即可採取聽寫練習。由教師讀一個音，學生寫出聽到的音，確認拼讀無誤。由單字拼讀無誤，再到一個詞的拼讀無誤，這樣就可以達到以注音記事、寫句，甚至以注音寫短文。學會注音還有一個好處，那就是電腦打字時，可採注音打中文的方式，操作電腦，以達到快速又便利的效能。這些是針對本國學生，以及一小部分的華裔子弟而言。不過，經臺灣全面推行注音符號的結果，幾乎人人都學得會，所以它應是不錯的拼音系統。

　　至於漢語拼音，雖為國際標準ISO7098認證的拼音符號，也為國外大多數學華語的外籍生接受，成為學中文的利器，然而，卻無法代替注音成為最好的工具。根據葉德明教授分析，注音有許多漢語拼音不及的地方，例如：

1. [ü]上有兩點，有時省有時不省，兩點上面再加調號，有重床疊屋之感。
2. [g]、[x]、[c]（ㄐ、ㄑ、ㄒ）不合英文習慣，老外不會發這些音。
3. [i]代表[i]（衣），又代表ㄓ、ㄔ、ㄕ、ㄗ、ㄘ、ㄙ等音的空韻，兼職太多，在分辨上造成困難。
4. [iou]、[uei]、[uen]跟聲母拼音時，縮短為[iu]、[ui]、[un]教學不方便，標調不規則[10]。

　　相較於注音符號，某些漢語拼音唸起來，會有洋腔洋調，可以得知仍有值得改進之處。

　　幸好漢語拼音的順序，與注音符號一致，因此，若先以一對一的學習方式，先學會聲母、韻母，再學習介母及其拼讀，可能是較好的方式。因為注音的聲母（子音）和韻母（母音），都單獨有一個符號代表，形成一對一的形式，而且是根據語言學的發音原理排列順

---

[10] 參見許兆琳、薛意梅輯《華語處處通》，搜尋日期：2013年10月19日。網址：http://www.chinesewaytogo.org/teachers_corner/expert/abc_pron.php

序，所以學漢語拼音的外籍人士，可以依注音的「ㄅ、ㄆ、ㄇ、ㄈ」或「ㄐ、ㄑ、ㄒ」一組，練習中文的發音。等三十七個符號都學習好之後，再告訴他們學習拼讀時，有一些例外，這樣至少可讓他們學會基本發音。

對於外籍人士而言，聲調是極其困難的。當學會拼讀之後，聲調的熟練與否，會決定他們是否能說一口流利的中文。今年銘傳大學在美國分校舉辦「華語夏令營」時，即有鑑於漢拼是外籍人士學華語較好的拼音工具，因此一開始即教授漢語拼音。我們將兩班零基礎的外籍生做對照，一班熟練漢拼後再教漢字，一班在尚未學好漢拼，即進行漢字教學，結果發現：熟悉漢語拼音的那一班學生，發音既標準，漢字也寫得較好。

有學者建議：以國語當第二語教學時，建議前半年採漢語拼音，後半年轉變為注音[11]，筆者認為這是很務實的做法。事實上，在國內華語教學系學生，他們在面對都不認識中文的外籍生時，也必須先學好漢拼的規則，再進行教學。一方面教漢拼，一方面以外語說明中文的用法，讓外籍生由句學詞，由詞學字，做有意義的連結，會讓他們感到學會中文、運用中文的樂趣。

常見的拼音教學法很多，就外籍生若已學會了拼音法，可以有哪些練習活動，以下分別說明。

一、注音符號練習法

(一) 每一個音的發音部位與發音方法，都要到位，同時，針對聲調方面，可教學生以手勢比一聲、二聲、三聲、四聲。一聲時手平劃；二聲時手向上四十五度角揚起；三聲時手勢做打勾狀；四聲時手向下四十五度角劃。每唸一字，務必唸到發音標準、

---

[11] 見於「球球PK」網誌，搜尋日期：2013年10月19日。網址：http://chochopk-zh-tw.blogspot.tw/2012/03/blog-post.html

聲調正確。

(二) 將個別的聲母或韻母，與物品圖連結起來，讓學生做聯想。例如：ㄈ、番茄；ㄘ、草莓；ㄠ、腰果；ㄞ、牛奶，讓學生從實際的物品中，學會這個音的位置，有助於熟練與記憶抽象的聲母和韻母。

(三) 結合視覺、聽覺的心像法，輔以發音特色、關鍵字詞和動作表徵法，可以加強學習者的印象[12]。這個教學法可視學生年齡大小調整，若是少兒階段，可將動作表演出來，增加趣味；若是成人，則可強調發音部位和發音方法的矯正，其餘僅供參考即可。

(四) 多元化的注音拼讀遊戲法，如：做注音符號插袋，讓學生反覆練習；將聲符、韻符做成骰子，以擲骰子的方式練習拼讀；將聲符、韻符分成轉盤的上下格，轉動轉盤即可藉以拼讀，或是以釣魚方式，釣一個聲母後，再釣一個韻母，進行拼讀。

　　以上列舉常用的注音符號拼讀法，以供教師們參酌。教學時，要特別注意捲舌音（ㄓ、ㄔ、ㄕ、ㄖ）與舌尖前音（ㄗ、ㄘ、ㄙ）的區別，還有一ㄥ、一ㄣ，ㄨㄥ、ㄨㄣ，一ㄡ等音是否到位，ㄅ、ㄆ、ㄇ、ㄈ與ㄛ拼讀時的正確性，ㄈ、ㄏ之分，ㄋ、ㄌ之別。因為這些是教學現場常發現的「學生的」盲點。

二、漢語拼音練習法

(一) [g]、[x]、[c]（ㄐ、ㄑ、ㄒ）這三個音，的確是外籍生很難發音的部分，因此，我們可以設計和這三個音有關的詞卡，讓學生加強練習。如：雞蛋、機器、肌肉，油漆、七個、騎馬，膝

12　參見吳惠萍〈超級記憶ㄅㄆㄇ──用「精緻化注音符號教學法」活化課堂教學〉，刊載於《僑教雙週刊》503期。搜尋日期：2013年10月19日。網址：http://edu.ocac.gov.tw/biweekly/503/g3.htm

蓋、小溪、西瓜等，讓學生經常練習。

㈡ 大部分的外籍生對中文的聲調不熟悉，聲調教學可採示意法[13]。中文的聲調其實是非常科學的，只要掌握一聲是55:，二聲是35:，三聲是214:，四聲是51:，就幾乎接近標準了，其餘是輕聲、ㄦ化、破音字的問題，可以慢慢地學。

㈢ 有關單母音i、u、ü與所有的結合母音，有兩種不同的拼寫形式，所以在課程內容中，最好一起學習，並清楚分辨與練習不同拼寫的使用實況[14]。

　　筆者在帶領學生學習漢拼時，發現「秋天」（qiūtiān）、今年（jīnnián）、月亮（yuèliàng）這些詞，學生在拼寫上產生困難，可見這一類的拼寫有必要多加練習。

　　注音符號與漢語拼音，兩者要轉換並不困難，如果兩種發音法都尚未學習，筆者仍傾向學注音符號，以精準地掌握漢語的發音，但若是外籍人士已有英語發音基礎，不妨從漢語拼音入手，只要在以上這些音的練習多予加強即可。當然，不同年齡的學習者，適合的教學法不盡相同，所以有經驗的教學者，較能變通教法，讓學生很快掌握正確的發音。

肆、結語

　　目前華語教學系的課程中，有華語正音與教學、華語語音學、漢語音韻學等課程，乃是針對未來要從事華語師資者，強化其發音教學的能力。窺其教學內涵，都會教到各類拼音法，包括：注音符號第二

---

[13] 參見《中國華文教育網》，其中提到：教聲調時，可以利用聲調示意圖示意聲調的不同和高低變化，如給出五度聲調示意圖、調值圖，使學生更好地掌握漢語四聲。

[14] 參見陳正香〈系統的漢語拼音教學法〉，搜尋日前：2013年10月19日。網址：http://scccs.net/events/Event32/Summer/pdf/T/ChengZhengXiang.pdf

式、威妥瑪式、通用拼音等，然而隨著網路資源的擷取日益便捷，我們應將心力花在主要的拼音教學上。

本文針對注音符號與漢語拼音做一比較，即植基於臺灣兩千三百萬同胞學注音符號，並沒有產生任何的困難，何況注音符號的聲母、韻母都有一對一的特性，且爲漢字的偏旁，聲調明確、易認易記，可說是最理想的標音系統；但是，若考慮到外籍生要說中文，就不得不借助漢語拼音了！

讓外籍生透過英語的發音，與漢語拼音對照學習，的確能獲致較好的效果。主要是學生拼讀時，可很快拼出中文的音。若輔以日常生活的物品名、實用且生活化的句子，外籍生很容易學會簡單會話，成就感很高。兩種拼音法到最後殊途同歸，都一樣可學會中文，所以都不失是學華語的好工具。

我們在培育華語教師時，要將這種拼音法的由來、特色，以及優、缺點都說明清楚，且教導華教生正確的華語發音方式，才能讓他們在面對外籍生時，懂得應用兩者的優點，教會外籍生拼寫的功夫。從實證教學裡，我們也發現：能打好學生拼音教學的基礎，對於他們日後習寫漢字有莫大的助益，這一點值得教師在培訓學生時，特別的留意。

注音符號將我國字音做了系統的分析歸納，得出三十七個字母，使得構成的字詞，一字一音，是我國文明史上了不起的「發明」。國人有些不明就裡，竟主張廢注音而採漢拼，這是本末倒置的做法。循注音以學漢字，即是學字的系統（部首），而後進入學漢字，由簡入繁，由易而難，最合乎學習的原則。

注音符號有其傳承的軌跡，當舉世一片「漢拼好」的聲浪中，我們有維護且保存的責任，因爲它是全人類的智慧財產，不容任何因素的干擾，也不因任何因素的干擾，而失其價值。華教系的學生自應熟悉兩套標注方式，以協助外籍人士學會說華語、寫漢字！

參考書目

許聞廉（1993）。國音輸入法。臺北：高商出版社

國立臺灣師範大學國音教材編輯委員會（2008）。國音學（新修訂第八版）。臺北：正中書局

世界華語文教育會（2012）。國語運動百年史略（一版）。臺北：國語日報社

劉涌泉，漢語拼音在各方面的應用，語文建設通訊，50，39-47。

許兆麟與薛意梅輯（2001）。華語處處通，網址：http://www.chinese-waytogo.org/

盧麗雲。漢語拼音/注音符號─圖解拼音規則。取自http://home.comcast.net/~liyun_lu/HanYunPinYin.htm

陳正香。系統的漢語拼音教學法。取自http://scccs.net/events/Event32/Summer/pdf/T/ChengZhengXiang.pdf

吳惠萍（2006）。超級記憶ㄅㄆㄇ──用「精緻化注音符號教學法」活化課堂教學，僑教雙週刊。取自http://edu.ocac.gov.tw/biweek-ly/503/g3.htm

教育部（2010）。漢語拼音學習網（試用版）。網址：https://hanpin.moe.gov.tw/ch/base/index.aspx

中國僑務院僑務辦公室（2011），中國華文教育網：http://big5.hwjyw.com/index.shtml

注音符號與漢字教學

周佩佩

（冠軍中文學院）

摘 要

　　本篇是以筆者十多年來對華語文教學、注音符號與漢字的悉心探究為基礎，並融合經年的海外實際教學經驗，所提出的數點見解與心得。教學方式是以英語來敘說故事，以幫助學生對於注音符號的快速記憶。本文並舉出具體的學生表現，也是筆者長期以來教授注音符號及正體漢字的成果。

關鍵詞：漢語拼音，注音符號、正體字、漢語拼音，多元智慧、冠軍中文

壹、注音與習字

　　民國二年（1913），中華民國教育部按聲韻學家章太炎先生記音字母為基礎制定注音符號，並在民國七年（1918）正式發布。注音符號最重要的一個功能是從1913年注音符號發明以來，所有中華民族古今歷史、醫藥、軍事、哲學、文學、藝術等經典著作、文獻都是以正體漢字書寫、印刷，而且多數是以正體漢字註釋並用注音符號標音而成。我們可以說：快速習得注音符號就是擁有快速進行獨立閱讀及研究經典文獻的最佳的途徑。

一、注音與字根

　　在筆者進行的研究中發現，自1918年的注音符號使用後，學習者多以為注音符號純粹只是發音工具；卻疏忽了注音符號的另一個特殊功能，就是這個取自漢字而來的特性，讓它成為快速學習漢字筆畫以及漢字結構與組織的最佳工具。注音符號共有三十七個，絕大多數的符號都是由古漢字所萃取或引申而來，這些符號甚至就是具有實際字音、字形與字義的漢字或漢字部件，也就是說注音符號的快速學習可以讓學習者在短時間內打下中文發音、認字、寫字與閱讀的穩固基礎。

譬如：

注音符號可以是用來做發音的發音符號：如垮「ㄎㄨㄚˇ」裡的「ㄎ」，可以當作部件：如「朽」字裡的「ㄎ」，或字根的部件：「夸」裡的「ㄎ」。

再解：

注音符號的「ㄎ」有氣不通的指事意義；所以，「木」的水氣不通就成了「朽」。

表形＋表義　　　　　：朽　＝　木　＋　ㄎ
表形＋表義＋表聲　　：垮　＝　土　＋　大　＋　一　＋　ㄎ
表形＋表義＋表聲　　：誇　＝　言　＋　夸
　　　　　　　　　　　　　＝　言　＋　大　＋　一　＋　ㄎ

二、注音字形與漢字的形意線索

例如：

(一)「後面」的「後」字：

正體：後　＝　彳　＋　幺　＋　夊（夂）
　　　hòu　　chī　　āo　　pō
　　　落後　　行　　么　　夊（撲）
behind　friction　small　　a hand with a stick to pat
　　・When a person using small steps to walk, it is possible that he will fall behind others. The "夊" indicates someone holding a stick to pat (to push) the person to go forward and faster.
簡化：后　＝厂　＋　一　＋　口（冂／一）
　　　hòu　　yī（Zhuyin一）　kǒu（mō/yī）
　　　后similar to（Zhuyin厂）one　＋　pictograph of a mouth
　　　　　　　　　　　　　a creature that can produce heirs

· In simplified form, meaningful and vivid "behind / 後" is replaced by the word "后". 后's original meaning in traditional form is "queen". After the simplification, "後面 / behind" is replaced by "后面 / the queen's face", therefore, unfortunately, "the queen's face" is "made" equivalent to "behind / 後面."

㈡「愛心」的「愛」字：

正體：愛　＝　爫　＋　冖　　　＋　　心　　＋　　　夊（夂）
　　　ài　　　shǒu　similar to　　　　xīn　　　　　pō
　　　愛　　　手　（Zhuyin ㄇ）冪　heart（Zhuyin ㄦ＋、）夂
　　　love　hand　to cover　　　　ㄦ-pictograph of two legs
　　　　　　　　　　　　　　　　　　　　　　　　a hand holding
　　　　　　　　　　　　　　　　　　　　　　　a stick to support

· When a person using small steps to walk, it is possible that he will fall behind others. The "夊" indicates someone holding a stick to pat (to push) the person to go forward and faster.

簡化：爱　＝　爫　　＋　　冖　　＋　　友
　　　ài　　　shǒu　　　similar to　　yǒu
　　　愛　　　手　　（Zhuyin ㄇ/mō）冪　一/ㄨ/ㄡ
　　　love　hand　　　to cover　　　　friend

· In simplified form of "爱", "heart / 心" was removed from traditional "love / 愛", and the symbols of "heart / 心" and "support / 夊" are replaced with a less intimate word-"friend / 友".

㈢「媽媽」的「媽」字：

正體：媽　＝　女　＋　　馬

```
        mā           nǔ              mǎ
媽      一/ㄑ/ㄨ    ＋    一/ㄅ/、（ㅁ）
mother female        horse/mǎ
```

(pictograph/ideograph) traditional phonograph of a horse

(with ribs and four legs)

· When a person using small steps to walk, it is possible
that he will fall behind others. The "女" indicates some-
one holding a stick to pat (to push) the person to go for-
ward in a faster manner.

```
簡化：妈  ＝  女   ＋    马
        mā      nǔ         mǎ
妈      一/ㄑ/ㄨ  ＋    ㄅ/一
mother female      horse/ mǎ
```

(pictograph/ideograph) simplified phonograph

of a horse (no ribs, no legs)

　　正體漢字承繼了中華民族五千年的道統、歷史、文化，在漫長的
使用歷史中逐漸演變成為一個穩定的文字體系，即便語音、字形在長
久的歷史中偶有轉變，但依然記錄著古音與形義上的線索，而注音符
號則源自傳統漢字一脈相傳，乃是最接近現代標準漢語語音的標音記
號。

貳、注音符號在華語教學的困境

　　筆者自1997年開始教授中文，發現使用漢語拼音的人數不斷
地增加，注音符號的學習者日益地減少，這造成筆者極大的疑惑：
「為什麼大家不學中國人自己的注音符號，而用拉丁字母來學中
文？」換句話說，為什麼華人不能用自己傳統的東西，反要去用西方
字母的工具來學中文呢？

　　原因之一是學習注音符號需要足夠的課時，即使教授對象為母語

人士，依舊需要設立獨立的學習課程。在臺灣小學一年級的課程安排中，一共須學習五十五個小時，在多數的語言補習學校最快也得耗上個三四十個小時，這對於外籍學習者而言是極大的學習負擔。

　　原因之二是由於在海外的注音符號教學，不僅教材教法及優秀師資短缺，教師對正確文化傳承、教學理念及教學技術的貧乏更是讓注音符號一直走向沒落途徑的原因。因此，對於使用拉丁字母、拼音文字的外籍學習者來說，使用本已熟悉的拉丁字母拼寫的漢語拼音表面上看來似乎較為容易，但卻看不穿「易於學習」的假象。

　　學中文，就好比蓋一幢房子一般。蓋房子必須使用建材，不管是天然建材或人工建材，鋼筋、水泥、釘子、木頭……，就是要用建材；蓋房子豈能用麵粉、醬油或醋呢？所以要建構的是中文、是漢字，怎麼會用ABC來做呢？試想，美國人、英國人用的是英文字母來教育他們的後代，大和民族用的是五十音與漢字來讓她的人民受教育和延續民族文化。筆者私下酌量：如果有一天中國或任何一個阿拉伯語系國家強大到某一個地步，有沒有可能，全世界的人就會被強迫用阿拉伯字母、漢字來學英文和英語？

　　教授母語為拼音語系的學生用漢語拼音作為學習工具，儘管筆者不甚同意，但尚能理解；但極為多數的韓國籍、日本籍中文學習者同樣在臺灣學習漢語拼音，實在令人匪夷所思。尤其是日籍學習者，在五十音的語音限制下學習歐美語言已有障礙，若能以注音符號學習中文，除了更加接近現代漢語的標準語音外，對學習漢字的書寫更有絕對的幫助。

　　畢竟中文並非拼音語言（The Chinese language is not an alphabetic language.），漢字的組織結構同時具備獨立的字形、語音與字義，這三種特性是無法使用任何拼音文字能夠同時表達的。反之，注音符號源自漢字，本身就一定程度上兼具形、音、義的特徵。

參、學習注音符號的好方法——冠軍中文（Champion Chinese）學習法

　　自筆者投身語言教學並對以上情況深入探究之後，認知到注音符號確實是學習中文唯一最好的輔助工具，更能加速書寫漢字的學習過程——包括正體字與簡體字。而學習注音符號還有一個額外的好處，就是因為從它被發明以來，被廣泛地使用在各領域當中。許多學者專家的著作、文獻、經典，都相繼以漢字標注注音符號的方式出版，幫助國人發音與閱讀。一旦小朋友輕鬆愉快地學會注音符號並且運用，也就等於給與一個能夠獨立閱讀、進行獨立思考與創作的工具。

　　依據筆者十多年下來的實驗結果，學生最快的速度可以在一小時之內，靠著注音符號，用唱歌、聽故事、畫畫的方法來熟記三十多個正體漢字的形體結構、發音與字義。

一、冠軍ㄅㄆㄇ與漢語拼音之互記
　　以注音符號第一組：ㄅ、ㄉ、ㄌ、ㄎ、ㄞ、ㄆ、ㄡ的五分鐘教學為例：
　　㈠　筆者將注音符號「ㄅ」及英文字母／漢語拼音的「b」巧妙藏於一個娃娃頭的嘴上、頭髮上和衣服上——「藝術智能」／Artistic Intelligence，，學生在找完「ㄅ」與「b」之後——「視覺——空間智能」／Visual-Spatial Intelligence，便自然把注音「ㄅ」與英文字母／漢語拼音「b」的字形與發音給牢記了——「語言智能」／Verbal-Linguistic Intelligence。
　　㈡　這時注音符號「ㄅ」的家族故事就可以開始上演：
　　　　「ㄅ」的小弟弟愛玩假刀和假槍，筆者取「刀」的形與「機關槍」的音「ㄉ／d」來幫助學生做「視覺——空間智能」／Visual-Spatial Intelligence、「語言智能」／Verbal-Linguistic

Intelligence與「情感智能」Feeling-Emotional Intelligence的聯想：

「ㄅ／d」是「ㄋ」的弟弟，「ㄋ」和「ㄅ」的好朋友分別是英文字母「b」和英文字母「d」。

㈢ 學會了「ㄋ」和「ㄋ」的弟弟「ㄅ」，接下來是比「ㄅ」高得多的（taller thanㄅ）「ㄉ」，ta-llllll---ler——「ㄉ」。

㈣ 而後，我們進入「ㄋ」的表哥（cousin）「ㄎ／k」，像極了「ㄋ」的表哥「ㄎ」，總得戴個帽子以和「ㄋ」有所分別。

㈤ 「ㄋ」的另一個表哥（cousin）「ㄞ」，成天模仿這個、學習那個，它像透了「ㄋ」，跟「ㄅ」、「ㄉ」和「ㄎ」也牽扯不清，我們只能一聲「ㄞ／ai」呀！此時，我們正可以給學生一個機會教育，希望他們要珍視自己的特長與興趣而努力學習，不要人云亦云，不要輕忽了自己獨特的能力與價值！「人際與內省智能」／ Interpersonal & Intrapersonal Intelligence

㈥ 「ㄋ」還有兩個妹妹「ㄆ」和「ㄡ」。「ㄆ」跟「ㄋ」也有點相似，得加上兩個小辮子，她很漂亮／ ppp...pretty ——「ㄆ／P」「語言智能」／ Verbal-Linguistic Intelligence。

㈦ 「ㄡ」呢？就像「ㄆ」少了一撇（Oh! No!）／「ㄡ／ou」——「語言智能」／ Verbal-Linguistic Intelligence。

　　ㄋ、ㄅ、ㄉ、ㄎ、ㄞ、ㄆ、ㄡ七個注音符號在筆者跟學生們盯著冠軍中文教學圖卡、編寫著故事、說著、笑著、比著、畫著時，當老師們能夠把要教授的內容巧妙整理後，再技巧性地引導學生，幫助他們把這些學習的項目根據其生活經驗加以個人化、意象化、想像化、創新化，經過這個看似複雜卻是完全合乎腦部與學習科學研究理論的過程，學生就可以在短短的不到五分鐘的時間，深深把所學的東西刻印在腦海裡了。就是這樣，筆者的學生在兩到五個鐘頭的時間，就可以把三十七個人人畏懼、批評無聊、說不可能、沒有用注音符號的形、音、義熟記。在這同時，字卡上的二十六個英文字母與和注音相對應的漢語拼音，也在不知不覺中，跟著好玩的三十七個注音符號進

入了學生腦裡的永久記憶區塊。

二、避免語音干擾

　　筆者不願直接教授漢語拼音的理由是不要學生產生英文字母發音原則（English Phonics）對漢語拼音發音原則的「語音干擾」。

　　例如：

　　在筆者的冠軍中文®《冠軍ㄅㄆㄇ與漢語拼音／冠軍中文基礎發音》裡：

　㈠　「ㄅ」的發音是 [b]，「ㄉ」的發音是 [d]。

　　　「ㄅ」的好朋友是英文字母b

　　　「ㄉ」的好朋友是英文字母d

　　　如果「ㄅ」不在，他的好朋友b就會來當班；所以，如果注音符號「ㄅ」不在，我們見到他的好朋友b的時候，b就得做「ㄅ」做的事，發「ㄅ」發的音—— [b]。

　㈡　「ㄐ」的發音是「機」不是 [dg]（「dg」是原英文字母J的發音）。

　　　「ㄐ」的好朋友是英文字母J

　　　但是，如果在教學的時候直接告訴學生英文字母J的發音是「機」；那就會造成學生的語音干擾，因為，對英語系國家的學生來說，J的發音是 [dg] ——濁音，不是「機」——清音。這只是對是用英文的學生所可能造成的困擾；而對其他國家而言，J可能還有更多其他不同的發音。

　㈢　「ㄑ」的發音是「七」不是 [qu]

　　　「ㄑ」的好朋友是英文字母q

　　　但是，如果在教學的時候，直接告訴學生英文字母q的發音是「七」；那就會造成學生的語音干擾，因為，對英語系國家的學生來說，q的發音是 [k] 或 [qu]，不是「七」。

　㈣　「ㄒ」的發音是「西」不是 [ks]

「ㄒ」的好朋友是英文字母x

但是，如果在教學的時候直接告訴學生英文字母x的發音是「七」；那就會造成學生的語音干擾，因為，對英語系國家的學生來說，q的發音是 [k] 或 [qu]，不是「七」。

筆者就有美國學生從內地回來告訴我說：以前，剛到中國的時候看到很多商店的招牌寫著「pixie」，我心想著「fairy」！不懂中國人怎麼滿街賣「fairy」？（「pixie」就是英文裡的跟「fairy」一樣的小精靈。）後來才知道原來招牌寫的既不是中文也不是英文，而是漢語拼音所標示的皮鞋／píxié。而「píxié」通常被標注為「pix-ie」；這也就是說：漢語拼音顯示的皮鞋對英語使用者而言有截然不同的意思，也就是說中國人所說的「皮鞋」給變成、給理解成英文裡「小精靈」了！

三、教學理念

根據筆者多年的教學經驗和實驗成果：以《冠軍ㄅㄆㄇ與漢語拼音》／《冠軍中文基礎發音》學習注音符號與漢語拼音的學生，在第三個或第五個鐘頭後就可以熟記三十七個注音符號的形、音、義，以及二十六個英文字母的名稱跟它們個別的形態。由於學生記得英文字母與每個注音符號的相對應關係，他們在閱讀的時候，會在腦裡做注音符號與漢語拼音的形體自動轉換，聲音則是以注音的發音為主（英文字母在形體上只是朋友的地位，在發音的功能上不可以喧賓奪主，更無法完全取代注音符號！），這個過程幫助學生避免英文字母的發音原則跟漢語拼音產生衝突狀況。

一般人認為語言學習不變的順序是聽、說、讀、寫，因此若能先讀出讀音再與生活相連結，說話、寫字創作的能力都會相對提高且加速學習。其實以筆者的經驗，有了注音符號的基礎，加上與正體漢字的無與倫比的形、聲、義的神奇力量，一個愛講故事、會講故事、一個真正懂中國文字、愛中國文化的中文老師是絕對可以讓聽、說、

讀、寫四種能力並行並進的！若說漢語拼音與注音符號兩者同樣是幫助學生發音的工具，在漢語拼音會造成語音干擾又難以閱讀的狀況下，輕鬆、快速地學習注音符號，不才是最有智慧的抉擇嗎？

只要用對方法、用對策略，《冠軍ㄅㄆㄇ與漢語拼音》可以讓五歲以上的中文學習者在二到五個鐘頭把三十七個注音符號的形、音、義給牢牢記得，筆者在教授注音符號的同時，也讓學生把相對應的漢語拼音熟記，學生可以在第三個到第五個鐘頭以後，就開使用注音符號與漢語拼音來分別閱讀以正體字與簡化字書寫刊印的作品。不懂或沒有注音符號標因或幫助的情況下，用漢語拼音來打字或幫助閱讀；而不仰賴它作為學習發音、標音與書寫和閱讀中文的基礎工具。

肆、實際教學經驗與學生成果

筆者從2006年至2009年四年間，訓練了十餘名學生參與康乃狄克州的州際詩歌背誦比賽。其中，筆者的學生獲得了全州詩歌背誦比賽的四面金牌，三面銀牌、兩面銅牌；又於2012年至2013兩年間訓練了三個學生，這三個孩子又一舉得到得到一面金牌與兩面銅牌。也就是說筆者的學生們往往在短短數十小時的學習後，和在本州的各公、私立中學學習了數百個鐘點中文的孩子們比賽，筆者的學生在六年之中總共獲得了五面金牌、三面銀牌和五面銅牌。筆者與諸位分享的目的不在於炫耀，而是希望確實呈現快速注音符號靈活教學的重要性，以及使用注音符號來正音與引領正體漢字與文化教學的急迫性與必須性。

一、學生Alex的個案

為了讓注音符號與正體字的教學在如移山倒海般、瀰漫充斥了整個康州華文教育的簡化字與漢語拼音環境中求得一個喘息的生存空間，筆者十多年來提著一個個裝滿教材、教具的皮箱，一個學區、一

個學區地拜訪，只爲了能夠找到有理性、有智慧的教育決策者，使其同意讓我以無酬的方式用注音符號與正體字來教學。認識Alex的時候，他還是在筆者義務任教的Hartford學區就讀的初中生，他是西班牙裔與非裔混血，身世坎坷的美國孩子。我於每週五在他的學校教連他在內的二十多個孩子。基本上我與他見面的時間僅有三十分鐘，扣除等候、寒暄、交代事務等，只剩下十幾二十分鐘的時間上課。

連續六個月的教學，不是放假，就是考試日，再不就是下雪天，這麼一來，整個學期總共才教了這班學生八個小時。爲了幫助Alex參加州際的中文詩歌背誦比賽，我另外又給了他十二個小時的一對一教學。爲他奪得全康州初中組金牌獎的徐志摩的〈再別康橋〉，是很多以華語爲母語之參賽者學了中文兩三年後所背誦的文章。

爲了讓孩子快速學好漢字的認、說、讀、寫，在筆者製作的講義當中，一定以正體漢字與注音符號爲主，另加上漢語拼音與英譯，最後，在每課的字彙表後面則附上簡體字對照。

Alex永遠在拿到講義的時候，立刻把漢語拼音用黑色簽字筆塗掉，他說他不要花時間在容易使他分心又容易導致發音混淆的漢語拼音上面。也就是說，他不要有受任何沒有必要的語音干擾的危險。筆者雖然心中竊喜這孩子的聰明和求精求實的精神，卻還是硬著頭皮告訴他：「Alex，你的想法一點不錯。不過老師希望你要知道，離開了老師的教室，你可能舉目所學、所見都是用漢語拼音跟簡化字列印的書籍啊！」「可是，我沒有太多的時間練習，所以乾脆就避免任何有可能會阻礙我正確學習的干擾。幸好您很快地用注音符號幫我不但把正體漢字牢記，又用注音幫我精準地把字給讀出來。我還是決定把漢語拼音塗掉！希望您不介意！」Alex很有禮貌地表達他對注音符號的信任與偏好。面對這麼一個知道明辨是非，又能聰明做出對自己學習中文有幫助決定的孩子，身爲老師的我怎能不爲他高興？！

我把漢語拼音加入教材的目的，畢竟是爲了幫助沒有需要精準讀出漢字的外國人，跟那些無意去獨立閱讀和思考1956年以前文獻、經典或報章、雜誌的人，至少對他們來說，他們多少可以用它來約略

讀出以漢語拼音標音的讀物。另外，漢語拼音對使用英文電腦鍵盤的人來說，的確是比較方便的，筆者和筆者多數的外籍學生就是使用漢語拼音來做電腦輸入。不過，筆者學生們的最大的優勢，就是他們用的是注音符號來打基礎，所以沒有受到不必要的語音干擾，一字一音，他們讀得輕鬆愉快，精準不差。由於注音符號在幫助析字、讀字、認字、寫字及閱讀上的獨一無二價值，他們往往在各種中文學習與競賽的場合中脫穎而出！

　　從2006年到現在，筆者一直擔任康州世界語文教師聯合會（Connecticut Council of Language Teachers, COLT）中文詩歌背誦比賽的評審委員。Alex背誦〈再別康橋〉的溫文儒雅和字正腔圓，一直是遙遙領先於所有美籍參賽者，筆者至今還沒有見到任何孩子，包括以中文為母語的孩子們，把徐志摩的〈再別康橋〉一字字、一句句表達得此深刻而多情。

二、學生Sofia的個案

　　Sofia是Alex在Hartford的同班同學，參加朗讀比賽不只一次。在與Alex同一屆的比賽中，也就是Sofia的第一次參賽，Sofia以蘇軾的〈水調歌頭〉獲得一面銅牌。

　　第一次比賽，Sofia除了和Alex一起學習的八個小時以外，還跟我單獨學習了近十二個小時。賽後她便在GLTB公立學校學漢語拼音與簡化字，她只有比賽前才會來我的冠軍中文學院上課。當然，筆者也都是義務訓練這個孩子。

　　筆者在訓練Sofia的時候，經常用注音符號一個字一個字幫她逐字解釋正體字背後的故事。雖然這個教法表面上看來是費時又費力，然而，經過這道教學程序，Sofia靠著注音符號的基礎，不僅很快就能把所有的正體漢字熟記，因為正體漢字字體後的「精神」和字面上的「故事」，使她更能理解作者斟酌字句的用心，對詩人情感揮灑的掌握也有不同於一般只用漢語拼音來背詩、用簡化字來解詩的孩子，更能進一步琢磨自己對詩的情緒反應和表達技巧。

　　Sofia在和Alex上過我短短八個小時的斷斷續續的中文課後就深深地愛上了注音符號、正體漢字與中華文化。不過，Sofia後來轉入GLTB的學校。GLTB是康州一個富庶的新興城市，這個城市以外語教學績效廣負盛名。可惜的是，GLTB的中文課，教的是簡體字跟漢語拼音。Sofia說：「爲了應付學校的考試，我必須每天學習很多簡化漢字；但是，我知道爲了在很短的時間裡熟記詩篇的字字句句，我一定得靠您和注音符號的幫忙，我一定得從正體漢字著手！」

　　「注音符號眞的太神奇、太棒了；正體字那麼美，那麼有意義！我眞的不懂爲什麼不把注音符號這個好工具給學生，學了注音符號，正體字多好學、多好記啊！如果全美國的學生都能像您的學生一樣，兩個鐘頭熟記注音符號跟漢語拼音，一個鐘頭記得十幾二十個單字，第三個鐘頭開始自己讀書，那中文學生可以多快樂！政府可以少花多少中文教育經費哪！還有，用注音符號讀書的時候，發音比較快又準確，不需要去想看到漢語拼音Z的時候，是該發 [z]，還是發注音符號的『ㄗ』。」Sofia在一次被紐約中文電臺訪問的時候說。

　　Sofia因爲經歷到Alex和自己輕鬆學中文、短時間學習就可以拿到州際獎牌的經驗，她於是輕忽了「盡全力」的重要性，她第二次參賽是我當年參賽學生中唯一沒有得獎的孩子。「人人都說中文難、繁體字討厭；我學中文就是要面對挑戰，沒想到繁體漢字這麼美麗、這麼有意思！這麼容易，沒想到！」記得她在第一次得獎後的電視訪問中說道。

　　第三次Sofia得到第二名。當Sofia第四次去參賽，她是筆者當年唯一得獎的學生。她朗誦的詩是〈一朵青蓮〉，這是一篇很長、難度很高的作品。筆者在講述整篇詩的意思時，使用的一樣是以注音符號標音、以正體字爲正文的版本，筆者並要求Sofia每個字都要懂，也要會寫。

　　據說，Sofia在會場上背誦〈一朵青蓮〉時，她的咬字、她對蓮的意境、蓮的精神的詮釋、她的氣度和風采，不僅震驚了評審，更震驚了所有的與賽者，她最後獲得一面金牌。乖巧的Sofia不但從當初

的銅牌、銀牌到金牌，得到了這些獎牌，使她更進一步獲得史密斯女子大學（Smith College）的全額獎學金。

三、巴西小姐Indra的個案

這位巴西的小姐，學了一年中文，一直使用漢語拼音，終究有個瓶頸突破不了。筆者幾乎在一年之後不敢再收她的學費，因爲她總是盯著漢語拼音「看」字、「讀」書，一年下來，總是沒有辦法進步。

在她也要參加比賽的同時，筆者慎重地告訴她：「要參加比賽，要重新花兩個鐘頭學注音符號。」也最起碼三個禮拜，只能看注音符號跟正體字，不能看漢語拼音；詩文也一律看正體字，才教；不然的話，我就不願意浪費彼此的時間！

Indra在學完注音符號後的第三個小時，終於突破發音的瓶頸。兩個小時在注音符號上的努力讓她幾乎變成另一個人，精準、獨立而自信；十二個鐘頭的密集訓練以後，Indra以黃建國的〈飛蛾〉獲得一面康乃迪克州的中文詩歌背誦金牌。

四、學生Charise的個案

Charise跟著我學了三年的中文。三年裡，我們一共上了十二期，一期爲時兩個月的基礎一中文課程。由於學校把中文課定位於爲期兩個月、一年四期的課後活動，所有的學生在兩個月後就得重新申請課後項目；雖然中文課常是學生繼續選項的科目，筆者卻往往無法將課程由基礎一往上邁進。很多人可能不解，爲什麼Chaise老跟著我，而不選其他的課外活動？Chaise的理由很簡單：「我現在才學了兩天（不到三個鐘頭）的中文課學的中文比我在兩年普通學校西班牙課程，每天上課所記的西班牙語還多！我小時候學二十六個英文字母和發音（phonics）花了兩年，老師幫我一個多鐘頭牢記三十七個注音符號。不到三個鐘頭，我會用注音符號跟漢語拼音讀書，又用注音

符號幫助寫漢字；兩個禮拜，不到五個鐘頭，我已經會數數，從一數到一百，還可以把數的數字寫出來，我會用中文問好，會說出一大堆顏色和動物的名字，還會唱十幾首中文歌！還有我會唱歌給中國餐廳的老闆聽，他們都不相信我只學了幾個鐘頭的中文。」

Charise 在她第一次參加康州的詩歌背誦比賽，就以徐志摩的〈偶然〉拿到高中組的冠軍。

伍、結語

筆者從來不否認統一性的漢字羅馬拼音系統有它的功能和必要性，然而，就是簡化字的「歷史」功能，到今天也該告一段落！筆者希望提醒大家的是，漢字的全面羅馬拼音化與簡化已經造成了幾乎無法挽回的中華民族的文化斷層。

注音符號是學習正體漢字、中文發音與研讀中文書籍的最佳工具與途徑！正體漢字是炎黃子孫與全人類的文化瑰寶！任何一個國家、任何一個政府、任何一個人，都沒有權利禁止中國人，甚至任何人，用「筷子」來吃「中國菜」！任何一個國家、任何一個政府、任何一個人都沒有權利禁止中國人，甚至任何人，用「注音符號和正體字」來學「中文」和認識「中華文化」！

正體漢字是全世界唯一還活存，並且仍被世界各國華僑以及國際間各界高文化與高文明人士所廣泛使用的上古文字。正體字非但不是一個難學的字體，它是一個比簡化字還要容易、更具邏輯性、既遠古又摩登的文字！象形（pictographic）、表義（ideographic）與表聲（phonetic）的三大特性，就是它流傳千年不朽的原因！

在2013年，在全球受過既正統又傳統華文教育的華人，為注音符號百年慶生的時候，筆者不禁要提醒世人重新深思注音符號對世界華人中文學習、中華文化與文明復興的精神象徵與實質意義。

參考書目

周佩佩（2002）。冠軍ㄅㄆㄇ與漢語拼音／冠軍中文基礎發音（再版計畫中）。所有論文集收載於冠軍中文學院網站：http://www.championchinese.com

黃沛榮（2009）。漢字教學的理論與實踐，臺北：樂學書局。

Champion, Pei-Pei. (2002) *Champion BoPoMo & Hanyu Pinyin (a.K.a) Champion Chinese Sounding Systems & Pronunciation*. Taipei: Liou-Chwan Enterprise Co., Ltd. Cunningham, Patricia M. (2013). Phonics They Use. Upper Saddle River, NJ: The Pearson Education, Inc.

Gardner, Howard. (2000). *The Discipline Mind*. New York, NY: The Penguin Group, The Penguin Books, Ltd.

Lecture & Essay Collection (1997~2013) at: http://www.championchinese.com.

Miller, Debbie. (2013). Reading with Meaning, Portland, ME: Stenhouse Publishers

Zhou, Youguang (1965). *The Historical Evolution of Chinese Languages and Scripts*, Columbus: The Ohio State University.

國語注音符號滑音教學法及教學使用工具

趙彥

（中國文化大學華語中心）

摘 要

　　本項「滑音教學法」於多年實際教學經驗中不斷調整改進，在語音教學方面已有顯著的實際成效。本項教學法係將注音符號中各個獨立的韻音符號重新組合排列於彼此相關聯的位置，並透過若干不同位置個別音韻的動線移動，顯示正確的發音內容，以達到好教易學的效果。

　　例如：有（ーヌ）常見惰音為缺少韻尾的ㄨ。但若有正確的符號排列，發音時經由自甲音滑向乙音之動線，則應可輕易得知正確的發音為：ーㄝㄜㄛㄨ。

　　再如：對啊（ㄉㄨㄟㄚ）常見惰音為缺少「對」的韻尾「ー」而說成「剁啊」，且無法正確連音為「呀」。但若有正確的符號排列，發音時經由自甲音滑向乙音之動線，則應可輕易得知正確的發音為：ㄉㄨㄛㄜㄝーㄚ。

　　本項「滑音教學法」除上列可針對各個不同韻母的韻音教習發音之外，更可透過實際的滑音動線移動的技巧，具體進行理解、對比、辨聽各個韻音之間的差異。甚至可對短促的輕聲與非短促的完整音節所涵蓋的韻音範圍落實發音動作。如：媽媽的一聲、伯伯的二聲、姊姊的三聲、爸爸的四聲等，與輕聲之間的發音差異。

　　亟盼本項教學實務報告的提出，能引起相關教學的思考與注意，並藉此獲得華語教學及國語文教學方面的專業人士與各相關領域的先進們多多給予指正及賜教。

關鍵詞：韻母、韻母教學、音節、滑音、滑音教學法、韻母音節滑音練習模組。

壹、前言

　　學生在學習發音時，對於某些特定的音常有掌握不住要領的苦惱。以韻音為例，如：ヌ、ㄨㄛ的音，將「都」說成「多」。或將

「走吧」說成「左巴」。有時亦將「都很多」說成「ㄉㄛ很ㄉㄛ」。另如：ㄢ、ㄤ的音，將「旁觀」說成「膀胱」或「盤官」，或將「放榜」說成「飯板」。再如：ㄣ、ㄥ及ㄧㄣ、ㄧㄥ的音，將「冷」說成「ㄌㄣ」，或無法分辨「風箏、分針、紛爭」等。或將「證明」說成「鎮民」。將「基金」說成「雞精」。另外還有「ㄧㄝ、ㄟ的音」，把「姊姊妹妹」說成了「ㄗㄝㄗㄝ，ㄇㄝㄇㄝ」。甚至還有「ㄧㄡ、ㄨㄟ的音」，「丟」應該說成「ㄉㄧㄡ」卻說成了「ㄉㄧㄛ」或「ㄉㄧㄨ」。「規」應該說成「ㄍㄨㄟ」卻說成「ㄍㄨㄝ」等等。凡此種種，在韻音上的錯音實不勝枚舉。

　　為解決這種在發音教學上出現的問題，筆者自1992年起思考並進行研發，迄今歷經無數次整合改進，方得有幸呈現今日面貌。因筆者已於2013年3月自第一線的語言教學工作退休，唯仍繼續擔任碩博士學位學程、碩士學分班，以及師資培訓等相關課程的授課，因而較有充裕時間專心進行研究，並將研發成果公開呈現。盼望本項教學實務報告的提出能引起相關教學與研究的注意及思辨。亦願藉此機會獻曝拋磚，敬請諸先進不吝賜正。若有幸蒙學界先進接受本項「中文韻母滑音法發音教學」及其「教學使用工具」時，將再努力推動使之成為可供參照的重要教學技能。敬請國語文教學專業人士與各相關領域的先進們多多給予批評指導與斧正賜教。

貳、研發製作歷程

　　最早於1992年筆者自行設計製作教具時，使用了可量測韻母音節的發音是否到位的三十幾把「韻音尺規」。這些韻音尺規是由相關聯的韻音排列組合而成，無論是教或學的不同需求，都可作為衡量發音標準與否的有效正音教習工具，並可使用為日常語言課程中的語音教具及檢測工具。

　　在二十餘年的教學歲月中，各種各類的教材與教具均不斷推陳出新。筆者所研製的韻音教學法及使用工具在教學使用過程中，亦因發

現缺失或不夠完備，而時有修改，並有數次重大的改良與突破。最先是在結束境外教學返臺後的1996年，將韻音尺規整合於平面的圓形「韻音顯示盤」中，此韻音顯示盤亦簡稱「韻盤」，可同時顯示包含介音在內的七個基本單韻母韻音。爲：ㄚ、ㄛ、ㄜ、ㄝ、ㄧ、ㄨ、ㄩ，亦可顯示四個複合韻：ㄞ、ㄟ、ㄠ、ㄡ，同時也顯示了十一個不含鼻韻的結合韻：ㄧㄚ、ㄧㄝ、ㄧㄛ、ㄧㄞ、ㄧㄠ、ㄧㄡ、ㄩㄝ、ㄨㄚ、ㄨㄛ、ㄨㄞ、ㄨㄟ。本項韻盤的改進與韻尺相較之下，在教習這些韻音時，韻盤可以更清楚地顯示中文韻音的發音開口度及舌位高低等口舌動作的重要發音技巧。

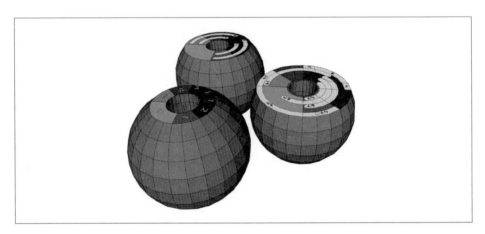

圖1　球形中文韻母音節滑音練習顯示模組

　　筆者於1999年初，更進一步將韻盤的平面圖說轉爲3D立體模組圖像設計。該次改良亦將聲隨韻及翹舌韻等整合於系統當中，解決了長久以來未能完整呈現的缺憾情形，使得本項韻音教學法及使用工具，初步達到系統化的完整情況，並使學習者更易於掌握本項發音學習工具。至2009年夏，拜電腦科技發展之賜，筆者使用了立體繪圖軟件，更進一步地完善本項教學法及使用工具。今年2013退休後，最大的改進就是將韻盤中央圓心部分預留了搭配聲母的組合位置，並改名稱爲目前的「中文韻母音節滑音練習模組」。設計有球形、餅

形、塔形、杯形等，均可依不同音節類組以環狀進行拆解及堆疊組合。如圖1所示。

參、滑音教學法的基本韻音組合

所謂「滑音教學法」係指教習韻母時，將語音中各個獨立的基本韻音按發音口舌動作特徵排列於相對應的位置，並進行某些個別音韻間的不同動線滑移。在這些特定的排列組合中，自某韻音點起始至某韻音點停止的滑行移動，以清楚顯示各韻母音節所應包含正確完整的韻音發音內容，達成教導與學習的目的。

前述特定的排列組合中包括了七個基本韻音發音單位，其中有三個介音韻母：一、ㄨ、ㄩ，及四個單韻母：ㄚ、ㄛ、ㄜ、ㄝ。

將這七個基本韻音發音單位分別排列置放於不同的發音口舌動作特徵的相關位置。這些發音的口舌動作特徵，係指韻母發音時，依其發音的口形與舌位動作所區分的四個部分。其中兩項為按照口腔開合程度的大小加以區分，另兩項是依照舌位高低所做的區分，共區分為四個部分。包括（甲）開口音：係指嘴角左右向兩側展開的動作，包括：ㄚ、ㄜ、ㄝ、一。（乙）合口音：係指將嘴角兩側向中央收合的動作，包括：ㄛ、ㄨ、ㄩ。（丙）高舌音：係指舌位有前挺或上升的動作，包括：ㄝ、一、ㄩ。（丁）低舌音：係指舌位有後收或下降的動作，包括：ㄚ、ㄛ、ㄜ、ㄨ。

表1　基本韻音發音口舌動作相關位置表

	【高舌音】 舌位前挺或上升		
【合口音】 收合成圓唇	ㄩ	一、ㄝ	【開口音】 齊齒或展唇
	ㄨ、ㄛ	ㄚ、ㄜ	
	【低舌音】 舌位後收或下降		

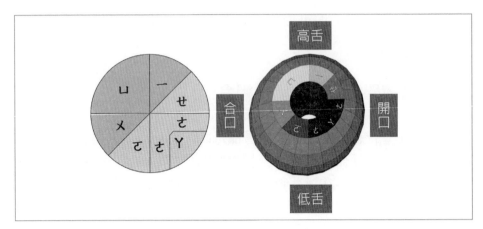

圖2　韻母音節滑音教學基本韻音排列圖（簡稱：基本韻環）

　　如圖2所示，以中央十字線為基準，水平線以上的音發音時舌位
較高，水平線以下則舌位較低。垂直線右側為發音時開口度較大的
音，垂直線左側的音明顯有合口動作。依本圖所顯示的排列方式，自
十二點方向起，順時針旋轉整圈返回原點時，其滑移所經的韻點共有
八處。進行發音教習時：(1)韻環右上方依高舌開口的要領，正確發
出韻母ㄧ的音。(2)韻環右上方依高舌開口的要領，正確發出音素ㄝ的
音。(3)韻環右下方依低舌開口的要領，正確發出韻母ㄜ₁的音。(4)韻
環右下方依低舌開口的要領，正確發出韻母ㄚ的音。(5)韻環右下方依
低舌開口的要領，正確發出韻母ㄜ₂的音。(6)韻環左下方依低舌合口
的要領，正確發出韻母ㄛ的音。(7)韻環左下方依低舌合口的要領，正
確發出韻母ㄨ的音。(8)韻環左上方依高舌合口的要領，正確發出韻母
ㄩ的音。

肆、複合韻的韻音滑移動線與教學

　　複合韻依起始音加以區分時，有以ㄚ為起始韻點的ㄞ、ㄠ兩組。
若以ㄜ為起始韻點則有ㄟ、ㄡ兩組。依終止音加以區分時，有以ㄧ為
音止的ㄞ、ㄟ兩組，亦有以ㄨ為音止的ㄠ、ㄡ兩組。教學時，應自起

始韻點滑移至終止韻點，完整清楚發出滑移時所經韻點的顯示韻音即可輕鬆完成教習。

一、複合韻ㄞ的滑音

　　自ㄚ起至ㄧ止，按逆時針方向滑移依序發出所顯示的韻音：ㄚ、ㄛ、ㄝ、ㄧ。

二、複合韻ㄟ的滑音

　　自ㄜ起至ㄧ止，逆時針滑移時依序發出所顯示的韻音：ㄜ、ㄝ、ㄧ。

三、複合韻ㄠ的滑音

　　自ㄚ起至ㄨ止，順時針滑移時依序發出所顯示的韻音：ㄚ、ㄛ、ㄛ、ㄨ。

四、複合韻ㄡ的滑音

　　自ㄜ起至ㄨ止，順時針滑移時依序發出所顯示的韻音：ㄜ、ㄛ、ㄨ。

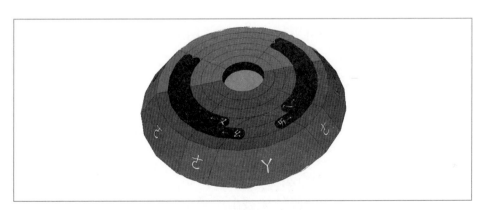

圖3　複合韻的滑移動線

伍、基本結合韻的韻音滑移動線與教學

基本結合韻共有十一個不含鼻韻的結合韻：一ㄠ、一ㄚ、一ㄝ、一ㄛ、一ㄞ、一ㄡ、ㄩㄝ、ㄨㄚ、ㄨㄛ、ㄨㄞ、ㄨㄟ九個音。其中以一爲起始韻點的有：一ㄠ、一ㄚ、一ㄝ、一ㄛ、一ㄞ、一ㄡ，計六個音。以ㄩ爲起始韻點的有：ㄩㄝ，計一個音。以ㄨ爲起始韻點的有：ㄨㄚ、ㄨㄛ、ㄨㄞ、ㄨㄟ，計四個音。

一、基本結合韻一ㄠ的滑音

按順時針方向滑移時應依序發出所顯示的韻音爲：一ㄝㄜㄚㄜㄛㄨ。

二、基本結合韻一ㄚ的滑音

按順時針方向滑移時應依序發出所顯示的韻音爲：一ㄝㄜㄚ。

三、基本結合韻一ㄝ的滑音

按順時針方向滑移時應依序發出所顯示的韻音爲：一ㄝ。

四、基本結合韻一ㄛ的滑音

按順時針方向滑移時應依序發出所顯示的韻音爲：一ㄝㄜㄛ。

五、基本結合韻一ㄞ的滑音

按順時針方向滑移時應依序發出所顯示的韻音爲：一ㄝㄜㄚㄜㄝ一。

六、基本結合韻一ㄡ的滑音

按順時針方向滑移時應依序發出所顯示的韻音爲：一ㄝㄜㄛㄨ。

七、基本結合韻ㄩㄝ的滑音

按順時針方向滑移時應依序發出所顯示的韻音為：ㄩㄧㄝ。

八、基本結合韻ㄨㄟ的滑音

按逆時針方向滑移時所應依序發出所顯示的韻音為：ㄨㄛㄜㄝ一。

九、基本結合韻ㄨㄛ的滑音

按逆時針方向滑移時應依序發出所顯示的韻音為：ㄨㄛㄜ。

十、基本結合韻ㄨㄚ的滑音

按逆時針方向滑移時應依序發出所顯示的韻音為：ㄨㄛㄜㄚ。

十一、基本結合韻ㄨㄞ的滑音

按逆時針方向滑移時應依序發出所顯示的韻音為：ㄨㄛㄜㄚㄜㄝ一。

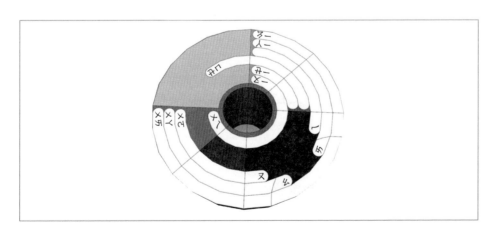

圖4　基本結合韻與複合韻的滑移動線

陸、聲隨韻的韻音滑移動線與教學

　　聲隨韻包括舌面鼻音的聲隨韻及舌根鼻音的聲隨韻兩組，連同聲隨結合韻各有八個音。舌面鼻音的聲隨韻有ㄢ、ㄣ及鼻聲隨韻的結合韻ㄧㄢ、ㄧㄣ、ㄩㄢ、ㄩㄣ、ㄨㄢ、ㄨㄣ。舌根鼻音的聲隨韻則有ㄤ、ㄥ及鼻聲隨韻的結合韻ㄧㄤ、ㄧㄥ、ㄨㄤ、ㄨㄥ、□ㄨㄥ、ㄩㄥ。兩組聲隨韻合計共有十六個音。

一、舌面鼻聲隨韻有八個音

　　舌面鼻音的聲隨韻先於盤面滑移後降至側邊上層的「广（ㄋ）」。

㈠舌面鼻聲隨韻ㄢ的音

　　以ㄚ為起始韻點的ㄢ滑移至側邊時依序發出所顯示的韻音為：ㄚ广。

㈡舌面鼻聲隨韻ㄣ的音

　　以ㄜ為起始韻點的ㄣ滑移至側邊時依序發出所顯示的韻音為：ㄜ广。

㈢舌面鼻聲隨韻ㄧㄢ的音

　　以ㄧ為起始韻點的ㄧㄢ順時針滑移時依序發出所顯示的韻音為：ㄧㄝ（ㄜㄚ）广。

㈣舌面鼻聲隨韻ㄧㄣ的音

　　以ㄧ為起始韻點的ㄧㄣ滑移至側邊時依序發出所顯示的韻音為：ㄧ广。

㈤舌面鼻聲隨韻ㄩㄢ的音

　　以ㄩ為起始韻點的ㄩㄢ順時針滑移時依序發出所顯示的韻音為：

低舌位的ㄩㄨㄛㄜ（ㄚ）广。或高舌位的ㄩㄧㄝ（ㄜㄚ）广。

㈥舌面鼻聲隨韻ㄩㄣ的音

以ㄩ爲起始韻點的ㄩㄣ滑移至側邊時依序發出所顯示的韻音爲：
ㄩㄧ广。

㈦舌面鼻聲隨韻ㄨㄢ的音

以ㄨ爲起始韻點的ㄨㄢ逆時針滑移時依序發出所顯示的韻音爲：
ㄨㄛㄜㄚ广。

㈧舌面鼻聲隨韻ㄨㄣ的音

以ㄨ爲起始韻點的ㄨㄣ逆時針滑移時依序發出所顯示的韻音爲：
ㄨㄛㄜ广／ㄨ广。

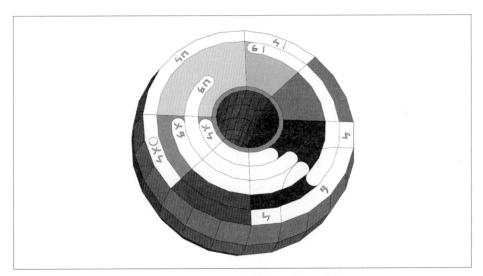

圖5　舌面鼻音的聲隨韻滑移動線

二、舌根鼻音聲隨韻也有八個音

舌根鼻音聲隨韻也有八個音。自韻環盤面降至側邊中層的「兀」包括了有：尢、ㄥ、ㄨㄤ、ㄨㄥ、□ㄨㄥ、一ㄤ、一ㄥ、ㄩㄥ。

㈠舌根鼻聲隨韻尢的音

以ㄚ為起始韻點的尢滑移至側邊時依序發出所顯示的韻音為：ㄚ兀。

㈡舌根鼻聲隨韻ㄥ的音

以ㄜ為起始韻點的ㄥ滑移至側邊時應依序發出所顯示的韻音為：ㄜ兀。

㈢舌根鼻聲隨韻ㄨㄤ的音

以ㄨ為起始韻點的ㄨㄤ於逆時針滑移時依序發出所顯示的韻音為：ㄨㄛㄜㄚ兀。

㈣舌根鼻聲隨韻ㄨㄥ的音

以ㄨ為起始韻點的ㄨㄥ於逆時針滑移時依序發出所顯示的韻音為：ㄨㄛㄜ兀。

㈤舌根鼻聲隨韻□ㄨㄥ的音

以□ㄨㄥ為起始韻點的ㄛ兀滑移至側邊時依序發出所顯示的韻音為：ㄛ兀。

㈥舌根鼻聲隨韻一尢的音

以一為起始韻點的一尢於順時針滑移時依序發出所顯示的韻音為：一ㄝㄜㄚ兀。

㈦舌根鼻聲隨韻一ㄥ的音

以一為起始韻點的一ㄥ滑移至側邊時依序發出所顯示的韻音為：

一兀。

⑻舌根鼻聲隨韻ㄩㄥ的音

　　以ㄩ爲起始韻點的ㄩㄥ於順時針滑移時依序發出所顯示的韻音爲：一ㄩㄨㄛ兀。

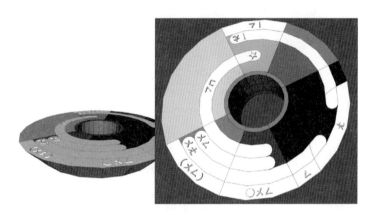

圖6　舌根鼻音的聲隨韻滑移動線

柒、翹舌韻的韻音滑移動線與教學

　　在錯誤認知中的翹舌韻是沒有滑移動作的。筆者執教期間所蒐集的語音樣本中，發現大部分在語速較慢時，翹舌韻起音的開口度有增大現象。滑音動線爲：ㄚㄖ。反之，正常的語速或語速較快時，其滑音動線則爲：ㄜㄖ。如：「二娘給女兒耳朵上打了十二個耳洞」中的「二、兒、耳」等語詞。

表2　翹舌韻起始音及終止音異同顯示表

ㄚ ㄖ			ㄜ ㄖ	ㄚ ㄖ							ㄚ ㄖ		ㄜ ㄖ	
二	娘	給	女	兒	的	耳	朵	上	打	了	十	二	個	耳	洞

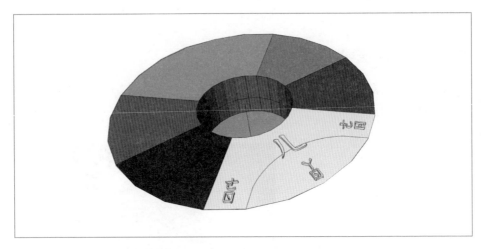

圖七　翹舌韻的韻音滑移動線

捌、輕聲弱化音的短音節滑音教學

　　中文韻音的輕聲及弱化音節，在透過本項滑音教學法教習之後，必可在弱化音節開口度減弱的變音規律上深切理解，並對發音矯正方面有極大助益。如疊音詞「刮刮」的詞尾ㄨㄚ（滑音：ㄨㄛㄜㄚ）開口度降低後發ㄨㄛ的音。再如「放下」的詞尾ㄧㄚ（滑音：ㄧㄝㄜㄚ）開口度降低後發ㄧㄝ的音。

玖、教習簡表

　　本項滑音教學法所使用之教學工具，雖可提供理解與練習，但重點在於系統性的概念架構而不在工具本身。因此在無工具可使用的狀態下，亦可將原教學工具上所顯示的滑音過程另以書面表單形式呈現。以表單閱讀替代工具操作，除可簡化教習過程外，亦可以表單核對或確認工具操作的正確性。

表3　韻音滑音發音速見表

注音	滑音法發音	注音	滑音法發音	注音	滑音法發音	注音	滑音法發音
		一		ㄩ		ㄨ	
ㄚ		一ㄚ	一ㄝㄜㄚ			ㄨㄚ	ㄨㄛㄜㄚ
ㄛ		一ㄛ	一ㄝㄜㄛ			ㄨㄛ	ㄨㄛㄜ
ㄜ	ㄜ（ㄚ）						
ㄝ		一ㄝ	一ㄝ	ㄩㄝ			
ㄞ	ㄚㄜㄝ一	一ㄞ	一ㄝㄜㄚㄜㄝ一			ㄨㄞ	ㄨㄛㄜㄚㄜㄝ一
ㄟ	ㄜㄝ一					ㄨㄟ	ㄨㄛㄜㄝ一
ㄠ	ㄚㄜㄛㄨ	一ㄠ	一ㄝㄜㄚㄜㄛㄨ				
ㄡ	ㄜㄛㄨ	一ㄡ	一ㄝㄛㄛㄨ				
ㄢ	ㄚㄏ	一ㄢ	一ㄝ（ㄜㄚ）ㄏ	ㄩㄢ	ㄩㄨㄛㄜ（ㄚ）ㄏ	ㄨㄢ	ㄨㄛㄜㄚㄏ
ㄣ	ㄜㄏ	一ㄣ	一ㄏ	ㄩㄣ	ㄩ一ㄏ	ㄨㄣ	ㄨㄛㄜㄏ ㄨㄏ
ㄤ	ㄚㄫ	一ㄤ	一ㄝㄜㄚㄫ			ㄨㄤ	ㄨㄛㄜㄚㄫ
ㄥ	ㄜㄫ	一ㄥ	一ㄫ	ㄩㄥ	（一）ㄩㄨㄛㄫ （ㄩ）一ㄝㄜㄛㄫ	ㄨㄥ	ㄨㄛㄜㄫ ㄨㄫ □ㄛㄫ

拾、中文韻母滑音教學課前準備與課室操練活動及課後評量

一、課前準備

　　執教者應透過教習準備，熟知個別課程單元中的語音教學需求。韻音部分可參考表三，搭配所拼合的聲母等各類組合，將各該次課程中的重要語詞的韻音標示清楚以完成充分的準備。

二、課室操練活動

　　課室練習活動的操作或操練，應以實際操作模組工具為主。練習時以手指或筆尖觸碰各相關韻音點，自起始點經滑移動線到達韻音終止點為止，由慢而快確實發出各音。亦可以書面的速見表輔助練習。

三、課後評量

　　語音評量亦可視為課室操練活動之延伸，或可搭配課室操練組合實施。統合視覺與聽覺的綜合方式施測，可包括：聽＋寫、聽＋觸、觸＋讀、注音滑音譯寫等。有書面及口語類型。

拾壹、結語

　　本項「滑音教學法」可針對各個不同韻母的韻音教習發音，更可透過實際的滑音動線的移動技巧，具體進行理解、對比、辨聽各個韻音之間的差異。本文所涉及範圍雖未包括聲調及聲母等其他語音教學，但除進行韻音方面的發音教學外，學習者亦因已有具體接觸模組的學習經驗，必對音韻結構組織的學習記憶有極大助益。且更可將語音學習變得生動活潑有趣。若與聲調聲母等其他有效的語音教學法搭配，必可收事半功倍之效。

　　筆者有幸研發此「滑音系統」實應歸功於多年教學生涯中所共事

的教師同仁能彼此切磋，相互激勵，以及校內外主管與諸先進等多所提攜指導，還有在這二十幾年間所接觸到的可愛的外籍生們，在不知情的狀況下當了我的白老鼠。今日「中文韻母音節滑音系統」若能發生作用，都是他們的功勞，在此由衷表達謝意。

圖8　可搭配組合練習的聲母與聲調系統模組

以注音符號為標音系統之華語語音教學

歐德芬

（中原大學應用華語文學系）

摘 要

　　語音教學為語言教學之本，華語文學習首先面對的即為語音標音符號。雖然漢語拼音為現今國際華語學習之主流標音符號，但是以注音符號為標音符號，實更有助於華語漢字學習。本文首先從語言學習的角度出發，分析注音符號及漢語拼音作為華語標音工具之優勢，提出以注音符號為華語標音工具，不但可避免學生學習華語時來自母語的負遷移，且對日後漢字學習有正面效果。由於語音及漢字為華語學習之兩大難點，有鑑於此本文設計結合注音符號之華語語音基礎課程，透過注音符號為華語標音系統，學習華語聲母與韻母之基礎語音外，亦設計同步教授漢字基礎部首及練習筆畫筆順之教學建議。以此課程學習華語，不但能於語言學習之初習得華語語音，更可透過部首練習漢字讀寫，實同時解決了華語學習的兩大難點。

關鍵詞：注音符號、漢語拼音、漢字、標音工具、華語教學

壹、前言

　　語言的本質是語音，語音教學則為語言教學之本。漢字是表意文字，華語語音教學首先面對的即為替漢字標注語音，所以標音工具亦是學習成效的重要關鍵。臺灣學童自啟蒙時期即學習國語注音符號，從注音符號標音並認讀漢字，奠定臺灣學生中文基礎。近年來，華語已漸為世界強勢語言，漢語拼音也成為強勢中文標音工具。那麼，外籍華語學習者學習華語時採用何者標音系統學習華語較佳？以羅馬字母組成之漢語拼音因為學習門檻較低，目前是多數外籍華語學習者之標音工具首選。但是從整體華語學習之聽、說、讀、寫成效觀之，以漢語拼音作為標音工具未必比注音符號更有優勢。注音符號多為古文簡省之形，雖和羅馬字母差異甚大，但是字形具差異性從語言學習角度觀之亦可能具有減少負遷移的優勢。本文將從華語語

音與漢字學習之角度，先對此二標音系統做出評析，之後結合標音系統之優勢，做出華語基礎語音之教學建議供華語教師參考。

貳、文獻探討

　　學習華語必須借助標音符號才能正確發音，因此對華語初學者而言，學習漢字發音的標音系統是必要的工具。

一、注音符號與漢語拼音

　　注音符號於民國初年開始制定，章炳麟「取古文籀篆逕省之形」制定三十九個注音字母，結束從古代延續的直音反切等方法。之後教育部將之修訂為三十七個標音符號，其中包含二十一個聲母及十六個韻母。注音符號之創制具有形、音、義一體的漢字特色，臺灣學童至今仍以注音符號為漢字標音教學。中國則是以漢語拼音替漢字標音。漢語拼音是承襲注音符號和國語羅馬字而來，但其韻母因應羅馬拼音方式而有變化，共有二十一個聲母、三十六個韻母。漢語拼音現已為聯合國及美國國會圖書館正式採用，成為國際間中文譯音的標準。注音符號與漢語拼音各自於臺灣、大陸實施數十年，學習成效亦有目共睹，二者皆為實證效果優良的標音符號並在華語世界通行。依據佛格森（Ferguson, 1968）評論標音系統優劣列舉的三項原則：經濟性、一致性和方便性檢視，兩者實各有所長。以華語學習的角度觀之，何種標音符號更有利於學習華語語音與漢字？

二、注音符號之優勢

　　漢語拼音是以文字為前提而創制，因而漢語拼音出現較少見的符號如：q、x、z、zh等。王旭（1995）認為漢語拼音若作為文字時，確須考量文字符號之簡潔性，因此賦予特殊符號以音值是重要考量；若不為文字而僅具標音符號（phonetic symbols）功能，實須

顧及符號原來代表的音值，讓使用者能容易的推論（infer）符號代表的語音，於此考量下q、x、z、zh等符號就值得商榷。另外，漢語拼音因考量簡潔性之故出現許多簡省卻易混淆的規則，如：wei（ㄨㄟ）與hui（ㄏㄨㄟ）、you（ㄧㄡ）與diu（ㄉㄧㄡ）、weng（ㄨㄥ）與hong（ㄏㄨㄥ）等音，以漢語拼音標注看起來似乎各具不同韻母，但觀其注音符號則可看出上述語音實具相同韻母；反而漢語拼音中tun（ㄊㄨㄣ）與jun（ㄐㄩㄣ）常因電腦無法顯示u上的兩點而看起來拼法相同，其實則韻母各異。

　　除此之外，研究指出認字教學過程中呈現熟悉的符號作為輔助教材可能干擾學習，而須花更多時間才能學會目標字彙（Lang & Solman, 1979；Saunders & Solman, 1984；Solman & Wu, 1995；Adepoju & Elliott, 1997；吳慧敏，1999、2000），因此以漢語拼音標注華語語音亦可能存在干擾作用（Blocking Effect），以英文字「can」為例，因英語為國際語言所以「can」之語音已深入人心，但以漢語拼音標注華語時，「can」則為「餐、參」之標音符號，此時不免出現語音之干擾作用；倘若以注音符號「ㄘㄢ」取代漢語拼音「can」為「餐、參」標音，則負遷移的干擾作用可能會減少。因而黃沛榮（2003）提出學習不同語文為免相互干擾，應做適度的區隔，例如用時間或符號來區隔。

　　最後，漢語拼音對於漢字認寫亦無所助益。西方語言的羅馬字母跟漢字完全不同，加上華語語音與漢字間的聯繫不大，因而外語學習者學習華語時須對文字認寫付出許多心力。漢字認寫除了須強調固定的筆畫筆順，透過「字形筆畫肌譯碼」（Graphomotoric Code）（曾志朗、洪蘭，1984）策略加深漢字印象之外，也應教授漢字之部首意符，使漢字在心理認知的過程上更加清晰，而且部首偏旁之教學亦具讓學習者方便檢索之實際功能，因此印京華（2002）提出漢字學習歷程，不外乎利用部首、部件或字根加上筆畫、筆順來學習。

三、小結

　　綜從華語語音與漢字學習的角度觀之，上述漢語拼音之缺點，實皆為注音符號的優勢。相對於羅馬拼音組成的漢語拼音，林慶勳、黃凱筠（2000）認為注音符號之制定，大部分是古文簡省之形，與中國文字是不可分割的一體；文方（1999）提出以用字繁簡、拼音精確，以及調號使用等三個角度而言，國語注音符號優於漢語拼音；歐德芬（2011）亦從學習負擔、文字符號辨識、學習認知歷程等面向，提出注音符號是適合臺灣學習華語的標音工具。但是，何以現今外語學習者大都取漢語拼音為漢字標注語音？其原因多為以漢語拼音拼讀華語語音的學習門檻較低，學習之始即可將華語語音大致唸出；以注音符號拼讀華語語音則須另外花費時間認讀注音符號。本文認為除非學華語之目的僅為口語會話，若亦要認讀漢字進行華語閱讀寫作，以注音符號標注漢字不但可能免去干擾作用，對於漢字書寫閱讀更是水到渠成。因此本文提出注音符號筆畫簡單，與中國文字密切相關，以注音符號為標音系統可認識漢字部首及練習筆畫、筆順，又可能避免干擾作用，實為優良的標音符號。本文將利用注音符號之優勢，提出結合注音符號與漢字部首學習之基礎華語語音教學建議，供華語教師與學習者參考。

參、結合注音符號之基礎華語語音教學

　　姜麗萍（2002）指出初級華語學生之漢字記憶策略多以音、形配對聯想為主。因此，初學者若能在語音教授的同時，給予漢字字形的刺激與部首意符的構字概念，對其記憶漢字實有正向助益。因此本文認為華語基礎語音教學應以注音符號為標音系統，並提出結合漢字教學之注音符號教學模式，供華語教師與學習者參考。首先基礎華語語音教授可先以趙元任先生的「五度制調值標記法」呈現四種華語聲調，並以各種音練習華語四種聲調，讓學習者熟悉華語為有聲調、得以聲調辨義的語言。教授聲調後，即進行華語聲母與韻母教學。華語

聲母與韻母教學除了以舌面圖與發音位置圖，清楚解說華語語音發音位置與發音方式之外，本文建議將注音符號結合最有優先學習價值之部首（黃沛榮，2003）[1]進行教學：

一、聲母

1. ㄅ：ㄅ爲包之古字[2]，亦即包於中間之意。本文建議先將ㄅ與包覆於中間之「包」字以及食物「包子」連結，讓學習者將聲母ㄅ之形、音、義進行連結，並以ㄅ與「包」字進行筆畫筆順練習。ㄅ雖爲意符但不爲最有優先學習價值之部首，因此不擬以其進行部首教學，建議以「包」爲聲符，教授「苞、抱、胞」等皆具有聲符包之字，以加深ㄅ與包的連結，並提醒學習者漢字除具有意符之外，有些亦具聲符。可另以包子、饅頭之差別爲有否包覆內餡等不同，作爲文化教材。

2. ㄆ：ㄆ之古字即手拿著樹枝擊打。本文認爲ㄆ之來源雖爲攴部，但是其爲意符，從攴部之字皆不以ㄆ爲聲符，因此建議將聲母ㄆ與「扑」與「皮」二字連結教學。扑即擊打之意，皮則是具體常用字，可用此二字讓學習者將聲母ㄆ之形、音、義做連結，並以ㄆ與此二字進行筆畫筆順練習。由於意符ㄆ與扑皆具手部，而手部爲最有優先學習價值之部首，建議此時以手部進行部首教學。值得注意的是，漢字爲求字形的方正密合，有些部首是以變體形式出現，例如：手若作爲部首是以提手旁之變體「扌」出現，如：「打」、「拉」、「抱」

---

[1] 黃沛榮（2003）以識字、寫字、用字等三項標準將二百一十四個漢字部首逐一評估，提出有八十個部首絕大多數是整字亦是重要部件，可透過此部首去了解漢字字義、組字以及構詞，稱之爲最有優先學習價值之部首。本文之部首教學即以此八十個部首爲據。

[2] 本文注音符號之古字爲參考鄒曉麗（2007）編著之《基礎漢字形義釋源（修訂本）──《說文》部首今讀本義》。

等，此種常用部首之變體形式不少，需要提醒學生注意。

3. ㄇ：ㄇ之古字即屋頂與牆壁之形，表示房舍。本文認為ㄇ之來源雖為宀部，但是其為意符，從宀部之字多不以ㄇ為聲符，所以建議以「密、蜜」二字讓學習者將聲母ㄇ之形、音、義做連結，並以ㄇ與此二字進行筆畫筆順練習。宀部為最有優先學習價值之部首，因此此處即以宀部進行部首教學，如「守」、「安」、「家」、「安」等字。

4. ㄈ：ㄈ之古字即古代一種盛物的器具。本文認為ㄈ之來源雖為匸部，但是其為意符，從匸部之字多不以匸為聲符，建議教授「匪、匣（可置放東西的器物）」二字以加強ㄈ為聲母之形、音、義連結，並以ㄈ與此二字進行筆畫筆順練習。此外，本文亦建議將ㄈ與「方」字連結教學。由於方具有聲母ㄈ，亦為最有優先學習價值之部首，而且以方為聲符之字甚多，可以「方」、「坊」、「放」、「房」等字進行聲符教學。

5. ㄉ：ㄉ即為「刀」字之古字形。本文認為ㄉ是取「刀」字的聲母及其字形而得之注音符號，因此建議將聲母ㄉ與象形字「刀」之形、音、義做連結，並以ㄉ與「刀」字進行筆畫筆順練習。由於意符「刀」為最有優先學習價值之部首，可以之進行部首教學，如教授「刀、刃、分、切」等具有刀部且筆畫較簡單的字。可再次解釋漢字為求字形的方正密合，有些部首是以變體形式出現，如刀部是以變體形式「刂」作為部首於漢字呈現，可以「刷」、「割」、「劍」等具刀部之字進行解說。

6. ㄊ：ㄊ之古字為「突」字。本文認為就源由而言注音符號之聲母ㄊ和「突」相關，但是ㄊ現不為部首，「突」字亦非部首或常用字，因此建議ㄊ與「土」結合教學，其因有三：一為「土」之聲母亦是ㄊ，二則「土」之筆順和ㄊ相近，三為「土」是具有優先學習價值之部首。並以ㄊ與「土」字進行筆畫筆順練習。ㄊ之部首教學可先解說象形字「土」，再將有

土部之聲母ㄊ之相關字如「土」、「吐」、「坨」、「坍」、「坦」、「堂」等字進行部首與聲母複習教學。

7. ㄋ：ㄋ即古文之「乃」字，是以彎曲的筆道表示出氣之困難。本文認為聲母ㄋ並不是部首，建議讓學習者將聲母ㄋ與「乃」字與「奶」字之形、音做連結，並以ㄋ與「乃」、「奶」二字進行筆畫筆順練習。由於「奶」字之女部為具有優先學習價值的部首，建議此時部首教學以女部為主，結合「女」、「奶」、「好」、「媽」、「姊」、「妹」等字進行部首教學。

8. ㄌ：ㄌ之古字即為「力」。本文認為聲母ㄌ與「力」字關係密切，建議讓學習者將聲母ㄌ與「力」字之形、音、義做連結，並以ㄌ與「力」字進行筆畫筆順練習。力亦為具有優先學習價值的部首，建議可先解說象形字「力」，再將有力部之聲母ㄌ的相關字如「力、劣、勞」等字進行部首及聲母練習教學。

9. ㄍ：ㄍ之古字為小於川之「水」。本文認為古字之ㄍ雖為意符，但是注音符號之ㄍ實取其聲母。由於意符ㄍ並非現今供檢索之部首，因此建議應將ㄍ和「工」結合進行教學，除以ㄍ與「工」二字進行筆畫筆順練習外，由於工是具有優先學習價值的部首，建議以工為意符進行部首教學，可先解說象形字「工」，再將有「工」字之聲母ㄍ之相關字如「功」、「攻」、「空」等字進行聲母練習教學。

10. ㄎ：鄒曉麗（2007）認為ㄎ由「考」字簡化而來，而考、老又相通，故ㄎ之本義為老，後來有氣出受阻的意思，並由氣出受阻的ㄎ派生出「兮、号」等字。本文認為ㄎ雖由考字而來且同聲母，但是考字的字形複雜又從老部，並不適合以「考」進行部首教學與聲母教學。建議將ㄎ和「口」連結，讓學習者將聲母ㄎ與「口」字形、音做連結，並以ㄎ與「口」字進行筆畫筆順練習。由於「口」是以人口為形之象形字，亦是具有優先學習價值的部首，因而部首字「口」之教學可用「叨」、

「吃」、「吐」、「吵」、「吻」、「吹」等字進行。

11. 厂：厂之古字為藉山崖為一面牆，是一有頂的居室之形。本文認為以厂為意符之字不多，建議厂應和「戶」字結合進行教學，讓學習者將聲母厂與「戶」字形、音做連結，並以厂與「戶」二字進行筆畫筆順練習。由於戶是具有優先學習價值的部首，因而其部首教學可用「戶」、「房」、「所」等字介紹戶部。本文認為亦可將「何、河、荷」等字結合進行聲母厂與部首教學，因為人部、水部、草部皆為具有優先學習價值的部首，所以亦可結合聲母厂進行教學。可再次解釋漢字為求字形的方正密合，人部、水部、草部都是以變體形式作為部首於漢字中呈現。

12. ㄐ：ㄐ之古字為兩絲相糾纏的形狀，本文認為由於現今已無以ㄐ為意符之字，建議ㄐ應和以「几」字為主之「肌」、「飢」等字結合進行教學。可先將ㄐ和「几」連結，讓學習者將聲母ㄐ與「几」字形、音做連結，並以「几」為聲符解說「肌」、「飢」等二字，進行筆畫筆順練習。部首教學部分，因為「肌」之肉（月）部與「飢」之食部皆為具有優先學習價值的部首，所以可於此處進行教學。

13. ㄑ：ㄑ之古文即小水流之意，本文認為意符ㄑ並非現今供檢索之部首，建議將ㄑ和「汽」字與「氣」字連結進行教學。可先以將ㄑ和「汽」字與「氣」字之形、音做連結，進行聲母與筆畫筆順教學。部首教學部分，可以「氣」之气部與「米」字為意符進行部首教學，其中米部實為具有優先學習價值的部首。中國南方的主食即為米，此處亦可同時進行飲食文化教學。至於「汽」之水部則可於此時進行複習教學。

14. ㄒ：ㄒ之古文為底之意，本文認為意符ㄒ並非現今供檢索之部首，建議將ㄒ和「下」字與「小」字連結進行教學。可先將ㄒ和「下」字之形、音做連結，再以ㄒ和「下」字與「小」字進行聲母與筆畫筆順教學。部首教學部分，因小部為具有

優先學習價值的部首，而以小部爲意符進行部首教學，教授
「小」、「少」、「尖」、「尚」等字。

15.ㄓ：ㄓ即古文「之」，亦即草長出地面之形，本文認爲意符
ㄓ並非現今供檢索之部首，建議將ㄓ和「支」字連結教學，
可先將聲母ㄓ和「支」字之形、音做連結，再以「支」爲聲
符，進行「枝」字與「肢」字聲母與筆畫筆順教學。部首教
學部分，因「枝」字從木部，而木部爲具有優先學習價值的
部首，可於此處以木部爲意符進行部首教學，教授「林」、
「材」、「朵」、村等字。「肢」之肉（月）部亦可於此時
複習之。

16.ㄔ：ㄔ之古文即行走之意。本文認爲從意符ㄔ部之字多不以注
音符號ㄔ爲聲符，建議將聲母ㄔ與「吃」、「齒」及「車」字
結合教學做形、音之連結，進行聲母與筆畫筆順教學。部首
教學部分，雖然ㄔ爲意符可介紹「往」、「從」等常用字，
但是具有聲母ㄔ之「車」字爲具有優先學習價值的部首，建議
亦可以「軍」、「軌」、「輪」等字進行車部之部首教學。
「吃」之口部亦可於此時複習之。

17.ㄕ：ㄕ之古字爲人坐之形。本文認爲從ㄕ部之字多不以注音
符號ㄕ爲聲符，建議可將ㄕ與「石」字做形、音連結，進行
聲母教學以及筆畫筆順教學。由於石爲具有優先學習價值的
部首，可先以「石」、「岩」、「碧」、「磨」等字進行
石之部首教學。由於具ㄕ音之字甚多，亦可結合「師（濕、
獅）」、「石（十、食）」、「始（駛）」、「是（事）」
等字進行聲母與聲調練習教學。

18.ㄖ：ㄖ即「日」字。本文認爲ㄖ與「日」字形、音、義皆緊密
結合，建議可將聲母ㄖ與「日」字之形、音、義做連結，並以
ㄖ與「日」字進行筆畫筆順練習。日亦爲具有優先學習價值的
部首，建議可先解說象形字「日」，再將有日部之「日」、
「早」、「明」等字進行部首教學。

19.ㄕ：ㄕ之古字為人形之變體。本文認為ㄕ雖為意符，但是從ㄕ部之字多不以注音符號ㄕ為聲符，建議ㄕ應與「子」字結合進行教學。可將聲母ㄕ與「子」字之形、音做連結，並以ㄕ與「子」、「字」等字進行聲母與筆畫筆順練習。由於子為具有優先學習價值的部首，可以部首子結合「子」、「孝」、「孩」、「孫」、「學」等字進行子之部首教學。

20.ㄘ：ㄘ之古字雖從七而來。本文認為ㄘ既不為現今之部首，亦不為七之聲母，建議ㄘ應與草字結合進行教學，可先將聲母ㄘ與「草」字之形、音做連結，進行聲母與筆畫筆順練習。由於「草（艸）」為具有優先學習價值的部首，可以部首艸結合「草」、「荣」、「花」等字進行艸之部首教學。

21.ㄙ：ㄙ之古字為私的本字，本文認為ㄙ既為「私」字，建議將聲母ㄙ與「私」字之形、音做連結，再以ㄙ與「私」、「絲」二字進行聲母與筆畫筆順練習。此外，糸為具有優先學習價值的部首，可進一步結合糸部進行部首教學，教授「絲」、「細」、「線」等字。

二、韻母

1.ㄧ：一是數字的開始，本文認為韻母ㄧ與數字「一」字之形、音、義緊密結合，加上一為具有優先學習價值的部首，因此建議先以韻母ㄧ進行韻母教學，再以部首一進行「一」、「三」、「丁」、「七」、「不」等字之部首與筆畫筆順教學，並以「丁」字之音帶出韻母ㄧ可為介音。

2.ㄨ：ㄨ即「五」的古字，建議將韻母ㄨ與「五」字之形、音做連結，再以ㄨ與「五」、「午」二字進行筆畫筆順練習。此外，可以將之前之聲母ㄗ與韻母ㄨ結合帶出「足」字，由於足為具有優先學習價值的部首，可以「跑」、「跳」、「踢」等字進行足之部首教學。亦可教授常用字「嘴」（ㄗㄨㄟˇ）帶出ㄨ可為介音。

3. ㄩ：ㄩ之古字即盛飯之器物，為象形字。本文建議可強調其造字原義為容器、可承接雨水，作為ㄩ與「雨」字之形、音結合之源；再以ㄩ與「雨」、「女」字進行聲母複習與筆畫筆順教學。可繼續以具韻母ㄩ之「女」字複習女之部首教學。由於「雨」為具有優先學習價值的部首，可進一步以雨部教授「雲」、「雪」、「雷」等字，亦可以「雪（ㄒㄩㄝˇ）」帶出ㄩ可為介音。由於韻母ㄩ常為發音難點，可將韻母ㄩ和一一同練習以區辨之。

4. ㄚ：ㄚ為物開之形。本文認為ㄚ並不為現今之部首，建議韻母ㄚ可與「馬」字結合進行教學，先將ㄚ與「馬」字結合練習韻母ㄚ，再以「馬」字進行聲母複習與筆畫筆順教學。由於馬為具有優先學習價值的部首，可以部首馬結合「馬」、「騎」、「駕」等字進行馬之部首教學。

5. ㄛ：ㄛ之古字即反ㄅ也。本文認為ㄛ並不為現今之部首，建議ㄛ可與「波」、「破」結合進行教學，因之前已於聲母ㄆ處習得「皮」字，此處可以韻母ㄛ與「波」、「破」二字進行韻母教學與筆畫筆順教學。部首教學部分，則以「波」之水部與「破」之石部進行複習教學。

6. ㄜ：ㄜ與ㄛ之字形相近，但ㄜ之首突出於橫線之上，讀音同國際音標ɜ。本文認為此二韻母字形、字音皆相近，須提醒學習者注意。由於ㄜ並不為現今之部首，建議可以之前教授聲母ㄔ時學過過的「車」字帶出韻母ㄜ音，並將ㄜ與「俄」、「餓」與「戈」字結合進行韻母與筆畫筆順教學。由於「戈」為具有優先學習價值的部首，可以「戈」進行部首教學，教授「我」、「或」、「戰」等字。亦可以「俄」之人部、「餓」之食部進行部首複習教學。

7. ㄝ：ㄝ之古字即為「也」。本文認為可先將ㄝ與「也」字之形、音結合，進行韻母教學，再以ㄝ與「也」、「月」二字進行筆畫筆順教學。由於ㄝ並不為現今之部首，建議可將具韻

母ㄝ之「月」字進行部首教學。由於「月」爲具有優先學習價值的部首，因此以教授「月」、「有」、「朋」、「服」等具月部之字進行部首教學。記得提醒學生月（ㄩㄝˋ）部與月（ㄖㄡˋ）部之不同。

8.ㄞ：ㄞ之古文從「亥」字，ㄞ是由ㄧ與ㄌ結合而來。本文認爲可應用「來」字之音，結合聲母ㄌ與韻母ㄞ兩個注音符號加以記憶。由於ㄞ並不爲現今之部首，而「白」爲具有優先學習價值的部首，建議將ㄞ與「白」字結合，先進行韻母與筆畫筆順教學，再教授「百」、「的」、「皇」等字進行「白」之部首教學。

9.ㄟ：ㄟ從反ㄏ，古字爲移動的意思。本文認爲ㄟ並不爲現今之部首，建議將ㄟ與「貝」與「水」等具有韻母ㄟ之字結合進行教學。由於「貝」爲具有優先學習價值的部首，因此可進行其部首教學，教授「買」、「賣」、「貴」、「財」等貝部的字。亦可於此處進行水部複習教學，教授「汁」、「汗」、「江」、「洗」等水部的字。記得提醒學生爲求漢字字形的方正密合，水部是以變體之三點水——「氵」形式出現於字中。

10.ㄠ：ㄠ之古字象子出生之形。本文認爲以意符ㄠ爲部首的字多無韻母ㄠ，建議將ㄠ與「小」字結合進行教學，教授「小」字時可同時練習韻母ㄠ，以及筆畫筆順。由於「小」爲具有優先學習價值的部首，且於之前教授聲母ㄒ時已學過，因此此時可進行其部首複習教學，複習「少」、「尖」、「尚」等小部的字。

11.ㄡ：古字ㄡ即手也。本文認爲ㄡ可先和「又」字結合，進行韻母教學以及筆畫筆順教學。由於ㄡ爲具有優先學習價值的部首，建議此處之部首教學可教授「叉」、「及」、「取」等字。

12.ㄢ：ㄢ之古字即舌形或花蕊形。本文認爲ㄢ並不爲現今之部

首，建議將ㄢ先與「安」字結合，進行ㄢ之韻母與筆畫筆順教學。由於「山」為具有優先學習價值的部首，建議以其進行部首教學，教授「山」、「岸」等韻母ㄢ與山部的字。

13. ㄣ：ㄣ即「古」之隱字。本文認為ㄣ並不為現今之部首，建議將ㄣ與「恩」字結合進行韻母與筆畫筆順教學。由於「心」為具有優先學習價值的部首，有時是以變體形式之豎心旁（忄）出現，因此可以其進行部首教學，教授「忘」、「忍」、「恨」、「怕」等字。

14. ㄤ：ㄤ之古字為一人曲腿之形。本文認為以意符ㄤ為部首的字多無韻母ㄤ之音，建議將ㄤ與「羊」字結合進行筆畫筆順教學，因羊為具有優先學習價值的部首，因此亦可以之進行部首教學，教授「美」、「善」、「群」等字。

15. ㄥ：古文ㄥ為肱之意。本文認為ㄥ並不為現今之部首，建議先將ㄥ與之前於聲母ㄍ處習得之「工」進行複習教學，再以具有韻母ㄥ之「行」字進行韻母ㄥ與筆畫筆順教學。由於「行」為具有優先學習價值的部首，因此可以之進行部首教學，教授「行」、「街」、「衝」等字。

16. ㄦ：古字ㄦ是「人」的變體。本文認為可先以ㄦ為象形字之意符解釋其為人之意，由於ㄦ和「兒」字之形、音、義緊密結合，建議以ㄦ與「兒」字結合進行韻母ㄦ以及筆畫筆順教學。可再將ㄦ以「耳」字練習韻母ㄦ及筆畫筆順。因為「耳」為具有優先學習價值的部首，可進行其部首教學，教授「聽」、「聊」、「聲」等字。

肆、結語

從語言學習的角度觀之，注音符號實為有助於學習漢字之華語標音符號，因而本文結合注音符號之優勢，提出結合華語語音學習與漢字部首筆畫之基礎語音課程建議，供華語教師與學習者參考。本

文冀望初級華語學生於學習之始，能藉由注音符號學習華語語音之同時，經由其字形練習漢字筆畫筆順，並透過部首概念認讀更多漢字。此設計並非單純的華語語音練習，而是結合漢字認讀的課程，因此授課時數須較一般語音課程爲多。由於此課程尚未經大規模實證研究驗證其成效，建議華語教師可先從熟悉漢字的日籍學生開始實施；日後可逐步推廣於其他外籍華語學習者。

參考書目

文方（1999）。國語注音符號與漢語拼音較論，國文天地，169，98-102。

王旭（1995）。漢語拼音的檢討，華文世界，95，23-26。

印京華（2002）。美國大學生記憶漢字時使用的方法——問卷調查報告，第七屆國際漢語教學研討會（頁69-87）。廣西，中國。

吳慧敏（1999）。語境對兒童閱讀字彙習得的影響，佛光學刊，2，229-314。

吳慧敏（2000）。標音符號對華文閱讀字彙習得的影響，第八屆世界華文教學研討會論文集語文分析組（頁102-111）。臺北。

林慶勳、黃凱筠（2000）。對外華語教學注音符號教材的編寫，第八屆世界華文教學研討會論文集語文分析組（頁115-126）。臺北。

姜麗萍（2002）。基礎階段留學生記憶漢字的過程，對外漢語教學探討集（頁19-328）。

曾志朗與洪蘭（1984）。從神經語言觀點探討中文閱讀之視覺歷程，第一屆世界華文教學研討會。

黃沛榮（2003）。漢字教學的理論與實踐，臺北：樂學書局。

鄒曉麗（2007）。基礎漢字形義釋源（修訂本）——說文部首今讀本義。北京：中華書局。

歐德芬（2011）。論華語文教學標音工具——以注音符號與漢語拼音為例，清雲學報，31（3），101-116。

Adepoju, A. A., and Elliott, R. T. (1997). Comparison of different feed-back procedures in second language vocabulary learning. *Journal of Behavioral Education*, 7, 477-498.

Ferguson, C. A. (1968). Language development, in J.A. Fishman, C.A. Ferguson and J. Das Gupta (Eds.) *Language Problems of Developing Nations*. New York: Wiley.

Lang, R. J., and Solman, R. T. (1979). Effect of pictures on learning to read common nouns. *International Review of Applied Linguistics, XXXV*, 237-250.

Saunders, R. J., & Solman, R. T. (1984). The effect of pictures on the acquisition of a small vocabulary of similar sight words. *British Journal of Educational Psychology*, 54, 265-275.

Solman, T. & Wu, M. (1995). Pictures as feedback in single word learning. *Educational Psychology*, 15, 227-244.

華語文教學注音符號
課程設計

李詩婷

（中原大學應用華語文學系）

摘　要

　　注音符號（Mandarin Phonetic Symbols）為臺灣國小學童學習漢語的工具，注音符號不僅可以用來拼注漢字的字音，也有正音的功能（李存智，1998）。學習者可藉由認讀注音符號更準確地掌握漢語的發音技巧。而在臺灣的華語教學場域，大部分華語老師使用漢語拼音為主要教學，以配合全球華語教學之趨勢。許多華語學習者在學習漢語的過程中，發音不甚標準甚至受拉丁化拼音文字干擾，因此研究者希望透過蒐集當前注音符號課程規劃及設計之文獻資料，整理以注音符號作為學習漢語之優勢，並提出具體的教學設計及建議，以供將來有志使用注音符號作為教學的華語教師參考。

關鍵字：華語教學、注音符號教學、課程設計

壹、前言

　　大部分學習漢語的外籍學習者都是由漢語拼音學習漢語，何秋堇（2012）提及外籍學習者使用譯音符號學漢語，容易受到原母語的干擾，使得發音不夠準確。許多華語學習者藉由拉丁化拼音文字練習漢語發音，不僅受英語發音的影響也有來自於學習者母語的負遷移，以越籍學習者為例，韻母[a]ㄚ的發音受到越南語韻母a的影響，發音普遍靠後，但實際上漢語中[a]ㄚ與越南語韻母a比起來聲音較前面。本研究採內容分析法，從多位學者提出的注音符號教學法及注音符號的課程規劃，整理以注音符號作為學習漢語之優勢、注音符號教學的特點，以供將來有志使用注音符號作為教學的華語教師參考。

一、注音符號的內容

　　「注音符號」創制於民國二年，期間經不斷補充修訂沿用至今日。注音符號總共有三十七個，其中包含聲母二十一個、韻母十六個以及四個聲調（國立臺灣師大範大學國音教材編輯委員會，2008；

李子瑄、曹逢甫，2009）。

㈠聲母

聲母指每個音節裡的音節起始子音的部分，即為子音。聲母發聲音量微弱較為小聲，因此教學聲母符號時，會習慣加上母音以利發音。依氣流產生阻礙的位置不同。可以把聲母歸為六類（唇音、舌尖前音、舌尖音、舌尖後音、舌面前音、舌面後音）；依不同的發音方法，可把聲母分為五類（塞音、擦音、塞擦音、鼻音、通音）。

㈡韻母

韻母為音節的核心部分，可獨立發音。韻母由各類母音組合而成。

㈢聲調

聲調是指聲音的高低升降的調子。漢語為聲調語言，即可利用聲調區辨意義。漢語主要有四個聲調（陽平、陰平、上聲、去聲），另外還有一個輕聲。

二、注音符號的功能

筆者將注音符號之功能歸納為以下四點（顧大我，1992；吳敏而，1990；胡建雄，1992）：

㈠解決識字的困難

在早期臺灣為解決國家文盲的問題，因此教育學者發展注音符號幫助國民學習國語。使用注音符號拼注漢字，可獨立閱讀附有注音符號之文章，對學習者而言透過大量閱讀可提升認讀漢字的能力，在閱讀的同時可進行語音練習。由此可知，注音符號不只有拼注漢字的功能，也有識字、發音練習與提升閱讀能力的作用。

㈡幫助國音的統一

　　漢字屬於表意文字，其表意功能並不依賴漢字的發音，所以表音功能這一方面比較弱。中國歷代嘗試使用直音法、合音法、反切法等補強字音，但因為使用上的困難或不方便，進而發展出注音符號，以幫助國音的統一。

㈢增進閱讀能力進而提早寫作

　　學習者若遇到生難字詞，可藉由注音符號的輔助，順利完成發音及閱讀。由此可知，只要學會使用注音符號，學習者可閱讀各類注音讀物，不僅僅局限於語言學習，也可藉由其他類別書籍學習不同領域的知識，更可以引起學習華語的動機；相對地，遇到會說不會寫的字，也可暫時用注音符號代替。

㈣資料檢索

　　注音符號提供一種「音序排列法」，應用於電腦上，便於檢索查閱。在臺灣小學的基礎教育由注音符號教起，因此注音輸入法為臺灣電腦使用者所熟悉的輸入法，外籍學習者來到臺灣欲用電腦鍵盤查詢資料，只要學會唸注音符號，便可輕鬆地檢索資料。

貳、當前的注音符號教學法與課程規劃

一、當前的注音符號教學法

　　臺灣有許多注音符號的教材，但是設計的教學對象多為本國學習者設計，若把母語者的教材直接轉為華語教學的教材，其教材內容對於外籍學習者來說並不適合。常又仁（1998）傳統的綜合教學法在注音符號的認讀及聲調上是以「觀察法」、「反覆法」、「閃示法」為主。「觀察法」、「反覆法」即學生先觀察老師的嘴形型及聽清楚發音後，再加上不斷地反覆練習；而「閃示法」則是利用閃卡訓練學習者默讀能力，讓學習者立刻記起閃示的材料。以上三種教學法

較枯燥乏味，若只是反覆無味地練習，易使學習成效低落。因此注音符號的教學應視教學對象而採用不同的教學法，筆者將分析當前常使用的注音符號教學法共有四種。

(一)分析法

分析法屬於傳統式教法，先教聲母再教韻母，學完三十七個注音符號，之後再教四個聲調，最後才教結合韻（李碧霞，2006）。

此教學法的優點是有系統的，適合有識字基礎的成人學習。缺點是，單獨學習無意義的符號十分枯燥，不易激發學習興趣。對外籍學習者而言，要將一套陌生的符號運用自如需要反覆地練習。儘管分析法依照注音符號排序教學，但學習者學完二十一個聲母時，卻無法完整地使用注音符號拼注漢字，沒有適當的機會練習容易本末倒置。因此筆者認為分析法不適合應用於外籍學習者。

(二)綜合法

綜合法的教學方式是先讀有意義的注音符號課文，教完整的語句，進而由語句分析出詞語，再由詞語分析出單字，單字分析出符號，認讀符號後再練習拼音，接下來將分析出來的注音符號綜合起來。

綜合教學法的優點是從有意義、趣味性高的材料入手，容易引起學習者的學習興趣，所以較常應用於兒童或是低年級學童，缺點則是教學歷程緩慢。外籍學習者來臺學華語，課程安排非常緊湊，在國立臺灣師範大學國語教學中心的網頁中，所查詢的初級班課程，課程大約十一週，每個學季開始的第一週、第二週，國語中心開設大班課程，協助學生學習注音符號與發音。由以上可知，學習者必須要在短時間內學完注音符號，因此教學歷程緩慢的綜合法教學不適用於短期課程。再者，筆者認為對零起點的外籍學習者而言，學習注音符號應先從簡易的符號開始再延伸至單字、語詞等，教學階梯應一步一步往上累積而不是倒著進行。因此教師使用綜合法教學時應考量教學對象的程度，不宜任意使用。

㈢折衷法

折衷法以「字音」為主，從有意義的單字或單詞教起。凡由一個或兩個注音符號拼成的單字或單音詞，都當作一個單位來教，例如：八ㄅㄚ、媽ㄇㄚ，不再進行分析，再逐漸教詞、句、課文。折衷法強調以字音為主，因此教學時教師可採同聲母或同韻母教學，例如：八ㄅㄚ、趴ㄆㄚ、媽ㄇㄚ等，同韻母的練習使學習者先熟悉發音再延伸至詞彙的教學。筆者認為折衷法適用於成人及兒童。學習語言仍避免不了大量地操練及機械性練習，儘管單一無變化，但卻能夠有效地提升學習者的學習成效。

㈣精緻法

常又仁（1998）精緻法旨在分析符號及聲調，將無意義的注音符號及聲調，經過精緻化記憶策略設計予以意義化並應用教學中。精緻法主要是針對兒童的學習策略所設計的教學法，教學內容大部分須搭配肢體或是聲音藉以加深印象，甚至會要求學習者發揮想像力將注音符號及圖像結合。對外籍學習者而言尤其是成人，此教學法過於稚化；但教師仍可運用精緻化教學法所設計的小遊戲帶入課程，經過修改去除童稚的部分仍可以作為課堂的綜合活動。

二、當前的國內注音符號課程規劃

在臺的華語教學領域中，大多數的注音符號課程規劃或是補救教學是針對國內年齡層較低的母語者所設計，而針對成人所設計的注音符號課程較少。筆者將國內母語學童與對外華語教學的注音符號課程整理如下：

㈠以母語學童為教學對象之注音符號課程

根據許珮儀（2008）〈國小一年級注音符號教學之研究〉，其研究目的是觀察一年級學童學習注音符號的狀況及學習時常犯錯誤的類型，此篇研究主要著重於教師的教學策略。所使用的教材是翰林

版《一上國語首冊》，第一課所教的注音符號是ㄆㄅㄏㄚㄠ；第二課ㄍ
ㄗㄞㄒㄜ……共有十課。由學童的教材內容可以看到第一課即有聲母
與韻母搭配。教材中的練習也有以這五個注音符號爲主而變化的拼
音，經過多次的搭配練習，學習者必能掌握注音符號拼音的訣竅。而
單元內並無針對聲調練習的部分，因此若華語教師欲使用國內學童的
書籍當作注音符號的教材，筆者建議可額外補充聲調練習的部分。

參、以外籍學習者爲教學對象之注音符號課程

　　吳國賢（1988）《注音符號與發音教學》主要是針對外籍學習
者在國內外之漢語發音教學。吳國賢認爲注音符號教學應從韻母開始
且要搭配漢語中的四個聲調，教完韻母、結合韻再來是聲母教學，最
後是聲調教學。聲調的練習不應局限於注音符號或是聲調順序，例
如：ㄚˉ、ㄚˊ、ㄚˇ、ㄚˋ或是ㄅ、ㄅˊ、ㄅˇ、ㄅˋ。筆者認爲教師應
及早帶領學習者練習聲調，而聲調的搭配應考量語音的合法性。漢語
中沒有ㄅˊ、ㄆˇ等聲母搭配聲調的漢字，儘管此種教學方式可增加
學習者練習聲調的機會，但易使學習者產生混淆，因此不宜納入注音
符號教學。

　　黃心怡（2010）〈外籍配偶注音符號教學之研究——以北縣一
所小學爲例〉中，研究目的主要是探討外籍配偶學習注音符號的狀況
及觀察錯誤類型，他們所使用的教材爲南一版一上國語首冊，第一課
的內容爲ㄧ、ㄨ、ㄚ、ㄧㄚ、ㄨㄚ……等共有十課。由剛剛所提及的翰
林版與南一版教材中可得知，每一課的注音符號包含聲母、韻母或是
結合韻，在教師引領結合之後更使之成爲有意義的符號，能夠拼讀並
說出有意義的字詞。無論對象是母語學習者或是外籍學習者，每一個
階段的教學都應發揮注音符號的作用，一方面增加學習注音符號的流
暢性，一方面避免不合法的語音干擾學習者學習。因此筆者認爲外籍
學習者注音符號的課程可參考臺灣學童一年級的教材內容而規劃。

　　〈我的注音符號系統教學法〉，陳正香（1997）此篇研究對象

是小學三年級至十一年級[1]的外籍學習者。陳正香認為教外籍學習者注音符號時，應從韻母開始，因韻母是語音的基礎，沒有韻母，聲母無法單獨成音。而先教韻母的另一個因素為韻母可單獨成音，不僅利於學生快速吸收，更便於未來應用於課堂上搭配其他聲母做練習。陳正香強調聲調和韻母不宜拆解，例如：老，ㄌ直接與ㄠˇ拼就可以了，不用ㄌ先和ㄠ拼、然後再考慮聲調，多了一道手續，反而增加複雜性。

　　雖然研究者把聲母及韻母分兩部分教學，但教學順序確實決定了注音符號的實用性。注音符號並不非得要依序教學，教學過程是否依序並不影響學習者學習注音符號的成效，只要能夠達到學習目標，教師皆可視情況做調整。

肆、注音符號教學課程設計實例

　　本研究採Dick & Carey（1996）之系統化教學設計模式與實施階段，本研究的教學對象為已學會使用漢語拼音的越南籍學習者，共計十名，注音符號課程為期兩週（自7月9日起至7月17日止），一週四小時，共計八小時。研究者將設計一套注音符號的教學方式，希冀能幫助外籍學習者在使用注音符號上運用自如。

一、系統化教學設計模式與實施階段

分析階段		
確立教學目標	認知目標	能夠了解使用注音符號的意義及好處。 能夠了解注音符號的重要性。
	情意目標	能夠分享利用注音符號學習漢語的優勢。

---

[1]　相當於臺灣學制的高中二年級

	技能目標	能認讀注音符號。 能準確的掌握聲調。 能夠準確的掌握注音符號的發音技巧。 能夠寫出三十七個注音符號。
學習者分析	需求	解決發音不準確的問題。 使用資料檢索增進閱讀能力。 解決使用譯音符號學習漢語的干擾。
	先備知識	已有能力利用漢語拼音唸出漢字。 已會使用漢語拼音拼注漢字。
	學習者經驗	學過漢語拼音，也能了解本課程的教學目標。
	學習期望	能學會使用注音符號。 能利用注音符號準確的掌握漢語語音。
設計階段		
學習目標	教學對象	已學過漢語拼音的學習者，有意學習注音符號。
	學習行為	能夠跟上每一週的進度，且熟悉運用注音符號。
	學習後程度 與結果	能夠準確地唸出注音符號。 能夠正確地寫出注音符號。 利用學習注音符號矯正發音。
發展階段		
教學策略	教學觀	對於已學過漢語拼音的學習者，學習注音符號有助於提升未來學習漢語的效益。
	教學方法	直拼法、替換聲頭法、反拼法、折衷法
	教學技巧	導入注音符號，提高學習者注音符號的使用率。
	綜合活動	每一堂課預留十五分鐘，帶入小遊戲複習。

實施階段		
實施教學	教學行事曆	課程大綱應配合教學行事曆，確認進度無落後。
評鑑與修正階段		
形成性與總結評鑑	評鑑要項	教學評量、課堂錄影、學習者測驗
	自我反思	華語教師自我反思、學生學習成效反饋

　　本研究開設的課程最初以提升口語能力為目標，但是學生主動要求學習注音符號，經過詢問之後，學生的目的是改善發音、學會使用臺灣的鍵盤，最後則是學會使用手機簡訊的注音符號輸入法，因此筆者規劃兩週的注音符號課程。

　　教師的教學策略是給予學生持續、反覆的練習。教師應準備多種練習方式，例如：直拼法、替換聲頭法、反拼法。反拼法由教師揭示字音，學生以口述的方式說出正確的注音符號與調值；此方法雖然耗時卻能夠掌握學生的學習進度。替換聲頭法較為活潑有趣也富挑戰性；若學生已能夠掌握聲母的替換，教師可延伸至韻母替換。直拼法能夠將注音符號很快地唸出來，不再拆解，此種練習法可作為最後的總測驗。

　　筆者的教學對象為已學過漢語拼音的學習者，因此對於漢語的聲母、韻母、聲調有一定的熟悉度，故可不依照韻母發音難易度教學。隨著課程的發展，應漸漸減少使用漢語拼音，進而利用注音符號取代之。以下提出第一週「聲母教學ㄅㄆㄇㄈ、韻母ㄞㄟㄠㄡ」所設計之教案作為範例。

二、華語文教學活動設計（教案）

課程單元	注音符號「聲母ㄅㄆㄇㄈ、韻母ㄞㄟㄠㄡ」		
適用對象	已學過漢語拼音之學習者	授課時間	80分鐘

	教學活動	時間	資源
教學流程	一、準備活動 首先利用PPT展示三十七個注音符號與聲調，並把聲母及韻母分成兩部分。說明此堂課只教授八個注音符號，降低學習者首次面對陌生符號的不安。 接下來隨機點選一位學生上臺，並寫出「白」的漢字及漢語拼音，接著教師補上「白」的注音符號，在漢語拼音與注音符號對照之下，使學生理解注音符號的書寫格式。	10分鐘	PPT、白板
	二、發展活動 PPT展示「ㄅ」與漢語拼音b，此階段教師應放慢速度，增加學習者認讀的時間以及加深學習者對注音符號的印象。「ㄆ」與p；「ㄇ」與m；「ㄈ」與f。 利用順口溜加深印象：ㄅ、ㄅ白色ㄅ；ㄆ、ㄆ跑步ㄆ；ㄇ、ㄇ美國ㄇ；ㄈ、ㄈ飛機ㄈ（詞彙的首要聲母必須與該堂的注音符號一致） 教師展示注音符號的筆畫並要求學生舉起手，空書練習，練習完之後再實際寫於教師自製的練習單上。	12分鐘	PPT、練習單
	教完四個聲母，在此階段插入複習活動。 教師準備字卡（ㄅㄆㄇㄈ），每位學生領取一份，教師唸「ㄇ」，學生必須快速地找出「ㄇ」；教師帶過一遍之後，請一位學生上臺出題，教師可藉此機會糾正學生的發音。	5分鐘	字卡
	休息十分鐘	10分鐘	

	PPT展示「ㄞ」與漢語拼音ai。因學習者學過漢語拼音，所以教師應嚴格要求學生發音的準確度、認讀。認讀結束後，接著是空書及實際書寫練習。	12分鐘	PPT、練習單
教學流程	插入複習活動。 教師準備字卡（ㄞㄟㄠㄡ），如上一階段的練習活動。	5分鐘	字卡
	將ㄅㄆㄇㄈ與ㄞㄟㄠㄡ結合並加上聲調練習。「ㄅㄞ」顯示於PPT，教師領讀學生跟讀，以及搭配聲調練習。	5分鐘	PPT、練習單
	此八個注音符號加上聲調，總共有三十九個組合，練習完之後抽點學生使用反拼法回答。	15分鐘	
	三、綜合活動 老師請一位學生上臺，寫出老師唸出的字的注音符號。例如：ㄇㄞˇ、ㄅㄠ、ㄈㄟˊ……。	5分鐘	白板

伍、結論與教學建議

一、結論

　　外籍學習者使用譯音符號學習漢語，容易受到母語的干擾，使得發音不夠準確，造成學習的困擾，本研究的教學對象主動提出學習注音符號的要求，首要的目標是修正發音，學生表示使用漢語拼音常受到英語的干擾，例如：「有」字的拼音「you」，看到you會很自然地當作是英文單字而唸出地英語語音，因此學生希望能夠以漢語的標音記號學習漢語，提高發音的準確性。除了受其他語言干擾之外，漢語中甚至有些音是羅馬拼音拼不出來的，例如：[ü] 必須用特殊符號表示「ㄩ」的讀音；韻母與聲母結合後，改變了拼音方式，例

如：「鴨ya」加了聲母之後變成「家jia」，學生時常混淆而遺漏或誤加。使用注音符號能夠很清楚地標出每一個漢字的發音且拼寫也很規則，學習者能夠在短時間內快速地上手。

　　注音符號為臺灣學童學習漢語的工具，學童能夠接觸到注音符號的機會非常多，兒童故事書、字典、學校環境的標語等，他們能在教師所營造的學習環境中無形地學習注音符號；但是對外籍學習者而言，一般日常生活較少有機會接觸注音符號，路牌、菜單的漢字都不會標上注音符號，因此學習華語時若能夠使用熟悉的羅馬拼音學習漢語不啻為一種捷徑。使用漢語拼音學習漢語儘管快速，但我們要考量漢語拼音所帶來的影響，發音乃是最大的問題，欲解決漢語拼音造成的干擾，建議華語教師可從注音符號教起，待學生掌握漢語語音及發音技巧再帶入漢語拼音加速學習。

　　學生曾與筆者分享，他認為寫注音符號就像在寫漢字一樣，但是簡單多了，也主動要求筆者準備更多的注音符號練習單。由此可知，學生可藉由書寫注音符號練習漢字的筆順，掌握書寫漢字的法則。且注音符號筆畫皆不超過四畫，學習者可從中得到書寫漢字的樂趣及成就感。雖然注音符號不是教學中的主流，但是卻可以藉由注音符號的教學導正外籍學習者的發音或是作為書寫漢字的前導課程，提高學習者掌握漢語的準確性並能適當地應用是所有華語教師共同追求的目標，使用注音符號教學的重要性與意義是不容忽視的。

二、教學建議

㈠避免教學過於稚化

　　注音符號的教材設計對象多為幼兒或學童，因此若華語教師的教學對象是成人時應適當地調整教材內容避免過度稚化，建議可將肢體動作與模仿聲音的部分刪除。華語教師可參考兒童注音符號教材中所設計的遊戲，經過修改後應用於教學中作為複習的工具，在一連串機械性反覆的練習後，避免課程過度乏味，適當地帶入遊戲增加課程的

趣味性是有其必要性的。

　　本研究對象爲校內的大學生及研究生，年齡約二十至二十五歲，學生對遊戲的參與度高且時常要求能夠繼續玩。在遊戲進行的同時，筆者發現同學之間會互相幫忙，一方面減輕老師的負擔，一方面學生可從玩樂中學習。

㈡針對學習者特性規劃課程

　　零起點的學習者與已學過漢語拼音的學習者教學法不甚相同，已學過漢語拼音的學習者可運用對比分析的方式，將漢語拼音與注音符號共同的聲母、韻母依序對照。課程的一開始學習者仍可仰賴漢語拼音認讀注音符號，但隨著學習者漸漸熟悉注音符號，教師應適時地刪去漢語拼音，僅保留注音符號。

　　筆者會挑選出學生學過的漢字並要求拼注注音符號或是拼注自己的姓名，當學生體會注音符號能夠貼切自己的生活時便增加了學習的興趣，因此建議教師能夠針對學生的程度挑選漢字拼注注音符號或是主題盡量貼近生活。發音的部分，學生有些語音已化石化，建議華語教師能夠針對每一位學生的發音做矯正。針對零起點的學習者，學習者沒有書寫及認讀漢字的基礎，因此沒有拼注漢字的能力，建議華語教師能夠使用筆畫少的漢字帶領學生使用注音符號拼注漢字。零起點學習者的語音從頭開始，因此教師所安排的課程內容應緩慢進行，學習者要同時適應發音、認讀注音符號，教師待學習者基礎打穩了，再加快教學速度。

　　無論是零起點的學習者或是已學過漢語拼音的學習者，注音符號教學順序可不按照音序排列，只要能使學生對注音符號產生有意義的學習，教學的順序則不是重點。

㈢講求語音標準及書寫正確

　　外籍學習者學習注音符號的目的之一即是能夠說出標準的漢語語音，因此華語教師應嚴格要求學習者的發音，無論是單獨的聲母、韻

母或是結合後的結合韻都應加強練習。接著是注音符號的書寫，注音
符號其中十六個是漢字簡化而來的，因此嚴格來說，書寫注音符號
就是在寫漢字，建議教師帶領學習者寫出正確的筆順，且每一點、
橫、撇、豎、勾、捺等都必須經過多遍訓練，以培養學習者對漢字書
寫的字感。

參考書目

王增光（2009）。華語正音練習，臺北市：五南書局。

何秋菫（2012）。注音符號的文化演現，臺北市：秀威資訊科技。

李存智（1998）。從語言學理論與語言教學論音標符號的價值——兼論國
　　語注音符號的存廢與外語學習，聲韻論叢，7，415-435。

李子瑄、曹逢甫（2009）。漢語語言學，臺北縣新店市：正中書局。

吳敏而（1990）。國語拼音學習的基本能力，華文世界，56，15-22。

吳國賢（1988）。注音符號與發音教學，華文世界，50，27-33。

李碧霞（2006）。從兒童認知發展談「注音符號」教學，國家教育研究
　　院——語文教學，11-36。2013年6月21日，取自http://www.naer.edu.
　　tw/files/13-1000-590.php?Lang=zh-tw

胡建雄（1992）。國語手冊注音符號教學研析，何翠華編注音符號教學手
　　冊。臺北：教育部國教司。

許珮儀（2008）。國小一年級注音符號教學之研究（未出版之碩士論
　　文）。臺東大學教育研究所，臺東。

常又仁（1998）。注音符號教學新法——「精緻化教學法」教學活動設
　　計。高雄：復文圖書出版社。

常雅珍（2005）。注音符號教學新法——「精緻化教學法」教學活動設
　　計。高雄：復文圖書出版社。

陳正香（1997）。我的注音符號系統教學法，全美中文學校聯合總會聯
　　會會刊，2（2）。2013年6月21日，取自www.ncacls.org/materials/
　　phonetic_system.txt?

黃心怡（2010）。外籍配偶注音符號教學之研究——以北縣一所小學為例
　　（未出版之碩士論文）。中國文化大學華語文教學研究所，臺北。

臺灣師範大學國音教材編輯委員會（2008）。國音學（第八版）。臺北：
　　正中書局。

顧大我（1992）。注音符號教學的基本認識，北師語文教育通訊，1，47-
　　73。

Dick, W., & Carey, L. (1996). *The systematic design of instruction* (4th ed.).
　　NewYork: Harper Collins.

外籍生的華語發音教學實務——影音互動式的發音教學

陳慶華

（國立臺灣師範大學）

摘　要

　　華語是有聲調的語言，有別於歐美無聲調的表音文字。外籍生皆認為語音是學習華語的難點之一。但鑑於學華語的外籍生，有些已學過華語，他們使用的是漢語拼音，又鑑於漢語拼音在全世界運用的普遍性，為顧及學生能與世界接軌，使其在語音符號的使用上沒有困擾，因而教華語語音時雙管齊下，但仍以「注音符號」為主，以「漢語拼音」為輔。

　　華語的發音教學，教師須於短時間內（約五天共十小時），將華語的聲、韻、調及相關變調知識，讓學生辨識、記憶並正確發音，實是難題，也是挑戰。本人將資訊科技融入教學中，將相關的圖片、文字、動畫、聲音、影片等，以PPT呈現，結合影音進行互動式的教學。藉以輔助學生掌握重點，並增加課室教學的活潑性與趣味性。教學之順序，首教聲調，次教音節與拼音。

關鍵詞：華語發音教學、注音符號教學、漢語拼音、影音互動式

壹、前言

　　華語語音的特點是有聲調，有別於歐美無聲調的表音文字。外籍生皆認為語音是學習華語的難點之一。臺灣華語教學發音方面所使用的標音符號，一為注音符號（Mandarin Phonetic Symbols, MPS），一為漢語拼音（Pinyin）。實際教學時，有教注音符號者；有教漢語拼音者；有兩種都教者，華語教師各依自己的理念教學。按照葉德明（1991）：「為了建立良好的語音基礎，必須使用脫離母語習慣的發音符號，學習新符號，作為進入新語言領域的工具。」華語標音的新符號應是注音符號。本組另一篇論文，詳細說明以注音符號為標音符號之四大優點：(1)不易受學習者母語影響。(2)有助於對於聲調之記憶。(3)不會出現「因音制宜」之情況。(4)可作為初學者之筆順與筆畫練習。所以外籍生的華語發音教學非「注音符號」莫屬。但鑑於學華

語的外籍生，有些已學過華語，他們使用的是漢語拼音，又鑑於漢語拼音在全世界運用的普遍性，為顧及學生能與世界接軌，使其在語音符號的使用上沒有困擾，因而教華語語音時雙管齊下，但仍以「注音符號」為主，「漢語拼音」為輔。

　　在臺灣的華語發音教學，一般情況，教師須於短時間內（約五天共十小時），將華語的聲、韻、調及相關變調知識，讓學生辨識、記憶並正確發音，實是難題，也是挑戰。為讓發音教學不流於枯燥，本人將資訊科技融入教學中，將相關的圖片、文字、動畫、聲音、影片等，以PPT呈現，結合影音進行互動式的教學。藉以輔助學生掌握重點，並增加課室教學的活潑性與趣味性。

貳、影音互動式華語發音教學模式

　　資訊融入華語文教學可分為四種模式（舒兆民，2005）：(1)教材教具單元面授。(2)導引學生報告製作。(3)網路輔助教學。(4)搭配線上及時教學。因應發音課型，本人採用「教材教具單元面授」模式進行教學。

　　教材教具單元面授的教學方式，是將自編的教材或從網路上、各種教學媒體中所取得的華語語音相關素材，做系統的規劃後，於課室中進行發音教學，並運用word、Powerpoint、artPad等軟體輔助課程的進行，活化教學內容，是一種結合影音互動式的資訊融入華語文之發音教學課程。課室教學，把握「精講多練」的原則，教學之順序：

一、首教聲調

　　華語是一種聲調語言，有別於其他語言，是個難點。「教師先將聲調高低變化略做說明，並唱出聲調在音感上高低對應的升降起伏，使學生進入四聲變化的華語狀況。」（葉德明，1991），所以為了讓他們明確了解正確的發音，課程一開始首教聲調，利用「五線譜教學法」，直接唱出聲調。第三聲調值為〔214：〕，一般外籍生

總是將三聲讀成「升調」，而第三聲最大的特點是「低降調」。依本人教發音的經驗，初學時直接先教「前半上」，也就是先教低降調，問題就少得多。若一開始就教「全上」，常混同陽平調。而且在華語的教學實踐中，「半上」符合華語的語音實際。課室活動設計可採分組對抗、聽音起立、舉牌、簡譜唱誦。

二、以「音節」為教學目標進行教學

接著「先韻後聲」，以「音節」為教學目標進行教學。音節包括聲韻調，每一課學習一定數量的音節，共分四個單元，「先韻後聲」。放在一起學習的音節，包括「相同與對立」的聲韻調，利用這種聲母、韻母、聲調的相同與對立，幫助學生更快、更好地掌握這些音節。教學語音之順序，要體現華語語音的構造特點：聲母體現於「發音部位」與「發音方法」兩方面；韻母基本是舌位高低、前後、唇形圓展的變化，分「單、複」韻母；音節則體現在不同聲母、韻母拼合的選擇性上。

進行教學時，運用雙手模擬口腔與舌位，或用牙齒模型，讓學生清楚發音方式。活動設計可採賓果遊戲、拼歌星或同學名字、翻卡對碰、聽力筆試等。在課室教學進行中，以多媒體教材教具為輔助工具，方式如下：

以Powerpoint呈現教學內容，結合多媒體進行教學，如：注音符號（與拼音同步進行）教學，聲調的呈現示範，聲與韻的發音部位圖、嘴形，聲韻調的拼讀，並運用Powerpoint的互動技巧設計語音小遊戲，減低枯燥感，加強練習及聽辨能力。

參、教學過程

一、聲調教學

發音教學全程以PPT呈現。課程進行前，於PPT首頁，內嵌注音符號歌（取自坊間注音教材，本人錄唱），作為暖身活動，引發學習

動機與興趣,增加學生的注意力。

　　爲了讓初學者體會華語聲調的高低變化,採用聯想技巧,畫出飛機起飛、飛行、下降、降落過程,使四聲的說明形象化、趣味化。利用「五度標記法」,直接唱出聲調。並運用多張PPT圖示,達到學生100%的開口率,練習聲調、鞏固聲調(以下圖片爲教學PPT之例舉)。

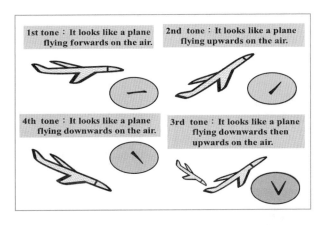

圖1　以飛機起飛、飛行、下降、降落過程,聯想四聲的高低

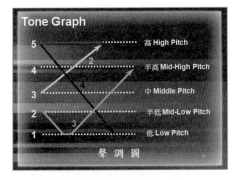

圖2　四聲五度標示法

圖3　聲韻調之圖示

　　聲調用五度標記法呈現,藉由PPT的先後出現機制,用(a,i)兩音以唱調配合手勢方式進行聲調教學。

　　注音符號與拼音之聲調符號直接以圖表並列呈現,配合老師的簡要敘述。

圖4　一聲互動練習

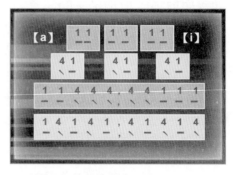

圖5　一聲、四聲組合練習

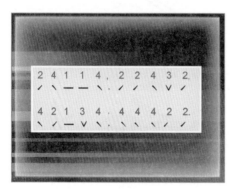

圖6　以唐詩（登鸛雀樓）加強聲
　　　調的練習與鞏固。

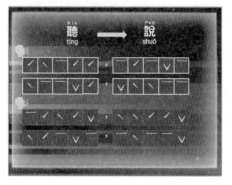

圖7　運用PPT的互動功能，以唐
　　　詩（相思、春曉）的聲調，
　　　做聽力練習。

二、聲母、韻母之教學

　　發音教學以聲韻組合即「音節」進行教學，共分四個單元。「先韻後聲」，音節包括聲韻調，每一單元以學習一定數量的音節為目標，放在一起學習。運用雙手模擬口腔與舌位，或用牙齒模型，讓學生清楚發音方式。活動設計可採賓果遊戲、拼歌星或同學名字、翻卡對碰、聽力筆試。

㈠第一單元

```
韻母：a  o  e  i  u  ai  ei  ao  ou
聲母：b  p  m  f  d  t  n  l
```

㈡第二單元

```
韻母：an  en  ang  eng  ong        聲母：g  k  h
     ua  uo  uai  uei（-ui）
     uan uen（-un）
     uang ueng（自成音節時作weng）
```

㈢第三單元

```
韻母：ia  ie  iao      liou（-iu）      聲母：j  q  x
     Ian  in  lang      ing  long
     ü    ê   üê（ue）üan üen（ün）
```

㈣第四單元

```
韻母：er  -i〔ʅ〕      聲母：zh ch sh r
         -i〔ɿ〕              z  c  s
```

　　課室教學中，把握「精講多練」的原則。除了利用圖形、手勢、教具之外，並借用不同技巧，如：語音對比法、以舊帶新的引導、繞口令等予以矯正。

課室教學進行中，以多媒體教材、教具爲輔助工具。用Powerpoint呈現教學內容，結合多媒體進行教學，如：注音符號（與拼音同步進行）教學，聲調的呈現示範（如圖2），聲與韻的發音部位圖、嘴形，以直觀法讓學生能藉圖示清楚發音部位。聲韻調的拼讀（如圖8、9），並運用Powerpoint的互動技巧設計語音小遊戲，減低枯燥感，加強練習及聽辨能力（如圖10、11）。透過老師實際的發音示範及引導，加上融合圖像描述，直接達到「形、音、義」的結合，學生模仿、跟讀，老師不斷地糾正，直至習得。

至於注音符號的教寫策略，爲強化注音符號正確的書寫筆順，可藉網站上多媒體之輔助示範筆順。上課時運用網路資源artPad軟體直接在上面示範筆順（在課堂上直接連結art.com.artpad網站），老師示範注音符號筆順（筆順可重複播放）後，讓學生在注音符號的練習單上（練習單可上僑委會筆順網下載列印）跟著模擬練習。這種方式，老師不但能及時糾正學生筆順的錯誤，也增加與學生之間的互動，使發音教學有趣又有效。另外，也可藉「ㄅㄆㄇ西遊記」網站及「五子登科動漫閱讀網」的「ㄅㄆㄇ」單元，了解聲韻的口型及練習發音、筆順。

爲鞏固注音符號，準備多套注音符號卡，兩人一組合用一套，一人負責聲母，一人負責韻母與聲調卡（再對調），老師發一音節，讓學生比賽拼音，藉以鞏固。

	a ㄚ	o ㄛ	e ㄜ	i ㄧ	u ㄨ	ai ㄞ	ei ㄟ	ao ㄠ	ou ㄡ
d ㄉ	da ㄉㄚ		de ㄉㄜ	di ㄉㄧ	du ㄉㄨ	dai ㄉㄞ	dei ㄉㄟ	dao ㄉㄠ	dou ㄉㄡ
t ㄊ	ta ㄊㄚ		te ㄊㄜ	ti ㄊㄧ	tu ㄊㄨ	tai ㄊㄞ		tao ㄊㄠ	tou ㄊㄡ
n ㄋ	na ㄋㄚ		ne ㄋㄜ	ni ㄋㄧ	nu ㄋㄨ	nai ㄋㄞ	nei ㄋㄟ	nao ㄋㄠ	nou ㄋㄡ
l ㄌ	la ㄌㄚ		le ㄌㄜ	li ㄌㄧ	lu ㄌㄨ	lai ㄌㄞ	lei ㄌㄟ	lao ㄌㄠ	lou ㄌㄡ

圖8　聲、韻分單獨練習後，藉拼音表練習聲韻調的組合。

	ü	üe	üan	ün
j ㄐ	ju ㄐㄩ u=ü	jue ㄐㄩㄝ u=ü	juan ㄐㄩㄢ u=ü	jun ㄐㄩㄣ u=ü
q ㄑ	qu ㄑㄩ u=ü	que ㄑㄩㄝ u=ü	quan ㄑㄩㄢ u=ü	qun ㄑㄩㄣ u=ü
x ㄒ	xu ㄒㄩ u=ü	xue ㄒㄩㄝ u=ü	xuan ㄒㄩㄢ u=ü	xun ㄒㄩㄣ u=ü
n ㄋ	nü ㄋㄩ nu ㄋㄨ	nüe ㄋㄩㄝ		
l ㄌ	lü ㄌㄩ lu ㄌㄨ	lüe ㄌㄩㄝ		

圖9　ㄐㄑㄒ的特殊拼音規則

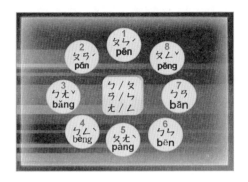

圖10　辨音轉盤

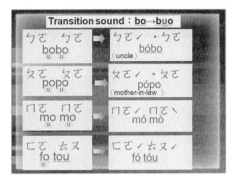

圖11　ㄅㄆㄇㄈ+ㄛ的念法示意圖

三、上聲變調練習、輕聲練習、雙音節練習、對比練習、總複習

圖12　圖示解析，將上聲圖像化

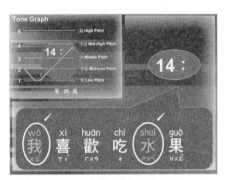

圖13　後半上

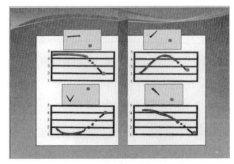

圖14　輕聲念法的輔助圖

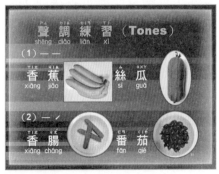

圖15　雙音節連調練習

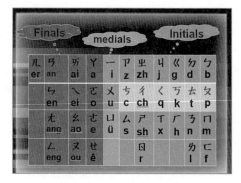

圖16　易混淆音對比練習　　　　　圖17　注音符號總表

　　爲加強學習者對注音符號的記憶，字體皆採雙音（MPS/pin-yin）呈現，且用走迷宮遊戲、圖卡認讀，讓學生記住注音符號的順序，鞏固字音字型。

肆、結語

　　華語教學首當其衝的就是發音教學。華語是有聲調的語言，而外籍生的母語大都是無聲調的表音文字，因此外籍生皆認爲語音是學習華語的難點。爲了建立良好的語音基礎，使用脫離母語習慣的注音符號，作爲進入新語言領域的工具，應是最恰當不過的。但鑑於學華語的外籍生，有些已學過漢語拼音，又鑑於漢語拼音在全世界運用的普遍性，爲顧及能與世界接軌，使語音符號的使用上沒有困擾，因而教華語語音時雙管齊下，但仍以「注音符號」爲主，以「漢語拼音」爲輔。

　　注音符號對其母語爲表音文字的外籍生而言，無疑是一群抽象符號的組合，學習時不容易記憶。因此本人的華語發音教學將資訊科技融入教學中，將相關的圖片、文字、動畫、聲音、影片等，以PPT呈現，加上老師的精講多練，結合影音進行互動式的教學，輔助學生掌握語音重點、難點並強化記憶，也能增加課室教學的活潑性與趣味

性，期使正確的華語發音牢存於學習者的長期記憶中。

參考書目

朱川（1997）。外國學生漢語語音學習對策，北京，語文出版社。

陳慶華（2005）。洋腔洋調之分析矯治與教學策略，臺灣華語文教學研
　　討會論文，187-196。

陳慶華（2008）。日籍學習者華語發音之偏誤分析矯正與教學研究（未
　　出版之碩士論文）。國立臺灣師範大學，臺北。

舒兆民（2005）。資訊融入華語文教學的四種模式之探討與實驗，臺灣
　　華語文教學研討會論文集（2005）（頁248-258）。

葉德明（1982）。國語注音符號練習，臺北，師大國語教學中心。

葉德明（1999）。華語文教學規範與理論基礎，師大書苑有限公司。

葉德明（1991）。美日學生華語語音差異研究，第三屆世界華語文教學
　　研討會論文集理論與分析（頁4-11）。

謝國平（1985）。語言學概論，臺北，三民書局。

Note

Note

國家圖書館出版品預行編目資料

漢語標音的里程碑——注音符號百年的回顧與
發展／曹逢甫等作；信世昌主編. 一 初版.
一 臺北市：五南, 2014.12
　　面；　公分.
ISBN 978-957-11-7859-2（平裝）

1.漢語教學　2.注音符號　3.文集

802.03　　　　　　　　103019501

1X4Y　五南當代學術叢刊 013

漢語標音的里程碑
注音符號百年的回顧與發展

主　　編 — 信世昌教授　國立臺灣師範大學華語文教學研
　　　　　究所(470)
編輯委員 — （按姓氏筆畫為序）
　　　　　江惜美教授　銘傳大學華教文教學系
　　　　　陳純音教授　臺灣語言學學會
　　　　　曾金金教授　臺灣華語文教學學會
　　　　　張堂錡教授　國立政治大學華語文教學博碩士
　　　　　　　　　　　學位學程
　　　　　顏國明教授　國立臺北教育大學人文藝術學院
編輯助理 — 喬愛淳、黃筱婷
發 行 人 — 楊榮川
總 編 輯 — 王翠華
企劃主編 — 黃惠娟
責任編輯 — 盧羿珊
出 版 者 — 五南圖書出版股份有限公司
地　　址：106台北市大安區和平東路二段339號4樓
電　　話：(02)2705-5066　　傳　　真：(02)2706-6100
網　　址：http://www.wunan.com.tw
電子郵件：wunan@wunan.com.tw
劃撥帳號：01068953
戶　　名：五南圖書出版股份有限公司
法律顧問　林勝安律師事務所　林勝安律師
出版日期　2014年12月初版一刷
　　　　　2016年 7 月初版二刷
定　　價　新臺幣460元

※版權所有‧欲利用本書內容，必須徵求本公司同意※